Marktgasse
Hirschgasse
Collegiums gasse
Kirchgasse
Br.
RATHAUS
Am Markt
Münzgasse
Clinicumsgasse

Susanne Bächer: Kellerkult

Herzlichen Dank all denjenigen,
die mich bei der Arbeit an diesem
Buch unterstützt haben! S.B.

Susanne Bächer

Kellerkult

Roman unter Tübingen

Mit 12 Fotografien

Eva Hoffmann Verlag Stuttgart

CIP-Kurztitelaufnahme der Deutschen Bibliothek

Bächer, Susanne:
Kellerkult: Roman unter Tübingen
– Stuttgart: Hoffmann, 1998
ISBN 3-932001-02-8

Gesamtherstellung: Gulde Druck, Tübingen

1

Als der alte Mann in den Keller stieg, um Gelbe Rüben für den nächsten Tag zu holen, wurde ihm plötzlich schwarz vor Augen: er ließ den Schürhaken, den er in der Hand hatte, fallen und stürzte die Kellertreppe hinunter.

Nach einiger Zeit lösten sich die Nebel um ihn, und er spürte etwas Hartes im Rücken. Ein heller Kreis schwamm um ihn herum durch die Dunkelheit, er schaute ihm verwundert nach, bis der Kreis innehielt und sich verfestigte: ein kleiner blendender Ball mit weißem Kragen – er erkannte die Kellerlampe.
An Backe und Schläfe spürte er ein Kribbeln, im Kopf einen dumpfen Schmerz. Er lag verdreht, das Kinn auf die Brust geklemmt, und blickte auf seine hingefallenen Glieder. Er wollte sich mit dem Arm aufstützen, aber der brachte nur eine kraftlos fahrige Bewegung zustande. Das linke Bein lag angewinkelt am Boden. Er wollte es aufstellen. Das Knie erhob sich, doch der Fuß blieb schlaff auf der Seite liegen. War das Bein gebrochen?

Da lag er. Er stellte sich vor, was jetzt kommen würde: Mit jaulendem Martinshorn würde man ihn, dem unnötiger Lärm zuwider war, in die Klinik bringen. Dort würden sich Weißgekleidete mit ernsten Gesichtern über ihn beugen, an ihm tasten und horchen und Schläuche und Kabel an ihm befestigen. Geräte würden zittrige Kurven zeichnen, über deren Verlauf die Fachleute dann leise diskutierten. Sie würden Maßnahmen beschließen und sich daran machen, ihn aufzuschneiden, durchzupumpen oder umzustöpseln. Ohne ihn zu fragen, würden sie es gut mit ihm meinen.

Später würde man ihm rosafarbene Pillen zu schlucken geben und läpprige Suppen. Er sah sich liegen und dämmern und langsam den Geruch von Desinfektionsmittel annehmen.
Seine Frau würde grau und bekümmert neben ihm sitzen und

mit leiser Stimme sagen: ‚Es wird schon wieder.' Den Bekannten hätte sie endlich wieder etwas zu erzählen: unentwegt würde sie jammern von seinem Leiden, seinem Siechtum, seinen Schwächen.
Die Schwestern hingegen würden sich pflichtgemäß heiter betragen. Als großen Erfolg würden sie es sehen, wenn er nach monatelanger Krankengymnastik an einem Gestell mit Rädchen einmal über den Krankenhausflur schleichen könnte, um dann verschwitzt und ermattet wieder ins Bett zu sinken. Seine letzte Lebensaufgabe würde darin bestehen, ein paar harmlose Bewegungen zu lernen. Und wenn er selbst den einfachsten Alltagspflichten – Atmen, Trinken, Essen, Wasser lassen und das andere – nicht nachkäme, würde die moderne Medizin ihm auch diese weitgehend abnehmen.
Er dachte an Gerhard, seinen Bruder, der monatelang gelbgrün zwischen den Geräten gelegen hatte, von irgendwelchen Impulsen durchzuckt, mit flattrigem Blick. Und monatelang war die Schwägerin bei jedem Anruf erschrocken. Bis endlich der eine kam, über den sie letztlich doch erleichtert war.
Auch mit ihm würde man diesen unnötigen Aufwand treiben. Er, der immer sparsam und ehrlich gelebt hatte, würde die Versicherung am Ende noch Zigtausende kosten und mehr: Er würde anderen auf der Tasche liegen. Bei diesem Gedanken wurde ihm elend. Die Mauern drehten sich, und er rutschte in die Dunkelheit.

Die Kante im Rücken, der weiße Kreis – als er sich wieder spürte, erschrak er, denn eigentlich wäre er gerne weggeblieben. Halb fühlte er sich eisig, halb merkwürdig flau. Erleichtert stellte er fest, daß er noch im Keller war.
Er mochte seinen Keller, denn während oben die Altstadt saniert und umgestaltet wurde, während Stadtverwalter Parkplätze herrichten und wieder zurückbauen ließen, während Konzerne Betriebe kauften, um sie zu retten und stillzulegen, während sich oben alles auf unberechenbare Weise veränderte, war der geblieben wie immer: feucht, dunkel und kühl. Außerdem war man hier sicher vor dem Gezerfe seiner Frau. Bis hier unten drang sie nur selten. – Ob sie ihn vermissen würde? Er rief nicht. – Er mochte nicht mehr.

Früher, als die andern noch lebten, war es manchmal schön gewesen, bei Ausflügen oder Vereinsfesten. Auch gearbeitet hatte er gerne. Herrlich war es gewesen, bei schönem Himmel Dachrinnen und Kamineinfassungen zu montieren, hoch über der

Stadt den Hammer zu schwingen mit unübertönbarem Klang! Aber das war schon lange, sehr lange her, das war nach dem Krieg, vor der heutigen Zeit.
Das ärgerlichste an der heutigen Zeit war der Neubau auf seinem alten Gütle. Für ein lächerliches Geld hatte er damals, als es im Geschäft einmal nicht gut ging, das Grundstück verkauft. Er wollte niemanden entlassen. Das war der Grund. Niemals würde das Bauland werden, hatte es damals geheißen, und er hatte es geglaubt, bei dem steilen Hang. Er spürte einen bohrenden Schmerz.
Ein paar Jahre später hatten sich dann schamlos die Bagger in den Hang gewühlt. Da wurde ausgeschachtet, Beton gepumpt und die Wohnzellen hochgezogen, übereinander gestapelte Schuhkartons, klein und teuer. Und jetzt wohnten mehr Leute darin als vorher Obstbäume dagestanden hatten. Wenn wenigstens ein paar der Apartments ihm gehörten! Wo's doch früher sein Grundstück war!
Er zitterte erregt, und ein Rauschen überdröhnte ihm die Sinne.

Das erste, was er später wieder spürte, war schmerzende Kälte. Sie war ihm von rechts in Gesäß und Rücken gekrochen, um nach und nach seine Glieder zu vereisen.
Ihm fiel das Himmeln ein. So nannte man es früher, wenn in der Unterstadt die vierten oder fünften Kinder beizeiten in Winternächten direkt ans offene Fenster gelegt wurden. Am nächsten Morgen hatte die Familie dann einen Esser weniger und ein unschuldiges Kind als Fürsprecher im Himmel. – Wie lange wohl das Kellern gehen würde?
Und er spürte nichts. Das gebrochene Bein lag da, als habe es nichts mehr mit ihm zu tun. Graue Wattefetzen zogen an ihm vorüber. Die Zeit war lang.

Plötzlich erschien über ihm ein verschwommenes Gesicht, aufgerissene Augen: ihr Gesicht.
„Ich will nicht ins Krrr...“, ihm blieb die Luft weg, und er sah nichts mehr. Ihm war schummrig – aber diese eine Mitteilung hatte er noch zu machen, nur diese eine. Er befahl sie seinen Lippen, seiner Zunge, er raffte alle Kräfte zusammen und sprach sie aus: „Ich will nicht ins Krankenhaus!“ Er sagte es zweimal, dreimal, deutlich, mit Nachdruck. Dann sank ihm der Kopf zur Seite, Schwindel, Schwärze.

Von hinten schoben sich zwei Hände unter seine Achseln, hoben ihn an. Er wurde weggezogen. – Ich will nicht ins Krankenhaus! – Sein Mund gehorchte nicht mehr, er stöhnte nur. Das Gewölbe drehte sich, der weiße Kreis fing an zu schwanken, ein zweiter tauchte auf, und sie begannen einander hin- und herzujagen. Oder war es ein Tanz? Da schwappte eine dunkle Welle über sie hinweg.

Er wurde abgelassen, niedergelegt. Sein Kopf fiel auf etwas Mürbes, das nachgab. Er lag fast bequem auf dem Rücken. Um ihn herum hüpften schummrige Flecken.

Mit den Fingern der rechten Hand spürte er feuchten Sand. Er tastete darin. Ein Finger war kalt. Er war dicker als die anderen und ohne Gefühl. Er hatte zwei Enden! Wie war er abgegangen? Er drehte den Finger langsam und dachte angestrengt nach. Dann griff er ihn und hob unter großen Mühen die Hand so an, daß er ihn im matten Licht für einen kurzen Moment erblickte – eine schrundige Gelbe Rübe – und die Hand fiel zurück.

Er atmete aus, wurde schwer, löste sich und ging unter. Er sank durch sein Fleisch und seine Haut, durch Kleider und Sand in den gestampften Boden. Er vergaß alles und sank durch Brandschutt und Lehm, durch Fundamentbrösel und durch festgebackene Reste früherer Geschlechter, durch Keuperschichten und weichen Letten tiefer und tiefer. Die Erde sog ihn auf und umfing ihn.

Und nach ein paar Jahren war er in ihrem brennenden Schoß versickert.

2

So tief habe ich noch nie in ein Loch geguckt, dachte Andrea Nitsch und drang mit den Augen in das tiefschwarze Brunnenloch. Das Wasser da unten konnte sie nicht sehen, aber sie dachte es sich, ein geheimnisvolles Naß, tiefer noch als der Neckar, und sie spürte, wie es kalt und dumpf heraufhauchte. Sie stellte sich vor, ihr Blick dränge weiter, durch Muschelkalk, Letten und andere Gesteinsschichten, dunkler und dunkler, tiefer und tiefer, bis zu dem großen, erdinneren Feuer; sie ahnte es hinter all der Dunkelheit, schon meinte sie, es zu sehen ...

„Hallo! Es geht weiter!" Andrea hörte eine warme Stimme und drehte sich um: Ein Mann stand ein paar Meter weiter im Halbdunkel und zeigte auf graue Gestalten, die am andern Ende des großen Kellers hinter einer Türe verschwanden. Ach ja, die Besichtigung! Andrea ließ ab vom Brunnen und eilte dem Mann nach zur Türe, wo schon ungeduldig der Schloßführer mit den Schlüsseln rasselte.

Hinter der Türe war es eng und feucht, und da standen schweigend und dicht gedrängt zwanzig oder mehr Personen. Schauten sie vorwurfsvoll, oder kam es Andrea nur so vor? „Bitte sprechen Sie nicht während der folgenden Wegstrecke", raunte der Schloßführer eindringlich, „Wir kommen jetzt in die Nähe der Ruheplätze und die Tiere sind hochempfindlich!" Sie schlichen im Gänsemarsch einen halbdunklen Gang entlang; sittsamer als in den Albhöhlen, dachte Andrea, sie war direkt hinter dem Schloßführer. Links und rechts gingen andere Keller ab, deren Ausmaß sie in der Dunkelheit nur erahnen konnte.

Plötzlich fuhr der Schloßführer ruckartig mit dem Arm nach links und warf ihr über die Schulter einen schnellen, drohenden Blick zu – er zeigte auf den Boden: unterhalb von einer Luke befand sich eine dichte Reihe gräulicher Gebilde in der Form von Tropfkerzen: Es war Fledermauskacke. Sie mußte sich über Jahre hin angesammelt haben. Aber von den Tieren selbst war nichts zu sehen. Es folgte eine verwinkelte Treppe, der Schloßführer drängte nach vorne und schloß ihnen eine Tür auf. Andrea wartete hinter den anderen. Wo war der Mann, der ihr vorher gerufen hatte? Sie war sich nicht sicher, wie er aussah.

Der nächste Kellerraum war sehr groß und dunkel. Und wie nacheinander die vereinzelten Lampen erglommen, tauchte in der Mitte des unterirdischen Saales ein riesengroßes Weinfaß auf. – Es wirkte feierlich und die Besucher gingen erst staunend darauf zu, legten respektvoll die Hand auf seine Rundung, um dann doch alle nacheinander an das alte Holz zu klopfen: erst zaghaft, dann stärker, dann mit aller Kraft – bis ein mächtig anschwellendes Trommeln den Keller erfüllte. Vorne hatte das Faß eine Klappe, und im Nu stiegen ein paar vorwitzige Kinder hinein, kicherten hell und entlockten dem Faß noch lautere Klänge mit trampelnden Füßen. Die Erwachsenen freuten sich und begannen, Geschichtchen zu erzählen, von Hochzeiten und von saufenden Fürsten.
„Aber bitte! Denken Sie doch an die Fledermäuse“, mahnte der erschrockene Schloßführer und versuchte, die Besucher mit hilflosen Gesten zu beschwichtigen. Er begann, etwas von Urban, dem Schutzheiligen der Weinbauern, zu erzählen, aber kaum jemand hörte ihm zu.
„Hier kann ich Ihnen ein paar Fledermäuse zeigen!“ krähte er schließlich von der Türe aus, und die Besucher ließen vom Faß ab und kehrten eilends zurück in den kleinen Vorraum. Der Schloßführer wartete bis zum letzten Besucher. „Sie hören unseren Lärm, aber sie selbst stoßen für uns nicht wahrnehmbare Laute aus“, belehrte er sie dann mit Genugtuung in der Stimme, „und an deren Widerhall können sie die Umgebung und die Bewegungen ihrer Beutetiere erkennen.“
Die Leute reckten die Hälse: „Wo sind sie denn?“
„Hier auf dem Schloß“, fuhr er fort und streifte sich eine Strähne aus der Stirn, „haben die Fledermäuse auch ihre Wochenstuben. Die Weibchen bringen hier im Mai-Juni ihre Kinder zur Welt und ziehen sie in der Sippe gemeinsam auf.“ Er sprach sehr langsam, als trage er ein Gedicht vor. „Die Männchen streifen solange einzeln in freier Wildbahn umher. Erst später, im Herbst, kommen sie wieder zusammen.“

Würde mir das gefallen? ging es Andrea durch den Kopf. Für die Liebesnächte die Männer – für den Zusammenhalt die Frauen?

Gar nicht so dumm, überlegte Tobias Arnold – und dachte an die ungebundenen Fledermausmännchen. Vielleicht war Paarbindung ein unnatürlicher Mencheneinfall? Er bekam einen Schups von rechts. „Kannst du eine Fledermaus sehen?“ fragte Mutter und lehnte sich leicht an seine Schulter. – „Nein“, sagte Tobias und wich zurück. „Du hast doch gehört; sie vertragen keine menschliche Neugier!“ flüsterte Vater von links, belehrend wie immer.
Auch die anderen Besucher suchten die dunklen Wände ab und murrten. Aber der Schloßführer schwieg trotzig und zeigte nur noch Richtung Ausgang. Tobias reihte sich hinter seine Eltern ein und sie stiegen die schier endlos lange Treppe wieder hinauf.
Helle Sprenkel hüpften vor Tobias' Augen, als er hinaustrat. Dann erkannte er den Umriß des Daches, das gelbe Fachwerk, den Tübinger Schloßhof, den die Eltern bereits munteren Schritts überquerten.
Etwas Angenehmes gelangte in Tobias' Nase. Er hatte es heute schon mal gerochen. Eine junge Frau streifte ihn im Vorübergehen mit einem lebhaften Blick. Es war die, die so lange in den Brunnen geschaut hatte. Sie schritt auf das große Schloßtor zu, und Tobias schaute ihr nach, bis das Blaugrau ihrer Bluse im Torbogen verschwand.
Die Eltern ließen sich Zeit und wollten mit Tobias sämtliche Ecken des Schloßhofs besichtigen. Sorgfältig lasen sie sich gegenseitig die Türschilder vor. Daß Universitätsinstitute hier residierten, schien sie sehr zu befriedigen.
Als sie schließlich zu dritt am unteren Torbogen angekommen waren, stießen sie auf zwei Kinder, die am Boden hockten und selbstgebastelte Kränze aus Efeu vor sich liegen hatten, strabelige Dinger, die sie zum Kauf anboten. Mutter war entzückt und blieb stehen. (Überhaupt schien sie zu meinen, ganz Tübingen hätte sich speziell für ihren Besuch hergerichtet.) Erst als Tobias und Vater weitergingen, löste sie sich von den Kindern, um betont forsch mit ihren Wanderschuhen die Burgsteige hinunterzustechen. Zum Glück hatte sie keinen Kranz gekauft.
Unten bogen sie um die Ecke und traten wie durch eine schmale Tür auf den Marktplatz, auf dem heitere Sonntagsstimmung herrschte. Die Eltern bestaunten die Fachwerkhäuser und die bemalte Rathausfassade, deren Figuren ihnen Tobias leider nicht erklären konnte. „Ein paar solide Kenntnisse über die Stadt, in der man studiert, könnten nichts schaden“, meinte der Vater, grunzte und wandte sich dem Stadtplan zu, der an einer Haus-

wand angebracht war. Darauf suchte er nun Tobias' Studentenwohnheim. Tobias selbst trat einen Schritt zurück und ließ seinen Blick verschwimmen. Da sah er im Netz der Linien eine tanzende Figur, die mit Armen und Beinen winkte. Ja, – den Marktplatz empfand er als großen Kopf, und die Gassen als flatternde Gliedmaßen. Die Figur kam ihm bekannt vor. Als ob sie ihm früher schon mal gewinkt hätte, vor langer Zeit. Aber wo?
Fast wäre er mit einem spielenden Kind zusammengestoßen. Die hüpften hier überall herum, während die Erwachsenen an Tischen saßen und schwatzten, links die Biertrinker, rechts die Kuchenesser. Zu denen strebten jetzt die Eltern, Tobias folgte langsam. Er setzte sich zu ihnen und guckte in die wuselnden Menschen. Ein Blaugrau tauchte auf und wieder unter, er schickte seine Augen auf die Suche. Er entdeckte die Frau, die das Blaugrau trug, am Eisstand ganz in der Nähe. Auch jetzt, wo sie nur wartete, hatte ihr Blick etwas Sprühendes, Eifriges. Nach zwei Schlucken Kaffee schaute Tobias wieder hin. Er sah, wie sie mit einer weichen Handbewegung das Waffelhörnchen mit dem Eis entgegennahm. Sie steckte es langsam in den Mund, schmiegte ihre Lippen um die Kugel, um sie dann behutsam und genüßlich wieder herausflutschen zu lassen. – Die Eltern bohrten ihre Gabeln in den Kuchen und sprachen von Geranien.
Die sprühende Frau schob die letzten Waffelsplitter in den Mund und ging entschieden auf eine Gruppe zu – es mußte eine Stadtführung sein. „Schaut mal, da gibt es noch eine Führung", sagte Tobias zu den Eltern, „Kommt! Ein paar solide Kenntnisse über die Stadt, in der man studiert, können doch nichts schaden!" Er sprang auf und ging hinüber.

Die Gruppe setzte sich gerade in Bewegung in Richtung Unterstadt, als auch die Eltern sich ihr anschlossen. Vor einem großen Kellertor begann der bleiche Mann von Zeiten zu erzählen, in denen es in Tübingen etwas gab, was für die Bewohner sogar noch wichtiger war als die Universität: den Weinbau. Die Frau, die Tobias gefiel, hörte aufmerksam zu, ihr braunes Haar glänzte in der Sonne.
Sie wurden zur Ammer geführt, diesem bescheidenen Flüßlein, das – in mehreren Kanälen durch die Stadt geleitet – früher Mühlen und Handwerksbetriebe in Gang gehalten hatte. Dann lenkte der Stadtführer sie um eine Ecke und zeigte auf ein rotweißgestrichenes Gebäude. Es war eingekastelt zwischen Fachwerkhäusern, aber an der Längsseite konnte man sehen, daß es massiv und stattlich aus Stein gebaut war und die andern Häu-

ser überragte. Bogenfenster ließen einen Versammlungsraum vermuten.
Tobias schnupperte nach der Frau mit den lebhaften Augen und stellte sich vorsichtig neben sie, als der Stadtführer zu reden begann: „Hier stehen wir nun also vor der ehemaligen Synagoge!" – Kaum hatte er dieses Wort ausgesprochen, öffnete sich über ihnen am Nachbarhaus ein Fenster, und eine Frau mit fransligen Haaren streckte ruckartig den Kopf heraus: „Entschuldigen Sie mal, was Sie da erzählen, ist leider vollkommen falsch!" zischte sie. „Die ehemalige Tübinger Synagoge stand in der Gartenstraße und wurde in der Kristallnacht 1938 von Tübinger Mitbürgern zerstört! Aber dieses Haus hier war nie Synagoge!" Sie zuckte mit dem Kinn. „Sie glauben ja gar nicht, wie oft ich mir diesen Bockmist anhören muß!" fügte sie scharf hinzu.
Tobias freute sich an dem Vorfall und grinste zu seinem Vater hinüber. „Aber", meinte der Stadtführer, „da drüben ist doch die Judengasse!" Er zeigte mit dem Daumen hinter sich. „Da müssen doch irgendwann einmal Juden gewohnt haben."
„Natürlich, im Mittelalter! Aber bei der Universitätsgründung wurden die Juden vertrieben. Ob da hinten je eine Synagoge stand, weiß keiner. Aber auf jeden Fall gab es ein unterirdisches Ritualbad, was für die Juden wichtig ist, weil sie sich da zur rituellen Reinigung untertauchen ...". – Die Frau stockte und unterbrach ihren Vortrag. „Das hier war jedenfalls keine Synagoge, sondern ein Gasthof. Merken Sie sich das!" sagte sie und schloß energisch das Fenster.
Der bleiche Führer hüstelte: „Es tut mir leid ..." Tobias amüsierte sich „Wetten, daß sie extra hinter dem Vorhang lauert, um den Führer zu verbessern?" raunte er seiner Nachbarin zu.

„Also gut, wetten wir", sagte Andrea Nitsch und war selbst überrascht. „Dazu müßte man aber nochmal herkommen!" sagte der junge Mann und lächelte aus seinem dunklen Bart heraus. „Nächsten Sonntag um die selbe Zeit", schlug Andrea vor. Er nickte ihr zwinkernd zu, drehte sich um und folgte mit dem älteren Paar dem Stadtführer, der offensichtlich schnell von hier weg wollte. Andrea blieb stehen und stutzte.

3

Der nächste Tag war für Andrea ein ganz normaler Montag: Vormittags das Seminar über Sozialisation, danach Arbeitsgruppe, nachmittags Literatur für die Seminararbeit sichten. Pädagogische Leitgedanken zwischen Aufklärung und Romantik.

Als sie heimkam, fand Andrea einen Brief von der Altenberatungsstelle vor. Wahrscheinlich schickten sie wieder Adressen von alten Menschen, die sie besuchen sollte. – Diesmal war es merkwürdigerweise aber nur eine Adresse. Und was für ein Problem hatte diese Else Scheuer? Sonst standen da immer ein paar Stichworte.
Andrea rief in der Beratungsstelle an. „Eine Nachbarin hat uns angesprochen und uns darum gebeten, daß ... Sie muß sehr eigen sein." „Was soll das heißen?" „Ach nichts! Ein bißchen Demenz halt. ... Pardon, ich habe noch furchtbar viel zu tun." Da hatte die Altenberaterin schon aufgelegt.

Am nächsten Morgen machte sich Andrea also auf den Weg zu Else Scheuer. Sie wohnte in der Altstadt. Die Gasse kannte Andrea bisher nur am Abend, wenn mattes Licht und Gemurmel aus den niedrigen Fenstern der Kneipen drang, wenn frisch verliebte Paare und junge Männer erwartungsvoll durch die Tübinger Altstadt zogen und meinten, dies sei ein besonderer Abend. Jetzt, am hellichten Vormittag, lag die Gasse tief im Schatten der hohen, spitzgiebeligen Häuser, ein Burggraben zwischen Fachwerkwänden. Frauen gingen mit Einkaufskörben, begrüßten einander und wurden manchmal von einem Radfahrer zur Seite gescheucht, der die Gasse hinunterflitzte.
Das Haus der Else Scheuer hatte Andrea noch nie bewußt gesehen. Neben seinen großen, adrett renovierten Nachbarn sah es mickrig und schäbig aus. Der Dachstuhl war unter den brüchigen Ziegeln ein wenig zusammengesackt. Osteoporose, dachte

Andrea: Knochenschwund, besonders im Alter vorkommend, daraus folgend Minderung der Belastbarkeit mit Neigung zu Frakturen und Verformungen.
Der rötliche Anstrich des Hauses war an manchen Stellen abgeblättert, dahinter kam fahl-ockriges Gebrösel zum Vorschein. Ein ähnlich mürbes Material hatte sie schon als Kind beunruhigt, als es aus den Wunden ihres abgewetzten Teddybären rieselte. – Das neueste an der Fassade waren drei Blechschilder, die das Parken untersagten.
Zwei Stufen führten zu einer schmalen, braunen Holztüre. 'K. Scheuer' stand weiß in schwarz graviert an der Klingel. Andrea zögerte einen Moment, fand, daß nichts dagegen sprach, und läutete. Sie wartete. Im Haus blieb es still. Sie klingelte ein zweites, drittes, viertes Mal. Nichts. Sie trat zurück und guckte nach oben. Im ersten Stock hingen Vorhänge aus den Fünfzigerjahren. Bewegten sie sich? Nein. Acht- oder zehnmal läutete sie noch. Die Frau war eben nicht zu Hause. Andrea steckte ihr daher eine Nachricht in den Briefkasten – es war einer aus Blech, direkt an die Haustüre geschraubt – und ging wieder.
Anderntags versuchte Andrea erneut, Frau Scheuer zu besuchen. Sie läutete wieder vergeblich, stellte aber fest, daß der Briefkasten inzwischen geleert worden war. Am dritten Tag fragte Andrea im kleinen Laden nebenan, wo eine Verkäuferin lächelnd mit den Schultern zuckte. Eine ältere Frau jedoch, die im Laden stand, schnaubte:
„Was? Zu *der* ...?" „Ja, was ist denn mit der?" „Ich lass' mich doch nicht von Ihnen über die Nachbarschaft aushorchen!" „Entschuldigung", sagte Andrea und beschloß, es weiter auf dem direkten Weg zu versuchen. Sie ging zu dem besagten Haus und klingelte nochmal.

Else Scheuer stand am Fenster und schaute durch die Gardinen hinunter auf die Gasse. Genau unter ihr, an der Haustüre, stand wieder diese Person: weinrote Kleidung, braune Haare, mehr konnte sie nicht erkennen – und klingelte, wie die Tage zuvor. Aber fremden Leuten machte Else Scheuer die Türe nicht auf. Die kamen doch bloß, wenn sie was von einem wollten. Ein Zimmer mieten zum Beispiel oder Geld. Auf jeden Fall Ärger ins Haus bringen. Das konnte man ja bei jedem Klingelputz sehen. Die Person machte noch etwa zwölf weitere schrille und häßliche Versuche, die Else ungerührt ertrug, und ließ dann ab. Im Weggehen drehte sie sich kurz nach oben und sah weiblich aus. Else schaute ihr noch eine Weile nach und wandte sich wieder dem Zimmer zu. Vom Couchtisch aus lachte ihr eine unverschämt glückliche Prinzessin entgegen. Die Zeitschrift hatte Else geschenkt bekommen, weil sie nicht mehr aktuell war. Zum Lesen hatte sie eigentlich keine Zeit, aber sie begann darin zu blättern. Schon wieder eine Scheidung im englischen Königshaus! Recht geschah's der jungen Frau! Was brauchte die einen Königssohn heiraten, wo sie selbst nicht einmal adelig war!

Else Scheuer fiel ein, daß sie noch etwas richten mußte für Karl. Sie stand auf und ging in den Flur. Freitags mußte sie ihm immer ein frisches Hemd rauslegen, da hatte er Vereinsabend. Vor dem Kleiderschrank zögerte sie. Es war schon so lang nicht mehr Freitag gewesen. – Aber heute war auch erst Donnerstag.

Sie kehrte zum Tisch zurück, hatte aber die Brille verlegt und konnte nicht weiterlesen. Beim Suchen fiel ihr Blick auf die Zimmerpflanzen. Sie zupfte ein paar welke Blättchen ab, nahm dann einen Lappen und begann, auf dem Sims zwischen den grünen Plastikuntersetzern Staub zu wischen. Die Fenster sollte man auch mal wieder putzen, aber das traute sie sich nicht mehr zu mit ihrem Rheuma. Ja, wenn der Hansjörg eine Hiesige geheiratet hätte und nicht diese ..., da wüßte sie schon eine, die ihr die Fenster putzen würde. Gut und gerne!

Und die Erna drüben hatte ihre Fenster bestimmt seit einem halben Jahr nicht geputzt! Dabei war die doch fünf Jahre jünger als sie und noch rüstig! Aber einen neuen Mantel hatte die Erna! Wozu die einen neuen Mantel brauchte? Kriegte die mehr Rente als sie? Der Gedanke an Geld machte Else Scheuer unruhig und trieb sie in die Küche. Sie zog die Besteckschublade auf und hob den Einsatz hoch: Der Fünfzigmarkschein war noch da! Oder waren nicht vorher zwei Fünfzigmarkscheine da gelegen? Oder hatte sie damit neulich den Kaminfeger bezahlt? Der war ja auch teurer geworden, genau wie die Müllabfuhr! Und trotzdem war immer so viel Hundedreck auf der Straße! Überhaupt waren Hunde fast so schlimm wie Kinder.

Else Scheuer hielt inne und seufzte. „Am schlimmsten sind die vom Nachbarhaus, diese Krakeeler!“ entfuhr es ihr laut. „Wenn die da unten Ball spielen, zittern mir die Tassen im Schrank! Wo wir doch schon immer das Gerumpel von der Flaschnerei unten ertragen müssen. Und die haben neulich ihren Lieferwagen wieder so unmöglich vor dem Haus abgestellt, daß man wirklich schier nicht vorbeikommen konnte.“

Energisch schrubbte sie Geschirrablage und Spüle – irgendwelche Flecken waren da immer – und bruddelte an ihren Karl hin.

„So eine Rücksichtslosigkeit!“ Hörte er überhaupt zu? Sie drehte sich um zu seinem Stuhl am Küchenfenster, und ihr Herz blieb fast stehen vor Schreck, denn er war mal wieder durchsichtig geworden. Diese unerwartete Durchsichtigkeit war fast noch schlimmer als der Anblick damals ... Schnurstracks ging sie ins Wohnzimmer und drückte auf den Knopf an ihrem Wunderkasten. Gebannt starrte sie auf seinen lichtdurchfluteten Vorhang, auf dem bunte Schnipsel tanzten. Gleich; gleich würde er sich lüften und ihr den Blick in die wirkliche Welt frei geben. So leicht konnte sie sich Zugang verschaffen zu den reichen, bedeutenden Familien, zu den Kojoten der Prärie, zu Liebesaffären und Gangstercliquen, zu Tiefseetauchen und Dorfidyllen. Später kam auch dieser adrette Herr, der sie immer freundlich begrüßte, sie anschaute und ihr die Welt erklärte. Und irgendwann nickte Else Scheuer ein.

Sie war unterwegs in der Tübinger Altstadt und trippelte dabei so leichtfüßig über das besonnte Kopfsteinpflaster, daß sie selbst überrascht war. Freudig wollte sie ihre Beine betrachten, da war direkt neben ihr eine Luke offen und führte in ein dunkles Kellerloch. Sie erschrak und wollte zurückweichen, aber ihre Schenkel waren fest in den Boden einbetoniert wie zwei Pfosten. Hilfesuchend drehte sie den Kopf zum Haus gegenüber.
Sofort klappten an seinem Sockelgeschoß (an der Kante zwischen Straße und Haus) die hölzernen Läden auf und zwei schmale, dunkle Fensteraugen schauten sie entrüstet an. An allen Häusersockeln, wohin sie auch guckte, öffneten sich jetzt paarweise die Kellerfenster und beschossen sie mit strengen, vorwurfsvollen Blicken. Else zitterte; diesen Richteraugen, das spürte sie, konnte nicht die kleinste Regung entgehen, sie prüften alles, wußten alles, straften alles. Sie kam sich unsagbar klein, mickrig und schlecht vor.
Plötzlich bemerkte sie an einem Haus ein riesiges Kellertor. Seine schweren Holzflügel knarzten und begannen sich zu regen. Unter Ächzen und Stöhnen drehten sie sich langsam und schmerzvoll auf und rumpelten krachend links und rechts an die Hauswand. Ein großer, kalter Schlund öffnete sich, um aus tiefstem Keller einen dumpfen Klagelaut von sich zu geben. Die Klage galt niemand anderem als ihr. Sie schwoll, ließ den Boden, die Straße, die Häuser vibrieren; und das Kellermaul wuchs und weitete sich, bis es vor Elses Füßen klaffte.
Sie stand auf der Schwelle und blickte schaudernd auf die mächtigen, glitschigen Kellerstufen, die in bodenlose Finsternis hin-

abführten. Es gab keinen Halt, kein Zurücktreten, nur diesen heulenden Abgrund und an seinem Rande sie, verrückt vor Angst, den Sturz vor Augen. 'Karl!' wollte sie verzweifelt rufen, aber ihre Lippen lagen schwer und unverrückbar aufeinander wie Mauersteine.

Das erste, was sie wieder spüren konnte, war ein Sack voll schmerzender Glieder, unschierig in die Dunkelheit eingeklemmt. Sie war naß und fror erbärmlich. Steifheit und Angst hinderten sie an jeder Bewegung. Um sie herum herrschte finsterer Keller, und sie konnte nichts begreifen. Es dauerte lange, bis sie endlich schemenhaft, nicht weit von sich entfernt, ein Kellerfenster bemerkte, ein flimmerndes Rechteck. Sie starrte es an, aber sie hatte weder den Mut noch die Kraft, dorthin zu gelangen. Schmerzverkrümmt blieb sie im Sessel stecken.
„Karl", wimmerte sie leise und erschrak über ihre eigene Stimme. Ob er hier war? Immer hatte sie seine Wünsche und Befehle und damit ihr Leben erfüllt. Und jetzt? – Immer hatte sie sich über ihn geärgert, über seine Sturheit und seine Ungerechtigkeit, über seine Verschrobenheit, seine maulfaule Art, seinen Eigensinn und seine Unordnung, aber beim Ärgern hatte sie sich wenigstens gespürt. Und jetzt? Er antwortete nicht, und ihr tat alles weh. Ob er in der Nähe war? Im Keller! Aber dann war sie ja auch schon ...
Dieser Gedanke machte ihr Angst. Vielleicht war es gut, zu beten? Aber wie? Hatte Karl etwas gesagt? Irgendjemand redete doch unentwegt. Sie wollte verstehen, was, aber sie fühlte sich so leer, daß ihr schwindlig wurde und schlecht und vollends schwarz vor Augen.
Lange Zeit später vernahm sie einen schrillen Ton. Wo hatte sie diesen schrillen Ton schon einmal gehört?
Da erkannte sie im milchig warmen Licht die Möbel ihres Wohnzimmers, ihr Herz raste vor Aufregung. Also doch noch nicht ...! Der Fernseher lief. Es klingelte wieder. Wer war das?
Sie nahm alle Kraft zusammen, setzte die Füße, die aus den Schuhen gerutscht waren, auf den Boden, stand auf, schusselte zum Fenster und öffnete es. „Ich komme gleich!" keuchte Else Scheuer, als sie sich hinauslehnte, „Was wollen Sie?"

‚Also doch', dachte Andrea Nitsch und schickte ein munteres Grüßgott nach oben. Aber der schmale, graue Kopf wurde gleich wieder zurückgezogen, das Fenster geschlossen. Andrea wartete.

Es knarzte im Innern des Hauses, Schritte gingen, ein Schlüsselbund rasselte am Schloß. Die Türe öffnete sich langsam, und im Halbdunkel erschien eine schmächtige, alte Frau mit flattrigem Blick. Andrea streckte ihr die Hand entgegen und stellte sich vor. Nur zögernd ließ sich die Alte die schlaffe Hand drücken, um sie gleich wieder zurückzuziehen. „Ha, dann kommen Sie halt rein!" hauchte sie und lächelte gequält. Ihr spitzes Gesicht war weißlich gelb wie Wachs, als wäre längst alles Blut aus ihm gewichen.
In dem düsteren Flur stand eine Wolke von Bohnerwachs, Feuchtigkeit und Urin. Frau Scheuer ging langsam nach hinten und begann, eine steile Treppe hinaufzusteigen, viel zu steil für eine alte Frau. Auf halber Höhe blieb sie stehen, japste und drehte sich langsam nach Andrea um, die ihr gefolgt war. Sie hüstelte und warf ihr einen mißtrauischen Blick zu. Dann schlich sie vollends nach oben; auf dem Treppenabsatz blieb sie aber stehen, so daß Andrea nicht hochkommen konnte.
Von unten sah sie sich Frau Scheuer an. Sie hatte einen roten Ausschlag am Hals und an der Unterseite des Kinns, ihr Kleid war fleckig. Hinter ihr konnte Andrea in einen schmalen Flur sehen, zwei niedrige Fenster führten zur Hangseite.
„Schickt er Sie?" fragte Frau Scheuer prüfend von oben herab, hüstelte und zuckte mit dem Mundwinkel.
„Wer?" fragte Andrea. Aber statt zu antworten, machte Frau Scheuer eine fahrige Bewegung mit der Schulter, als wäre ihr plötzlich kalt.
„Was ist los mit Ihnen?" fragte Andrea, die noch immer ein paar Stufen unter ihr stand. Die Scheuer stotterte. „Frau Scheuer, ich komme von der Beratungsstelle für ältere Menschen, ich weiß, daß es für sie nicht einfach ist, und deshalb ..." „Wie alt sind Sie denn?" zischte Frau Scheuer fast vorwurfsvoll. „Sechsundzwanzig. – Weshalb?" „Ja und da meinen Sie, das sei alles so einfach?" Andrea holte Luft. „Das nicht. Ich frag Sie ja gerade, ob Sie Hilfe brauchen!" „Nein, Hilfe ganz bestimmt nicht, mir hilft auch keiner!" „Frau Scheuer, das ist ein Mißverständnis. Lassen Sie mich doch hochkommen, dann können wir in Ruhe miteinander reden!" „Was wissen Sie schon?" keifte Frau Scheuer, verzog das Gesicht und schimpfte unverständlich. Sie war eigen, das stimmte. So sehr sich Andrea auch bemühte, mit freundlichen Worten ihr Anliegen vorzubringen, die Scheuer hielt krampfhaft die Hand am Geländer und konnte sich nicht entschließen, ihr den Weg nach oben frei zu geben. – Aber sie sah so elend und bedürftig aus.

„Vielleicht könnte ich Ihnen ja helfen, den Alltag besser einzuteilen?“ fragte Andrea vorsichtig.
„Den Alltag einteilen? Mein Mann kommt um Viertel nach fünf aus dem Geschäft, das war schon immer so! Auch, als er gar nicht mehr geschafft hat, war das so! Und jetzt auch! Unpünktlichkeit können wir nicht brauchen! Und Besuch gibt es nicht! – Sie junge Huddel, Sie!“
„Ich will nicht bei Ihnen wohnen, ich will Sie beraten. Sie können es sich ja überlegen. Ein ander Mal komme ich wieder. Und wenn Sie mich nicht nach oben lassen wollen, geh ich jetzt wieder runter!“
Frau Scheuer guckte sie jetzt ganz groß an: „Ja, waren Sie denn schon einmal unten?“ „Wo unten?“ „Im Keller?“ – Andrea stutzte: „In Ihrem Keller war ich noch nie. Wie sollt' ich denn?“
„Das will ich auch hoffen! Da haben Sie auch gar nichts verloren!“ Empörung schoß aus Frau Scheuers Augen. „Der Keller geht sie überhaupt nichts an!“ Erneut begann sie zu schimpfen über die jungen Leute, über die Ausländer, über die Nachbarn und dann wieder über die jungen Leute. Und überhaupt!
Andrea guckte in Frau Scheuers unruhige Augen und ließ den Schwall an sich herabgleiten. Dann nickte sie, drehte sich um und stieg die Treppe wieder hinunter. Sie hatte die Haustüre schon geöffnet, da rief die Scheuer spitz und dringend: „Aber gell, Sie kommen wieder!“

4

Andrea fand sich ein bißchen verrückt, als sie am nächsten Sonntagnachmittag eine bestimmte Stelle in der Tübinger Altstadt aufsuchte. „Und jetzt spinn ich wirklich!", dachte sie, als sie um die Ecke bog und vor besagtem Haus auf eine Menschengruppe stieß – alle mit gestreckten Hälsen und im Disput mit der Frau, die aus dem Nachbarhaus herausschimpfte:
„Das war doch keine Synagoge!"
„Aber woher kommt denn dann der Davidstern da?" fragte einer der unten Stehenden und zeigte auf einen Maueranker, ein deutliches Zeichen an der Fassade des fraglichen Hauses.
„Papperlapapp Davidstern!" bellte die Frau. „Das ist das Symbol vom Schutzpatron der Bierbrauer, Gambrinus", fuhr sie fort, „das Zeichen steht für ein geflochtenes Rührgerät, das zum Brauen benutzt wurde. Das Haus hier ist ein ehemaliger Gasthof. Generationen haben hier ihre Familienfeste gefeiert. Aber Synagoge war es nie!" „Aber da drüben ist doch die Judengasse! Da gab es doch sicher eine!" wandte der Mann ein.
„Das ist gar nicht sicher. Aber ein Ritualbad gab es. Das ist fundamental für die Juden: Ins ungeschöpfte Wasser tauchen. – Aber das hier war ein Gasthof!" Sie murrte nochmal kurz und schloß energisch das Fenster.

„Gewonnen!" sagte jemand hinter Andrea und seine Stimme überschlug sich fast. Der junge Mann strahlte und streckte Andrea die Hand entgegen. „Ich war mir nicht sicher, ob du die Wette annehmen würdest, aber jetzt find ich es ganz großartig!"
„Überhaupt", meinte Andrea und lachte, „um was haben wir eigentlich gewettet?" „Keine Ahnung, aber ich hätte Lust, ein bißchen spazierenzugehen!" Er schielte zum Rest der Besuchergruppe. „Gut", sagte sie, und sogleich stieg er mit großen elastischen Schritten vor ihr die Gasse hoch. Andrea folgte ihm, da hatte er schon die nächste Gasse oben überquert und jagte die

nächsten Staffeln hinauf Richtung Schloß. Er schaute sich lächelnd um und wollte sehen, ob sie ihm folgte. ‚Angeber', dachte Andrea, ‚wart nur!' und rannte an ihm vorbei – dann war er wieder schneller. Erst im Schloßhof angekommen, hielt er kurz inne: „Jetzt will ich nur noch hinauf zum Himmel!" schnaubte er, als Andrea ihn erreicht hatte, und lief zum hinteren Torbogen und die Treppen hinauf. Andrea folgte ihm hechelnd. Oben drehte er sich nach links und rannte nach vorne bis die große Burgmauer ihn endgültig stoppte. Jenseits gab es nur noch das Neckartal.
„Jagst du immer so herum?" fragte Andrea, als sie ihn keuchend erreichte. „Überhaupt nicht", japste er und rang nach Luft.
Der Blick war groß, und die Mauer niedrig. Andrea stützte sich mit den Handflächen auf. Ihr Puls schlug von den Fingerspitzen aus gegen die warmen Mauersteine. Was sollte denn das? Da rannte sie einem Mann nach, von dem sie nicht einmal den Namen wußte! „Übrigens heiß ich Tobias", sagte er mit einer Stimme, die Andrea sehr angenehm war. „Und ich Andrea." Sie mußte kichern. Unten floß zwischen grünschäumenden Bäumen der Neckar. Man ahnte ihn mehr, als daß man ihn sah. Am Horizont lag die Schwäbische Alb, scharfkantig, als wäre sie aus blauem Papier ausgeschnitten. Seltsam, zu schweigen, wenn man sich nicht kennt.

Da flog direkt vor ihnen von einem Mauerabsatz ein Turmfalke auf, ein zweiter folgte, und sie kreisten in weiten Bögen umeinander. „Fliegen wäre noch besser als Rennen", meinte Tobias und schaute ihnen nach. Dann breitete er die Arme aus und guckte Andrea an. Als wolle er sich noch mal versichern, daß sie ihm folgen würde. „Ich möchte kritisch anmerken, daß wir keine Turmfalken sind", sagte sie und kam sich ein bißchen albern vor. Er ließ die Arme sinken: „Und ich möchte kritisch anmerken, daß der Mensch die Technik kennt!" erwiderte er mit gespieltem Trotz. Da rückte eine Schar Touristen an und verdrängte sie von dem schmalen Mauerposten.
Sie gingen über den hochliegenden Garten hinüber zum höher gelegenen Ausguck. „Können Sie mir bitte die Sicht erklären?" bat Andrea, als sie dort ankamen. „Das Schloß sitzt auf diesem Wulst, auf dem Bergkamm zwischen Neckar und Ammer wie ein Reiter auf einem Pferd, und die Häuser der Altstadt drängeln sich auf dem Pferderücken, denn alle wollen mitreiten", proklamierte Tobias. „Ja, und damit sie nicht herunterfallen, haben sie sich fest in den Hang hineingebohrt. Deshalb gibt's die tiefen Keller

unter den Häusern", meinte Andrea. „Links und rechts", fuhr Tobias fort, „im Neckar- und im Ammertal stehen die Häuser, die auch gern mitreiten würden, die es aber nicht mehr aufs Pferd geschafft haben, weil sie zu spät gekommen sind. – Jahrhunderte zu spät." – „Manche sind sich auch gegenseitig aufs Dach gestiegen", sagte Andrea, „vielleicht um besser sehen zu können, wenn auf dem Pferderücken was frei wird!" Sie zeigte auf die Hochhäuser im Norden. Sie lachten beide, und Tobias faßte sie an den Hüften. Aber Andrea drehte sich und entwischte ihm.

Tobias Arnold lief dem wehenden, braunen Haar und dem Lachen hinterher; die gutriechende Frau hieß Andrea. Sie rannte den breiten Weg vor ihm hinunter. Und als er am unteren Schloßtor ankam, hakte sie sich bei ihm ein. Es war ein gutes Gefühl, so aus dem Schloßtor in die Sonne zu treten und in die Stadt hinunterzugehen.
An der Schwelle zum Marktplatz blieben sie stehen. Und wie er sie anschaute, sah er hinter ihrer Schulter wieder der Stadtplan, die Schautafel, das Netz von Linien. Wieder war da die tanzende Figur und winkte mit Armen und Beinen.
„Was suchst du denn?" fragte Andrea. „Simsalabim", flüsterte er ihr ins Ohr, „eigentlich suche ich das nächste Eis." Und kurz darauf streckte er seiner Gefährtin ein Waffelhörnchen mit Vanille-, Mokkaeis entgegen, das hatte sie sich gewünscht. Für sich selbst: Aprikose und Zitrone.
Er zwickte mit den Lippen gleich einen ganzen Brocken von seinem Eis ab. Der kalte Bissen erzeugte kurz ein Gefühl zwischen Lust und Schmerz im Mund, dann zerging er schmelzend auf der Zunge. Die Aprikose entfaltete ihren Geschmack und strahlte bis in den hintersten Winkel. Tobias kniff den nächsten Brocken von seinem Eis ab: Kälte, Lust und Schmerz: Zitrone ...
Dann sah er zu, wie Andrea ihre Lippen um die Kugeln schmiegte. „Warum schaust du so?" fragte sie. „Nur so!" sagte er, beugte sich zu ihr und küßte sie. Sie schmeckte nach Mokka im Mund.

Andrea Nitsch bemerkte einen Hauch von Zitrone auf seiner Zunge. Sein Bart kitzelte sie am Mundwinkel; er gefiel ihr. – Ob er sie verstehen würde? Sie stiegen zur grünen Neckarinsel hinunter und wanderten sie entlang. Erst als sie zuende war, suchten sie einen Platz am Ufer und ließen sich federnd nieder.

5

Ein paar Tage später ging Andrea wieder zu Frau Scheuer. Die alte Frau empfing sie verhalten, aber nicht unfreundlich, und ließ sie ungehindert die Treppe hinaufsteigen. „Es ist aber gar nicht aufgeräumt“, sagte sie fast sanft und führte sie in ihre kleine Küche. Dort zwängte sich Andrea auf die schmale Bank.

„Wie geht's Ihnen?“ fragte sie, als sich auch Frau Scheuer gesetzt hatte. Frau Scheuer begann leise über das Alter, die müden Knochen, die grauen Tage und ihr Rheuma zu sprechen. Sie dachte oft an früher, aber das war schon so lange vorbei. Und der Sohn kam so selten.

Andrea gab ihr Tips für die Gestaltung des Alltags, gegen das flaue Gefühl, so wie sie es in der Beratungsstelle gelernt hatte. Frau Scheuer seufzte: „Ja aber, das ist ja alles nicht so schlimm,“ und streifte Andrea mit unruhigem Flattern in den Augen, „das Schlimmste ist ...“, sie stockte. „Das Schlimmste ist im Keller!“

„Was ist denn im Keller?“ „Im Keller? – Im Keller ist etwas nicht in Ordnung“, ergänzte sie barsch. „Können Sie mir das etwas genauer sagen?“ Die Scheuer verzog das Gesicht und schüttelte den Kopf.

„Gut, wenn Sie wirklich das Gefühl haben, daß da unten etwas nicht in Ordnung ist, will ich gerne hinuntergehen und schauen, was los ist“, meinte Andrea und stand auf.

„Warten Sie, da brauchen Sie ein Licht!“ Frau Scheuer kramte eine Taschenlampe aus dem Schrank. Andrea knipste sie kurz an, und die Alte japste und machte eine fahrige Bewegung, als wolle sie eine freche Mücke vertreiben. Dann drehte sie sich zur Treppe und hastete hinunter zum Kellerabgang. Andrea folgte ihr. Frau Scheuer zeigte mit dem Finger auf eine Falltüre direkt hinter der Haustüre: „Da geht's runter“, raunte sie. Andrea bemerkte, daß die Falltüre mit zwei dicken Schiebern verschlossen war. Wer mußte hier im Keller eingesperrt werden?

Sie öffnete die Klappe nach Anweisung der Alten, es quietschte. Ein Riegel an der Wand hielt die Falltüre senkrecht, aus der Öffnung drang dumpfe Kälte empor. Die Alte hielt sich zitternd an der Holztäfelung und grinste verzerrt. Andrea ging ein paar Schritte hinunter.
„Ach ja, dann könnten Sie mir auch gleich ein Glas Gsälz mitbringen", rief die Scheuer ihr nach. Andrea stieg in die Tiefe, es roch nach Vergorenem, sie tastete an der feuchten Wand nach dem Lichtschalter und knipste eine müde flackernde Lampe an: ein geräumiger, alter Gewölbekeller, wahrscheinlich der größte Raum des Hauses. Der Boden war gestampft, an der Schmalseite stand eine Apfelhürde, daneben ein Holzfaß, links ein großes Regal mit allerlei Töpfen und Kisten. Aus einem ragten Dutzende von blassen, dünnen Fingern sehnsüchtig nach einem kleinen Lichtstrahl. Ein halbzerfetzter Lappen bedeckte notdürftig eine Art Gestell mit herausragenden Stangen. Oder waren es hochgestellte Stühle? Der Lappen hatte sich schon so lange an diese Hörner geschmiegt, daß er gänzlich ihre Form angenommen hatte. Das sah aus, wie wenn tanzende Paare plötzlich mit einem Fluch belegt und mitten in der Bewegung erstarrt wären.
Andrea ließ das Licht der Taschenlampe durch die Winkel gleiten. Hinter einigen Kisten stand ein alter Fensterladen an die Wand gelehnt. Warum gerade an dieser Stelle? Andrea rückte die Kisten zur Seite und schaute hinter den Laden: Da klaffte eine schwarze Öffnung in der Mauer. Sie schob den Laden vollends zur Seite und staunte: Da war eine Luke! Eine Luke, seitlich mit Ziegeln eingefaßt und oben mit Beton, so groß, daß man gebückt hineingehen konnte. Es war ein Gang. Wo mochte er hinführen? Sein Ende war nicht zu sehen!

Plötzlich war da das Kribbeln, die Spannung, die sie von den Höhlenexkursionen her kannte: Wohin gelangt man hier? Wie tief läßt die Erde uns eindringen? Was verbirgt sie? Der Gang hier war zwar nicht naturgewollt wie die unregelmäßig geformten Albhöhlen. Aber dafür war eines sicher: Da Menschen ihn gebaut hatten, führte er auch irgendwohin!
Andrea bückte sich, stieg in das Loch und trat langsam in den dunklen Gang. Es war eng, sie zitterte ein bißchen, von oben tropfte es. Und während sie langsam vorwärts drang, suchte ihr Ohr die Stimme des Höhlenführers: ‚Hier Kopf einziehen!' Es war so still. Auch über Fledermäuse flüsterte keiner.
Der Gang wurde etwas breiter, es roch nach Essig. Andrea tastete sich an der Wand entlang. Die war feucht und kalt. Plötz-

lich bemerkte sie links einen Spalt, eine Abzweigung in einen noch schmaleren Gang. Kurz darauf auch rechts. Sollte sie abbiegen? Umkehren? – Sie ging langsam und gebeugt weiter, geradeaus. Plötzlich leuchtete in der Ferne etwas auf. Andrea erschrak. Sie knipste ihre Lampe aus: Tatsächlich, da war ein Licht! Sie holte tief Luft und tastete sich weiter darauf zu.
Als sie näher kam, bemerkte sie, daß das Licht etwa in Kopfhöhe durch eine Art Ziergitter drang. Was war das? Ihr Herz pochte wild, doch um sie herum war es still. Andrea schlich weiter, sie trat über eine Art Schwelle, dann stand sie direkt vor dem schwach beleuchteten Gitter. Der Gang schien hier zu enden, oder er machte einen Knick. Das Gitter saß festgemauert in einer Nische, es war wie ein kleines Fenster, Andrea konnte gerade den Kopf in die Nische hineinstecken. Durch die tropfenförmigen Löcher sah sie undeutlich auf eine Art Fassade, vielleicht ein Regal? War jemand in dem Raum? Wo doch Licht brannte?

Da ein Geräusch ganz in ihrer Nähe. Und eine warme Frauenstimme fragte: „Nun, was meinst du dazu?" Andrea hielt den Atem an. Niemand antwortete. „Ach, da bin ich aber froh!" sagte die selbe Frauenstimme nach einer Weile. Und fuhr fort: „Wie gut es tut, dich zu berühren! Weißt du noch, damals? Du lagst weiß und schimmernd am Strand, und ich fühlte mich so angezogen!" Der oder die Angesprochene schwieg. „Das ist schön, daß du mir recht gibst", sagte jetzt wieder die Frauenstimme und: „Ich danke dir!" Dann hörte Andrea ein kratziges Geräusch, ein Schatten fiel kurz über die Gucklöcher, Schritte entfernten sich, eine Tür ging, das Licht erlosch, die Tür fiel rumpelnd zu. Andrea blieb einen Moment starr im Dunkeln stehen. Sie fröstelte vor Kälte und vor Unverständnis. Dann knipste sie ihre Lampe wieder an und kehrte um. Sie hastete, stolperte dabei ein paarmal, hastete zurück in den Keller der Scheuer. Als sie dort wieder durch die Luke trat und sich aufrichten konnte, war sie froh.
Sie schob den Fensterladen an seinen Platz zurück, nahm hinter den blassen Kartoffeltrieben ein Glas Gsälz vom Regal und stieg die Kellertreppe hoch. Frau Scheuer stand noch immer in verkrampfter Haltung da und prüfte Andrea mit strengem Blick. Sie hatte die Hand an dem Riegel, der die Falltüre hielt. Andrea versuchte zu lächeln und streckte ihr das Marmeladenglas hin. Die Alte nahm es beiläufig und fragte zischend: „Ist er noch da?" Andrea verstand nichts. „Haben Sie ihn gesehen?" „Wen denn?"

fragte Andrea jetzt. Frau Scheuer zuckte, kniff die Stirn zusammen und trat einen Schritt zurück. „Sind noch eingelegte Gurken im Keller?“ fragte sie leise. „Machen Sie sich keine Sorgen, Frau Scheuer! Es hat noch Gsälz und Gurken auch“, sagte Andrea und schloß die quietschende Falltüre.
Die Scheuer stakelte hinüber zum Treppenaufgang und stellte sich hin, als wollte sie ihn bewachen. Andrea begriff, daß ihr Besuch also beendet war, wies noch mal auf die Vorschläge zur Tageseinteilung hin und wollte sich verabschieden, da fragte die Scheuer zögernd: „Sind eigentlich noch Gelbe Rüben im Sand?“
„Das“, gestand Andrea, „habe ich nicht nachgesehen. Aber ich guck gerne noch mal nach, wenn ich das nächste Mal komme.“
Als Andrea das Haus der Else Scheuer verließ, hatte sie im einen Ohr noch die warme Frauenstimme aus dem Keller, im anderen die Zischlaute der Frau Scheuer, und beides wollte nicht recht zusammenklingen. Sie ging langsam, in Gedanken vertieft die Gasse hinunter, da blieb ihr Blick in dem schmalen Schlund zwischen zwei Häusern hängen. Sie sah den Oberkörper eines Mannes; sah, wie er schrittweise in einem Loch im Boden verschwand und mit Schwung eine Klappe über sich schloß. Weg war er.

Als er die Klappe über sich zugemacht hatte, zögerte Johann Kracher einen Moment, denn ihm war, als hätte ihn jemand gesehen. Dann schob er seine Kappe in die Stirn und kletterte langsam die Sprossen in den Schacht hinunter. Unten angekommen entspannte er sich: Die Kühle und die Dunkelheit taten ihm gut. Dann drehte er sich um und schlüpfte durch eine viereckige Luke in einen Gang.
Er konnte hier nur gebückt gehen. Er machte sich kein Licht, sondern verließ sich auf sein Ohr und auf seinen Schürhaken, den er wie einen Fühler benutzte. Mit der linken Hand tastete er die Wand, sie war angenehm kühl und an manchen Stellen schmierig, dann wieder bröselig, so daß feuchte Sandkörner an seinen Fingern haften blieben. Nach etwa zehn Metern kam er an eine Abzweigung, er knipste die Taschenlampe an, die er am Kittel hängen hatte, und schob sich genüßlich in den Gang links, der noch enger war als der vorige. Bald stieß er an ein feuchtes Brett, er legte sein Ohr daran, und weil er nichts hörte, hob er es vorsichtig zur Seite. Der Keller dahinter war klein und fast leer. Am Boden lagen ein paar Bretter, darauf ein paar zerknüllte Lumpen. Ihre Form kannte Johann gut, sie hatte sich seit lan-

gem nicht verändert. Man konnte noch immer die Kuhle sehen, wo einst der Seiher gelegen hatte. Den hatte Johann mitgenommen, zurechtgebogen, mit etwas Polsterung versehen und in seine Kappe genäht, die er immer, so auch heute, trug. Johann guckte auf die Lumpen: Er sah, roch und spürte, daß niemand diesen Keller betreten hatte, seit er das letzte Mal hier gewesen war. Das beruhigte Johann, er rückte das Brett wieder an seinen Platz. Dann schlich er zurück bis zur Abzweigung und nahm den anderen Weg. Er kannte die Schlupflöcher, die Gänge, die Luken. Er liebte es, sich hier unten zu bewegen, unbeobachtet. Er lauschte, hörte nichts Verdächtiges und stieß vor bis zur nächsten Kellerluke. Sie war mit Strohsäcken verstopft. Da setzte Johann Kracher sein Lieblingsgerät ein, sein Periskop, die künstliche Verlängerung seines Auges. Nach dem Krieg, als die meisten sich gerne ihrer Soldatenzeichen entledigten, hatte er im Gebüsch Helme, Koppel, Gewehre und alte Orden aufgeklaubt. Einem Militariasammler hatte Johann dann einen Großteil seiner Beute hingegeben für dieses eine Stück: sein Spickrohr! Im Ersten Weltkrieg hatten sie damit aus den Schützengräben geguckt. Und er steckte es jetzt durch die Strohsäcke und äugte: Im matten Licht entdeckte er einen Neuzugang: zerrissene Schaumstoffpolster und Möbel aus dünnem Sperrholz mit Plastikfurnier. Die Sachen wurden hier zwischengelagert bis zum nächsten Sperrmüll. Bis der kam, waren sie höchstwahrscheinlich vergessen. Es war ein typischer Fall von Neumüll: kurzlebige Gegenstände, schnell gekauft und schnell verschlissen. Für sie kannte er nur Verachtung.
Er zog das Rohr schnell ein und kroch weiter zu einem Gang, der immer nach Essig roch. Hier konnte er sogar ein Stück aufrecht gehen, er löschte sein Licht und drang im Dunkeln vor, bis er mit dem Schürhaken eine Schwelle spürte. Vorsichtig stieg er darüber und griff mit der freien Hand nach vorne in die Nische, bis er das eingemauerte Gitter berührte, die Finger durch die Löcher stecken konnte. Durch dieses Gitter hatte er schon oft in den angrenzenden Keller gespickt. Jetzt war es dort dunkel und still. Johann tastete sich nach rechts; zwischen der Wand und den gemauerten Einbauten war ein schmaler Zwischenraum, er kroch ihn entlang, bis er mit der Hand die aufgeschichteten Backsteine berührte, die ihm den weiteren Weg versperrten. Erst jetzt knipste er seine Taschenlampe an. Behutsam zog er die obersten Steine aus der lose aufgeschichteten Backsteinmauer, legte sie neben sich auf den Boden und baute sie ein Stück weit ab. Als die Lücke groß genug war, stieg er darüber und schlüpfte in

den großen Gewölbekeller. Beim Heraustreten aus der Ecke überkam ihn wie jedesmal ein feierliches Gefühl. Er ließ sein Licht über die schmuckvoll gemauerten Schränke gleiten, über die Nischen und Fächer; die teils mit gitterartigen Keramikplatten verschlossen waren. Der Boden war gefegt. Die äffischen Tonfiguren grinsten blöd aus ihren Nischen heraus, wie immer. Johann wußte nicht warum.
Er leuchtete in die offenen Nischen, da standen ordentlich kleine Kästen und Gefäße. Dann trat er ganz nahe zu einer bauchigen Vase mit eingeschnürtem Hals und fleckiger Glasur. Er schaute sie genau an. Er hätte zu gerne gewußt, was sich darin befand. Aber er rührte die Vase nicht an. Er rührte auch sonst nichts an, denn hier herrschten Ordnung und Sauberkeit. Und davor hatte Johann Kracher Respekt. Er griff nur ein, wo alte Ordnung zerfiel oder neues Durcheinander herrschte.
Hinter einem der keramischen Ziergitter war sein spezielles Guckloch, durch das er kurz vorher geäugt hatte. Hinter den anderen Gittern konnte er nur undeutliche Formen entdecken. Schon oft hatte er sich gefragt, was hier gesammelt, gelagert und gepflegt wurde. Da – aus der Ferne ein dumpfes Klopfen im Boden. Schritte? Er verharrte. Nichts. Trotzdem ging er in den Winkel zurück, stieg über die halbe Backsteinwand und schichtete rasch die Steine wieder auf, trat über die Schwelle zurück und entfernte sich eilig. Nach eine paar Metern hielt er inne und horchte wieder: nur die Verschwiegenheit des Kellers. Erleichtert setzte er seinen Rundgang fort.
Die nächste Kellerluke war mit einer winzigen Türe verschlossen. Johann schob sein Spickrohr in einen Spalt zwischen ihren Latten und erwartete, auf eng gedrängte Gegenstände zu stoßen, denn dieser Keller war so vollgestopft wie kaum ein anderer – doch Johann blickte verblüfft in düstere Leere. Die winzige Türe war plötzlich frei beweglich. Johann horchte, und da sich nichts regte, öffnete er sie und stieg in einen großen, kahlen Keller. Er knipste seine Lampe an und ihr Schein streifte an den nackten, schön gefügten Mauern entlang, staubige Spinnweben hingen in dünnen Bärten vom Gewölbe herab. Der Raum war groß.
Er sah genau, was passiert war: Eine Entrümpelungsfirma war dagewesen, ein paar Arbeiter hatten reinen Tisch gemacht und reinen Keller, hatten ein paar Schuttmulden gefüllt und weggeschafft, ohne mit der Wimper zu zucken. Johann spürte eine unbestimmte Wut in sich aufsteigen: Da rannten gescheite Leute an der Universität herum, und viele von ihnen suchten in schweren Büchern und flatternden Worten nach Geschichte und Ver-

gangenheit – aber hier, im Kern der Altstadt, wurden wertvolle Schichten, faßbare Gegenstände, Spuren des wirklichen Lebens einfach zerstört, weggeräumt – nur weil irgend jemand Platz brauchte oder sein Haus verkaufte! Wieviel hundert Jahre müssen die Bodenschichten denn alt sein, damit die Archäologen sich dafür interessieren? Ab wann wurde Abfall wieder zum Schatz? Er wurde grimmig, wenn er darüber nachdachte!
Noch mehr als der Verlust für die Wissenschaft schmerzte ihn freilich die Tatsache, daß er, Johann Kracher, keinen Blick mehr auf die hier gelagerten Sachen hatte werfen können.Nur ein paar mächtige Bohlen, auf denen früher Fässer standen, hatten sie liegenlassen, weil sie so schwer waren. Mißmutig schritt er durch den leergefegten Raum. Doch der Winkel unter der Kellertreppe zog ihn an. War hier vielleicht der Zugang zu dem Geheimgang zum Schloß, den er so gerne einmal finden würde?
Er leuchtete hinein. Dort stand schief und in sich zusammensinkend ein kleines Holzregal, aus seinem unteren Fach quollen Plastikplanen und alte Säcke. Zwischen den Planen ragte ein Metallknopf heraus, der wie eine Turmspitze auf einem leicht gewölbten Deckel saß. Das fand Johann verheißungsvoll. Er tastete sich vorsichtig hinein und zwängte seine Hände zwischen den Planen hindurch, bis sie die gesuchte Rundung umfaßten: eine zylindrische Blechdose, groß und vielversprechend.
Johann zog sie vorsichtig heraus, hockte sich auf eine Bohle und nahm die Dose zwischen die Beine. Er wischte mit seinem Ärmel den Staub von ihr ab. Dann untersuchte er sie im Licht seiner Taschenlampe. Der rote Lack hatte allerlei Schattierungen angenommen und war mit Rostsprenkeln übersät. ‘Amboin 1/4 Pfund 48 Pfennig’ hatte jemand mit weißer Farbe auf den Deckel geschrieben. Was Amboin war, wußte er nicht.
Er neigte die Dose und entdeckte ein goldgrundiges Bild auf ihrem Bauch: Ein Mann mit Kappe und langer Schürze lächelte und schob eine Karre mit einem dicken Sack. Auf dem Sack stand ‘Hamburger Kaffee’, und unter der Schrift war ein Mann mit Kappe und langer Schürze abgebildet, der lächelte und schob eine Karre mit einem dicken Sack, auf dem stand ‘Hamburger Kaffee’, unter der Schrift wiederum ... Die Abbildung kehrte immer wieder, und Johann kroch mit immer kleiner und schärfer werdenden Augen in den Mann, in den Sack, in den Mann ... der Mann sah ihm ein bißchen ähnlich, fand er.
Kein verdächtiges Geräusch war zu hören. Da faßte Johann den wunderschönen, ehemals silbernen Knopf der Dose und hob vorsichtig den Deckel. Ein dumpfer, schwerer Geruch von Heizöl

und Maschinen schlug ihm entgegen. Er leuchtete hinein und erschrak, denn die Dose war bis oben hin voll mit dicken, braunglänzenden Würmern. An den Wurmenden hingen kurze Fäden heraus – es waren Kerzen, vom Alter gekrümmt. Statt aus Wachs waren sie aus einem stinkenden Ersatzstoff hergestellt. Es mußte sich um einen Vorrat aus dem letzten Krieg handeln, als die Menschen bei Fliegeralarm in die Keller flüchteten. Vielleicht waren die Kerzen noch brauchbar? Er nahm einen fettigen Wurm heraus und steckte ihn in die Tasche. Er würde ihn testen.
Solche Entdeckungen mochte Johann Kracher. Zufrieden schloß er den Deckel, strich mit dem Finger über den Mann mit dem Sack mit dem Mann mit dem Sack ... und verstaute die Dose wieder in dem wackligen Regal. Er schob sie wie zum Schutz noch ein bißchen weiter nach hinten. Bei Gelegenheit würde er wieder hineinschauen.
Johann Kracher erklärte seinen heutigen Kontrollgang für beendet und kehrte zurück in den Schacht. Durch einen Schlitz konnte es das Tageslicht sehen. Aber erst als es matter wurde, stieg er die paar Sprossen nach oben.

Im Dämmerlicht den Hang hocheilen, dicht an Mauern und Hecken entlang, Unterholz, Gestrüpp, aufgeschichtetes Holz, dann Büsche, Kornelkirschen und Holunder, versteckte Gerätschaften, die Regenrinne, dornige Schlehen am Steilhang, dahinter die winzige Hütte, hineinschlüpfen ins Versteck. Beim Schlafen nur ein Auge schließen, wachsam sein.

6

Am Morgen der Tau und das zunehmende Licht. Wenn die ersten Autos vom Tal her an Johann Krachers Ohr drangen: aufstehen, Wasser aus der Regentonne, Tee auf dem Campingkocher, die Hütte ausbessern; sie lag unauffällig unter dem Gestrüpp; mittags die brennende Hitze. Und immerzu Autolärm, der von unten heraufbrüllte und die Wahrnehmung der anderen Geräusche erschwerte. Nachmittags und abends auf der Hut sein, auf der Hut vor Spaziergängern, und sich ducken, wenn die Besitzer der Obstwiesen kommen. Nachts wieder einäugiger Schlaf. Tagsüber Hitze und Lärm.
Da lockte sie wieder, die schattenspendende Stadt mit ihren Mauern und Löchern, mit ihrem verschwiegenen Untergrund. Den Schürhaken nehmen. Hinunterschleichen. Sich unbemerkt in eines von ihnen hinablassen.
Nur wenn ihn die freundliche Stille der Keller umfing, konnte Johann Kracher richtig denken. Heute ging er durch einen riesengroßen Keller an Autoreifen und gestapelten Sprudelkisten vorbei, hinter denen gab es eine Wandnische, die mochte er gerne: Da standen ordentlich aufgereiht ein gutes Dutzend Gläser mit Marmelade. Gsälz würde die dazu sagen, die es eingemacht und hier aufgestellt hatte. Wahrscheinlich war sie längst gestorben, und ihre Enkel hatten die Vorräte vergessen. Wahrscheinlich war er, Johann Kracher, sogar der einzige, der dieses kleine Vorratslager noch kannte. Er ließ, wie schon oft, die Taschenlampe genüßlich über die verstaubten Gläser gleiten. Die Farbe des Inhalts konnte er nur erahnen. Die Etiketten waren graugelb geworden und hatten einen gezahnten Rand wie Briefmarken. Die Schrift darauf war verblaßt und kaum mehr zu entziffern, aber Johann sah, daß sie ordentlich war und klein.

Ordentlich und klein – nicht größer als er selbst – stellte er sich auch die Frau vor, zu der sie gehörte. Er wußte von ihr, daß sie

zuverlässig war und Vorratswirtschaft betrieb. Sie würde Verständnis für seine Sammelleidenschaft haben. Sie selbst sammelte alle Arten von Beeren und kochte sie ein, was anderen Frauen viel zu mühsam war.
Er dachte sich Streifzüge mit ihr: Gemeinsam würden sie an staubigen Hängen und in schattigen Klingen umherkraxeln. Er würde im Gestrüpp zusammensinkende Hütten oder die Reste alter Landwirtschaftsgeräte untersuchen. – Vielleicht würde er fündig werden, zum Beispiel in einem zerfallenden Gartenhäuschen eine Schublade voll nützlicher Kleinteile finden. (Er mochte das Geräusch, das entstand, wenn die rostigen Muttern und Schrauben unter seinen Fingern aneinanderschrappten. Glückliche Momente.) – Und sie hätte sich inzwischen eifrig und unverzagt ins Brombeerdickicht geschlagen, um mit flinken Händen süßblutende Knöpfe zu ernten.
Er stellte sich vor, wie sie am Herd stand und daraus ein köstliches Mus zubereitete, in eine süß riechende Dampfwolke gehüllt, mit rotem Gesicht. Mit einem Holzlöffel rührte sie mit weichen rhythmischen Bewegungen in der rötlich schimmernden Masse. Nicht nur die Hand – ihr Arm, ihr ganzer Körper kreiselte voller Behagen. Einmal den Finger – er wußte, es war zu heiß – in diesen Topf in diese rote, klebrige Masse stecken und abschlecken: das wäre der Höhepunkt seines Lebens.

Johann Kracher seufzte. Dann faßte er seinen Schürhaken und trennte sich von den aufgereihten Gläsern. Er kroch in den benachbarten Kistenkeller, in den Kellerhals. Dort kauerte er schon ein Weilchen, als er plötzlich meinte, Schritte zu hören. Sie kamen von unten, von einem noch tiefer liegenden Keller, dessen Kellerhals direkt unter ihm lag. Sie drangen durch eine kleine viereckige Lüftungsluke. Johann zog rasch sein Spickrohr heraus und führte es neugierig in die Luke – und schaute mitten in das verdutzte Gesicht einer jungen Frau.

Andrea Nitsch hatte gerade über sich ein kratzendes Geräusch gehört, guckte nach oben und sah, wie ein Metallrohr durch eine Ritze im Kellergewölbe stieß und sie mit einem kleinen Scheinwerferkopf anleuchtete. Sie war einen Moment lang starr vor Schreck. Dann kroch sie, so schnell es in der gebückten Haltung ging, zurück; zurück durch die düsteren Löcher, an den feuchten Wänden entlang, durch den nach Essig riechenden Gang, sie hastete, sie stolperte – zurück in Frau Scheuers Keller. Atemlos kam sie dort an.

Was sollte sie mitbringen? Was war es diesmal? – Zwetschgen? Nein: Apfelmus! Sie nahm ein Glas vom Bord neben den blassen Kartoffeltrieben und stieg langsam die Treppe hoch. Heute stand Frau Scheuer nicht an der Falltür, sondern werkelte oben in ihrer Küche.
„Gell, es ist alles in Ordnung?" sagte sie unsicher lächelnd, als Andrea zu ihr trat. „Ja", hörte Andrea sich sagen. „Sind noch Gurken da und Gsälz?" „Ja, eine ganze Reihe. – Kann ich noch etwas für Sie tun?" „Aber nein, Sie haben doch schon so viel getan!" „Gut, dann gehe ich jetzt", sagte Andrea und stellte erleichtert das Apfelmus auf den Tisch.
Sie war schon auf der Treppe nach unten, da rief ihr die Scheuer noch mal hinterher: „Gell, im Keller ist doch alles in Ordnung?" „Ja!", sagte Andrea und verließ schnell das Haus. Als sie auf der Straße stand, bemerkte sie, daß ihr Herz heftig klopfte, bis hinauf zum Hals.
Sie ging mit raschem Schritt weg, fegte durch die Stadt. Wer war jetzt eigentlich verrückt? Die Scheuer oder sie selbst? – Ja, ja: Die alten Menschen brauchen einen regelmäßigen Tagesablauf! Das war alles, was Andrea gelernt hatte. Das war angewandte Psychologie, das war Sozialarbeit! Regelmäßigkeit und Ordnung! – Aber was wollte sie dem eigentlich entgegensetzen? Was hatte sie denn so einer alten Frau oder so einem Drogenabhängigen oder so einem 'schwierigen' Jugendlichen zu sagen? Was wußte sie denn eigentlich besser? Das lief doch immer darauf hinaus, daß die Klienten gefälligst irgendwelche Regeln einhalten sollten, oder wenigstens nicht stören. Puh!
Sie kannte zwei, drei ehemalige Kommilitonen, die waren Schreiner geworden oder Kfz-Mechaniker, konsequenterweise. – Aber noch mal ganz von vorne anfangen mit der Lernerei? Das war auch nichts!
Sie ging heim und versuchte, sich auf ihre Seminararbeit zu konzentrieren. Romantik war ein sprödes und trockenes Thema. Und was sie über Aufklärung notiert hatte, kam ihr geradezu dumm vor.

Abends war Andrea mit Tobias verabredet. Er war vergnügt und wollte Eis essen gehen, doch ihr war eher nach Bier zumute. Aber als sie an der Bar saßen und eines bekommen hatten, war es viel zu bitter und hatte einen klebrigen Nachgeschmack.
„Was ist los?" fragte Tobias. Wenn sie ihm vom Leuchtstab im Keller erzählte, würde er sie für verrückt erklären. „Du, manchmal hab ich einfach Zweifel, was den Sinn von Sozialpädagogik

anbetrifft", sagte sie schließlich. „Das versteh' ich", meinte er. „Mir kommt es immer schon ziemlich schwammig vor, was man da studiert oder erforscht. Dieser Mangel an konkreten Fragestellungen verführt doch geradezu zum Heruminterpretieren und Schwafeln."
Natürlich! Er als Physikstudent! Auf technische Fakten versessen. „Es ist zu kompliziert", sagte sie und riß einen Bierdeckel in Fetzen, „und außerdem ist es mir hier zu verraucht." Kurz darauf verließen sie die Kneipe.
Und als sie die Ecke, wo die Treppe auf den Berg hinaufführte, erreicht hatten, wand sich Andrea aus seiner Umarmung und sagte: „Also tschüs denn, bis bald!"– Sie spürte seinen enttäuschten Blick im Rücken und stieg den Berg hinauf, ohne sich umzusehen.

Nachts träumte Andrea. Sie kroch durch niedrige, dumpfe Gänge tief unter der Erde. Es war beklemmend, sie hatte sich verirrt. Plötzlich trat sie in eine riesige Tropfsteinhöhle. Sie wirkte feierlich wie eine gotische Kathedrale. Zwischen den Tropfsteinen trat plötzlich ein Pfarrer auf eine Kanzel und sprach: „Diese Höhle wurde jahrzehntelang von den Höhlenforschern übersehen. Aber schauen Sie, Andrea Nitsch hat sie für uns entdeckt!" Da verlängerten sich die oberen Tropfsteine und verwandelten sich in Metallrohre, unten wuchsen ihnen Scheinwerferköpfe, und alle drehten sich zu ihr und strahlten sie, Andrea, an. Das machte Angst und Lust zugleich ...

7

Die Zweifel am Sinn ihres Studiums quälten Andrea noch drei ganze Tage. Dann griff sie zu einem bewährten Gegenmittel: Sie ging ins Sekretariat und meldete sich zur nächsten Prüfung an.
Dort erfuhr sie auch, daß am Nachmittag wieder eine Veranstaltung der Reihe 'Fachleute berichten aus der Praxis' am Institut stattfand. Andrea beschloß, hinzugehen. Ein Psychologe von einer Erziehungsberatungsstelle wurde erwartet; irgend jemand hatte behauptet, er sei fit und sympathisch.
In dem hellen Seminarraum waren schon alle Stühle besetzt, als sie kam, und die Studenten begannen, sich auf die Tische an der Wand zu setzen. Andrea kannte die meisten vom Sehen, alle waren hungrig auf Praxiserfahrung, Theorie hatten sie eh zuviel abgekriegt.

Mit zwanzig Minuten Verspätung kam Herr Probst. Er war klein und reckte das Kinn mit dem Vollbart nach vorne, er trug ein weißes Hemd und weiße Sporthosen. Er entschuldigte sich auf sympathische Art für sein Zuspätkommen und begann sofort, lebhaft aus seiner Praxis an einer Erziehungsberatungsstelle zu berichten.
„Die Eltern kommen zu uns mit einem Kind oder Jugendlichen, dessen Verhalten mit den Erwartungen der Außenwelt – Elternhaus, Schule, Gesellschaft – nicht übereinstimmt. Er oder sie ist also 'Symptomträger'. Die Beratung gilt dann als erfolgreich, wenn sie zu einer Behandlung führt, die das Symptom verschwinden läßt. Man kann so ein Symptom aber auch als ein Indiz für die Störungen innerhalb des Gesamtsystems Familie sehen ... Manchmal kommen wir vielleicht zu der Einschätzung, daß nicht das Kind eine Spieltherapie, sondern die Eltern eine Eheberatung brauchen oder die Mutter eine Psychotherapie."
Von seinen Fällen sprach er in freudiger Erregung. Fast alles

war da vorhanden, von der Schulangst bis zur schweren Depression, vom Bettnässen bis zur Magersucht. Herr Probst machte einen sehr engagierten Eindruck. Ab und zu lachte er mit kräftigen Zähnen.
„Die Menge der Erwartungen, Programme und Wünsche, denen ein Kind von seiten seiner Eltern ausgesetzt ist, hat schließlich in den letzten zwanzig Jahren erheblich zugenommen und zwar umgekehrt proportional zur durchschnittlichen Anzahl der Kinder pro Familie!"
Stimmt, dachte Andrea, und ließ das Wort 'Wunschkind' in ihrem Kopf herumrollen. Es hatte plötzlich eine Delle.
Er sprach frei und fließend, während er vorne mit federnden Schritten auf und ab ging. Er hatte neue Turnschuhe an. Er sprach über Interventionsmethoden und ihre Erfolgsaussichten, über verdrängte frühkindliche Sexualität, über Versagensängste und Schuldgefühle. Insgesamt gehe es immer um die Reintegration des Verdrängten in das Bewußtsein. Das sei ein wichtiger Beitrag zu Aufklärung und Selbstverantwortung, betonte er zum Schluß seines Vortrags. Dann wurden Fragen zu seinen Beispielen gestellt. Herr Probst antwortete ausführlich und wortreich.
Andrea meldete sich schließlich auch: „Sehen Sie denn eine Chance zur Rückführung des Verdrängten in das Bewußtsein, auch wenn es sich um einen alten Menschen handelt?"
„Wieso, haben Sie da etwas erlebt?" fragte Probst zurück und schaute sie mit aufgerissenen Augen an – blaue Iris mit dunkler Kontur –, als könne er sich mit den Augen in sie hinein bohren. „Nun, darüber wollte ich jetzt eigentlich nicht sprechen!" „Dann kommen Sie doch in meine Sprechstunde! Wir können nachher einen Termin ausmachen!" Erneut dieser gierige Blick. Und schon beantwortete er die nächste Frage. Ja, er riß viel die Augen auf. Seine Stirne war schon ganz gerillt von den Anstrengungen dieser Mimik.
„Was machen Sie denn, wenn nicht die Krankenkasse, sondern die Eltern die Notwendigkeit einer Psychotherapie bezweifeln?" fragte eine Studentin. „Ja, dann muß man dieser Mutter oder diesem Vater eben klarmachen, daß ihr Kind ohne die Mithilfe einer psychologisch geschulten Fachperson keine Chance auf ein erfülltes Leben haben wird." ‚Aha', dachte Andrea.
Er sprach schnell und mit etwas gepreßter Stimme. „Ich frage mich manchmal, ob der frühkindlichen Sexualität wirklich so viel Bedeutung zukommt, wie unter Psychologen allgemein angenommen", meinte ein Kommilitone. „Ja, und sehen Sie", sagte

Probst lachend und reckte das Kinn vor, „genau so ein Beitrag wie der Ihrige, in dem Sie diese Bedeutung in Frage stellen," – er fixierte erst den, der gefragt hatte, und fuhr dann mit einem weiten Blick über die Versammelten fort – : „zeigt, wie stark die frühkindliche Sexualität verdrängt wird!" Eine Studentin, die neben Andrea saß und sonst sehr kritisch war, gluckste vor Vergnügen über diese Bemerkung. Andrea fühlte sich unwohl.
Herr Probst klärte alles auf, er entlarvte die neurotischen Zwänge, er deckte die Komplexe auf, die unausgelebten Wünsche und die Triebstrukturen.
Als alle Fragen gestellt und ausführlich beantwortet waren, beendete er den – wie er es nannte – offiziellen Teil der Veranstaltung. Einige Studenten, die noch ein Anliegen hatten, umringten ihn vorn am Pult. Andrea ging zum Ausgang. Als sie sich in der Türe noch einmal umdrehte, schaute Probst auf und guckte sie kurz und fragend an mit seinen aufgerissenen blauen Augen. Und reckte das Kinn vor.

„Sie geht!" dachte Michael Probst und schaute der Studentin nach, die zuvor nach der Verdrängung gefragt hatte. Sie hatte knappsitzende Jeans an, und die nußbraunen langen Haare wippten noch vom Schwung ihrer letzten Kopfbewegung, als sie hinausging. Warum ging diese Frau? Er hatte ihr schließlich einen Gesprächstermin angeboten! – Er hätte ihr durchaus einiges zum Thema Verdrängung erzählen können, und weiß Gott nicht nur bei alten Leuten. Und sie hätte ihm ruhig auch einiges, ja, sie hätte ihm alles erzählen können!

Es war heiß im Auto, und im Stau zu stehen, war wie immer öde – er hatte sich schon oft vorgenommen, Wege wie diesen mit dem Fahrrad oder zu Fuß zu machen, aber dann war doch jedesmal die Zeit zu knapp. Seine Finger klebten am Lenkrad, seine Zunge am Gaumen. Von draußen kamen Abgase herein, aber die Fenster hochzukurbeln wäre mörderisch. Nur langsam ruckten die Autos vorwärts.
„Was willst du?" fragte er sich selbst. „Den meisten Studenten hat dein Vortrag durchaus Eindruck gemacht!" – „Ja!" erwiderte er sich selbst, „aber die eine zeigte Abwehr, trotz meines persönlichen Angebots!"
Endlich erreichte er die Wohnanlage, in der er hauste. Auf Knopfdruck öffnete sie halb im Boden ihr riesenhaftes, häßliches Maul und gab ihm den Weg in die Tiefgarage frei. Die Kühle hier unten war angenehm. Er stieg aus und machte Licht, denn im

Vorbeigehen spähte er gern in die parkenden Autos hinein. Was die Leute doch alles so spazierenfuhren! Einkaufstaschen, umhäkeltes Klopapier, Kinderspielzeug und verknüllte Mäntel. Das sagte alles etwas über die Personen aus!
Das Geruchsgemisch im Treppenhaus störte ihn heute besonders, er rannte fast nach oben. Schnell schloß er die Wohnungstür hinter sich und stellte mit einer kleinen Genugtuung fest, daß es bei ihm nicht so schlecht roch wie bei den anderen Menschen da draußen.
Er legte seine Mappe ab; auf dem Schreibtisch lag ausgebreitet seine Dissertation und wartete auf ihn. Aber natürlich mußte er nach so einem anstrengenden und heißen Tag erst duschen. Er tat es ausgiebig, wollte Hitze, Dreck und den Frust von sich spülen. Dann schaute er sich lange im Spiegel an und rasierte die Ränder seines Bartes; er korrigierte kleine Unregelmäßigkeiten in der Bartform mit einer zierlichen Schere. Seinen Bart trug er gern makellos, formvollendet.
Eigentlich sah er, Michael Probst, doch ganz gut aus, zumindest wenn die Haare wie jetzt frisch gewaschen und dadurch flauschig waren. Auch beruflich war er ja nicht ganz erfolglos. Was also hatte die junge Frau gehindert, am Ende der Veranstaltung zu ihm zu kommen und einen Termin mit ihm auszumachen? War sie etwa so kindisch, sich an seiner unreinen Haut zu stören? Aus dem Alter müßte sie ja doch raus sein. – Trotzdem betupfte er jetzt seine Pickel mit den bereitstehenden Spezialcremes. Dann sprühte er sich Rasierwasser auf die Wangen, Frische!
Er ging wieder am Schreibtisch vorbei. Er mochte diesen stillen Vorwurf nicht, den die Diss ihm jedesmal machte, wenn sie ihn sah. – Duschen würde ja wohl noch erlaubt sein. Und essen mußte er auch! Er hatte nichts eingekauft, fand aber Bier und zwei Tomaten im Kühlschrank. Dazu öffnete er fix eine Dose Ölsardinen und zupfte sich die schimmernden Teile auf den Teller. Er aß mit Appetit. Mit einem Rest wattigem Weißbrot stupfte er das Öl auf. Dann wusch er sich die fettigen Finger und setzte sich an den Schreibtisch. Jetzt also: die Diss!
Die Aufdeckung und die Reintegration des Verdrängten. Er überflog die zwei Seiten, die er zuletzt geschrieben hatte: *Schicksalsneurose – Die eruptive Kraft des freigelegten psychischen Materials.* Die Wörter tanzten vor seinen Augen: *Die Befriedigung der unsublimierten Neugier – Positive Gegenübertragung.* Lauter hüpfende Schriftzeichen: *Die ernsthafte Aufarbeitung des Erlebten.* Dann tanzten sie weiter in seinem Kopf: *Komplizierte Spaltungsstörungen – Die überstarke Beeinflussung vom Ver-*

drängt-Verleugneten. Im Kopf verwandelten sie sich in phonetische Gebilde: *Re-gress-ions-ten-den-zen – Abgespaltene In-ter-ak-tions-frag-men-te.*
Er raffte sein Hirn zusammen, denn er erinnerte sich, daß er diese Worte nicht wegen des Klangs, sondern wegen der Bedeutung niedergeschrieben hatte: Er hatte sich schließlich etwas dabei gedacht!

Aus dem Fenster am Schreibtisch konnte er auf den kleinen Rasenplatz vor dem Hauseingang sehen, auf einen Weg, ein paar junge Bäume und den Kasten für die Mülleimer. Eine junge Frau schob einen Kinderwagen, hielt an, hob schwankend den Fuß und fummelte an ihrer hochhackigen Sandale – mit einer Hand, denn die andre hielt den Kinderwagen. Dann ging sie ein paar Schritte und blieb wieder stehen, balancierte noch mal auf dem hohen Absatz, weil das Riemchen über der Ferse verrutscht war. Dann entschwand sie mit wippendem Kleid aus seinem Blickfeld.
Der Kasten für die Mülleimer war furchtbar häßlich. Wenn Blicke töten könnten, hätte Michael Probst ihn schon längst mit seinen wütenden Augen ausgemerzt. Da mietete man sich eine Wohnung im Grünen, um in Ruhe arbeiten zu können, und mußte immerzu so eine Beton gewordene Beleidigung angucken! Das blockierte buchstäblich jeden Einfall. Aber ihn hatte man ja nicht gefragt!
Er knipste den Computer an und tippte seine letzten Notizen hinein. Es war ihm wichtig, sie unter allen Stichwörtern abzuspeichern, die vielleicht im Zusammenhang mit ihnen stehen konnten. Auch unter der Rubrik ‘Projektion und Wiederholungszwang’ gab er sie ein. Er las nach: Was hatte er da als letztes eingespeist? Das waren – dieselben Überlegungen, die er gerade eben hinzugefügt hatte! Ärgerlich schaltete er den Computer aus. Es war einfach zu heiß!
Michael Probst stand auf, holte sich ein Bier aus dem Kühlschrank, machte den Fernseher an und verbrachte den Rest des Abends davor. Man mußte sich ja schließlich informieren. Morgen werde ich dafür etwas mehr arbeiten, dachte er, als er kurz nach Mitternacht die Bettdecke über sich zog.

8

Als Michael Probst am nächsten Tag nach dem Essen durch den Botanischen Garten ging, blieb sein streifender Blick an einem Pärchen haften, das kichernd kleine Zärtlichkeiten auf einer Bank austauschte – er erschrak, denn es war Carola, die da mit einem Jungen schmuste. Schnell ging er weiter. Also doch! Er hatte es ja geahnt! Sie war ihm in den letzten Sitzungen so verändert vorgekommen. Er hatte ihr diese Beobachtung mitgeteilt, aber sie hatte nichts dazu zu sagen gewußt. Verliebt war sie! – Natürlich, es war ihre Sache, ihr Leben und ihre Entscheidung, ihm das zu verheimlichen. Aber wie sollte unter solchen Umständen irgend ein therapeutischer Prozeß in Gang kommen?
Er ging in die Bibliothek, wo er einige Fachbücher bestellt hatte. Die Bibliothekarin an der Abholstelle schob ihm zwei schmale Bändchen hin. „Soll das alles sein?" fragte er. „Bitte, die andern sind verliehen!" Mißmutig verließ er die Bibliothek, suchte sein Auto und fuhr heim.

Immer noch lag die Diss demonstrativ und provozierend auf seinem Schreibtisch und wartete auf ihn. „Ich komm ja schon!" sagte Michael Probst und setzte sich zu ihr. Er starrte auf ihre vielen offenliegenden Seiten: fotokopierte, handgeschriebene, vom Computer bereits ausgedruckte, auch aufgeschlagene Bücher, Zeitschriften und Notizzettel lagen dazwischen. Er hatte es auch nicht immer leicht mit ihr. Er zog eine Fachzeitschrift hervor und studierte die von ihm selbst markierten Stellen in einem Aufsatz. *Das Ich, das den Triebverzicht nur mühsam gegen den Druck der Triebanforderungen durchsetzen kann, bringt der Gemeinschaft – der mächtigeren Instanz – dieses Opfer in Erwartung einer Gegenleistung.* Was wollte er mit diesem Satz? Was sollte er mit diesem Satz? Er seufzte. Sein Kopf wurde schwer und sank tiefer. – Er erschrak. Beinahe wäre er eingeschlafen. Er riß sich zusammen, schließlich war er dabei, seinen Doktor zu machen. Er stand auf und kramte in einer Schublade nach Süßigkeiten. Nur noch ein paar alte Kekse – sollte das alles sein? – Er brühte sich einen Kaffee, schnappte die Tageszeitung und ließ sich seufzend auf einen Sessel fallen. Er blätterte ein bißchen im politischen Teil, dann fand er im Lokalteil einen Artikel, der ihm interessant schien:

Fernwärme oder Erinnerungspflege?

Tübinger Verein für private Erinnerungen im Kampf gegen das Tiefbauamt

Die Tübinger Stadtwerke planen eine Fernwärmeleitung durch Teile der Altstadt – der Tübinger Verein für private Erinnerungen sieht dadurch sein Erinnerungslager in einem alten Weinkeller bedroht.

Merkwürdig: Dieser Keller, obgleich in städtischem Besitz, gilt für das Tiefbauamt als gar nicht existent, er fehlt in den entsprechenden Plänen. ‚Nach unseren Informationen wurde er bereits vor 15 Jahren zugeschüttet', so ein Sprecher des Tiefbauamtes. Um jedoch gerade diesen 'zugeschütteten' Keller zu verteidigen, trat der Tübinger Verein für private Erinnerungen, der sonst eher im Verborgenen wirkt, gestern erstmals an die Öffentlichkeit.

Zur Einführung wies der Vorsitzende, Hansmartin Rüttger, auf das 'urmenschliche Bedürfnis' hin, scheinbar nutzlose Dinge aufzubewahren, damit sie uns an persönliche Erlebnisse erinnern. Wer kennt sie nicht, die sandigen Plastiktüten mit zerbrochenen Muscheln vom letzten Urlaub? Wer hat nicht schon geflucht, weil solche und ähnliche Sammelstücke die Schubladen verstopften? Dennoch – und das ist laut Rüttger das untrügliche Kennzeichen echter Erinnerungsstücke – scheuen wir uns, sie wegzuwerfen.

Der Tübinger Verein für private Erinnerungen nun bietet seinen Mitgliedern die Möglichkeit, ihre Souvenirs in unterirdischen Nischen zu deponieren, ‚an einem würdigen Ort, wo sie niemanden stören', – eben in dem umstrittenen Keller. Einen Kulturschatz, eine ‚Krypta der persönlichen Erinnerungen' nennt Rüttger diesen Raum. Daß der Erhalt persönlicher Erinnerungsstücke von öffentlichem Interesse sei, daran besteht für Rüttger nicht der geringste Zweifel. So wie die Geschichtsschreibung durch die oral history, also durch mündliche Erzählung, ergänzt werde, so seien die authentischen persönlichen Erinnerungsstücke eine Ergänzung der Sammlungen in den Museen. ‚In zwanzig oder dreißig Jahren wird es zu den normalen Aufgaben einer Kommune gehören, Lager für persönliche Erinnerungen einzurichten, so selbstverständlich wie sie heute Friedhöfe oder Sammelstellen für Sondermüll unterhält.'

Der Verein für private Erinnerungen fordert jedoch keine öffentlichen Zuschüsse, aber er fordert die Schonung seines Lagers. Ein Ersatzraum – wie von Seiten der Stadtverwaltung vorgeschlagen – ist für ihn indiskutabel.

Michael Probst stutzte und las den Artikel ein zweites Mal. Was da unter dem Pflaster der Altstadt schlummerte, interessierte ihn brennend. Niemand hatte ihm bisher davon erzählt! Er nahm das Telefonbuch zur Hand, suchte diesen 'Tübinger Verein für private Erinnerungen' heraus und wählte ohne zu zögern die Nummer. Eine ältere Frauenstimme meldete sich, und Michael Probst erfuhr, daß das Büro gerade heute, am Freitag, besetzt war. „Oh, das trifft sich gut!" sagte er, „ich habe sowieso gerade in der Stadt zu tun!"

Er fand das Büro des Erinnerungsvereins in einem alten Haus in der Nähe des Marktplatzes. In einem winzigen, nach Kaffee duftenden Büro wurde er von einer älteren Dame empfangen. Sie saß aufrecht hinter ihrem Schreibtisch, die rötliche Stirn von Löckchen gerahmt, und lächelte freundlich. Sicher arbeitet sie ehrenamtlich, dachte Michael und erkannte den mütterlichen Typ, den er normalerweise leicht für sich gewinnen konnte: „Guten Tag, mein Name ist Probst, wir haben gerade telefoniert, ich bin Diplompsychologe und arbeite beruflich am Thema persönliche Vergangenheit, das heißt an entsprechenden wissenschaftlichen Fragestellungen. Ich las in der Zeitung von Ihrem Verein! Darf ich mich ein bißchen mit Ihnen unterhalten über den Verein? Ihnen als interessierter Fachmann ein paar Fragen stellen?"
„Bitte, natürlich!" Sie bat ihn, sich zu setzen, und räumte ein paar Schriftstücke zur Seite. „Ich finde es wirklich sehr faszinierend und spannend, daß es so eine Initiative, so einen Verein hier in Tübingen gibt." Der mütterliche Typ war offensichtlich überrascht von diesen Worten, die Frau drückte ihr Kinn auf die Brust und kicherte halb verlegen, halb stolz: „Ja so, meinen Sie?" und das zartrosa Gefältel an ihrem Hals vibrierte dabei. Michael merkte, daß er ankam. „Ich habe mir gerade einen Kaffee gemacht. Darf ich Ihnen auch ein Schlückchen anbieten?" fragte die Bürodame jetzt. Michael Probst bejahte erfreut, er trank immer gerne Kaffee.
„Wer hat denn die Idee gehabt, diesen Verein zu gründen? Waren Sie das?" fragte Michael jetzt. „Neinneinneinnein!" sagte sie und winkte ab: „Das war Frau Grinter, unsere Ehrenvorsitzende und ihre Schwester, Frau Lempp. Ich mache hier nur Bürodienst und helfe eben, wo ich kann."
„Was für Motive sind es denn Ihrer Erfahrung nach hauptsächlich, die Ihre Mitglieder dazu bewegen, ihre Erinnerungen hierher zu bringen?" „Nun ja, sehen Sie, vielleicht scheint es man-

chen, daß die Erinnerungen abseits von der eigenen alltäglichen Umgebung einfach sicherer untergebracht sind! Und das stimmt ja wahrscheinlich auch." „Wie meinen Sie das?" fragte Michael. „Ja, es ist schon ein paarmal vorgekommen, daß Leute gekommen sind, die standen kurz vor ihrer Verheiratung, und da haben sie eben noch schnell etwas hergebracht, was sie vielleicht dem Ehepartner nicht zeigen wollten." Michael nickte und lächelte die Frau an.

„Ja, und sagen Sie nur, was bringen die Menschen denn alles für Erinnerungen?" „Darüber kann ich Ihnen rein gar nichts sagen." meinte sie und zog bedauernd die Augenbrauen hoch. „Das ist schließlich das Geheimnis jedes einzelnen!" Das Geheimnis jedes einzelnen! Wie sie das aussprach. Stolz, abweisend und verlockend. Dann schilderte sie den Konflikt mit dem Tiefbauamt.

„Wenn ich Sie richtig verstehe", unterbrach er den mütterlichen Typ schließlich, „dann könnte das schlimmstenfalls bedeuten, daß es Ihren Erinnerungskeller in einem Jahr gar nicht mehr gibt!" „Leider", sagte die Frau leise und nickte. „Wenn es so ist", sagte Michael Probst, „wären Sie vielleicht so nett und würden mir dieses Erinnerungslager vorher noch zeigen?"

Sein Gegenüber guckte ihn groß an, neigte den Kopf ein wenig und lächelte: „Also, da muß ich Sie enttäuschen, der Zugang zu unserem Erinnerungslager ist nur Mitgliedern gestattet." „Naja, deshalb bin ich ja gekommen," sagte Michael Probst so schnell, daß er selbst davon überrascht war, „ich will natürlich Ihrem Verein beitreten!" „Ach so! Das heißt also, Sie wollen selbst ein persönliches Erinnerungsstück hier deponieren?" „Natürlich!" sagte Michael Probst und tastete seine Jackentaschen ab. Ah ja! Links steckte ein Kugelschreiber, also immerhin ein Objekt. „Gut", sagte die Dame, öffnete eine Schublade und nahm mit feierlicher Geste einen doppelten Papierbogen heraus, das Anmeldeformular. Sie fragte ihn nach seinen Personalien und begann, es für ihn auszufüllen.

„Die Nische können wir nachher unten aussuchen. Die größten sind 40 cm breit, hoch und tief. Es gibt verschiedene Verdeckelungen. Sie können Ihre Nische aber auch offen lassen. Darüber, worin Ihr Erinnerungsstück besteht, brauchen Sie uns gegenüber keine Angaben zu machen. Allerdings gibt es zwei Dinge, die Sie uns garantieren müssen: Zum einen, daß keine Störung und keine Gefahr von Ihrem Objekt ausgeht, daß es also nicht explodiert oder plötzlich giftige Dämpfe verbreitet", sie schüttelte kokett den Kopf, „zum andern, daß es sich nicht um einen allgemeinen Wertgegenstand wie zum Beispiel Schmuck oder Geld handelt, – wir sind schließlich keine Bank – sondern um einen rein persönlichen. Des weiteren nehmen Sie zur Kenntnis, daß sich das Erinnnerungslager im Keller befindet, und daß dort üblicherweise ein kühl-feuchtes Klima herrscht." Michael nickte zu allem.

„Als neues Mitglied zahlen Sie eine Einstandssumme von 100 Mark, dafür steht Ihnen eine Nische in der Größe, die Ihrem Erinnerungsstück entspricht, zehn Jahre lang zur Verfügung. Mit der Mitgliedschaft im Tübinger Verein für private Erinnerungen erwerben Sie das Recht, mindestens einmal im Monat, nach Absprache auch öfter, das Erinnerungslager aufzusuchen, um dort Ihre Erinnerungen Ihrem individuellen Ritus entsprechend zu pflegen. Ja, dann brauchen wir noch eine Angabe: Wir sollten nämlich wissen, was mit dem Inhalt Ihrer Nische geschehen soll, wenn Sie in zehn Jahren – bei einem jungen Mann wie Ihnen natürlich unwahrscheinlich – nicht mehr am Leben sein sollten. An wen soll der Nischeninhalt dann gehen? An Ihre Erben? An den Verein? Oder soll ihr Souvenir dann diskret entsorgt werden?"

An den eigenen Tod erinnert zu werden, schätzte Michael gar nicht. Er sagte schnell „an meine Erben", ohne zu wissen, wer das eigentlich sein könnte.

„Gegenüber den anderen Vereinsmitgliedern verpflichte ich mich zu der Diskretion und Rücksichtnahme, die ich meinerseits von ihnen erwarte", las die Frau nun noch halblaut vor, nickte und überreichte Michael Probst das Formular zum Unterschreiben. Ein Durchschlag des Schreibens war für ihn.

„Ja gut, der Bund ist also geschlossen, und wenn Sie Ihre Erinnerung da haben, kann ich Ihnen jetzt unser Erinnerungslager zeigen!" „Gerne!" Sie stand auf und ließ ihren Blick suchend durch das Zimmer schweifen. „Die Schlüssel?" sagte sie. „Wo hab ich bloß die Schlüssel hin?" Sie zog ein paar Schubladen auf, guckte hinein und schüttelte den Kopf.

Michael Probst sah vor sich hin auf die Rückseite der Briefablage, eines Gestells mit mehreren Etagen. Dicht daneben stand die gläserne Kaffeekanne, sie war noch halb gefüllt. Im Winkel dazwischen lagen zwei Schlüssel, gelb markiert und mit einem Ring verbunden. Wenn sie die Kaffeekanne aufräumen würde, müßte sie sie sehen.

„Ach was, ich hab ja noch einen!" sagte sie dann und holte einen Schlüsselbund aus ihrer Handtasche. Michael stand auf und folgte ihr die Treppe hinunter. Er hatte Herzklopfen. Im Erdge-

schoß gingen sie an abgestellten Fahrrädern vorbei durch einen schlecht beleuchteten Gang in den hinteren Teil des Hauses. Schließlich knipste die Frau ein Licht an und blieb vor einer Türe stehen. Sie zückte den Schlüsselbund und schloß auf. Sie ließ Michael den Vortritt. Noch mal ein Gang, Michael spürte die Spannung auf seiner Haut.
Hinter einer Biegung führte eine grob gezimmerte, verwinkelte Treppe in die dustere Tiefe. Da unten mußte es sein! Die Frau drückte auf einen Knopf, unten ging ein mattes Licht an, und sie stieg vor ihm die Treppe hinunter. Ihm war etwas schwindlig, als er ihr folgte. In einem schmalen Kellerraum angekommen, sah er etwas, was ihn sofort in Bann zog: ein geschmücktes Tor, ein großes stilisiertes Maul, eine Art in die Wand versenktes Möbel, umrandet mit rötlichen Keramikplatten. Wülste und ineinander verschlungene Halme waren darauf geformt. – Das hatte Michael nicht erwartet. Aber natürlich erkannte er sofort, daß hier eine Vagina symbolisiert war.
Die Frau trat in das dunkle Maul, ließ sich von dessen Schatten verschlucken und rasselte leise mit den Schlüsseln. „Da ist es“, raunte sie, öffnete und ließ ihn in einen großen Gewölbekeller treten. Ein kleiner Laut entglitt seiner Kehle, dann blieb Michael sekundenlang stehen und staunte.
An den Wänden des hell erleuchteten Kellers standen gemauerte Schränke mit geschlossenen Fächern. Sie waren ungewöhnlich geformt, geschmückt, weiß und gelb gestrichen. Sie waren unendlich viel schöner und edler als die Schließfächer auf dem Bahnhof, und doch waren es Schließfächer! Zellen, um etwas zu verbergen! Zwischen den Nischen ragten ein paar in Ton geformte Früchte und Knospen hervor. Er erkannte eine Artischocke, eine Ananas, Palmsprossen. Viele Nischen waren mit dichtsitzenden Kacheln verschlossen. Ein paar Nischen standen offen, aber nur weil Kästen und Köfferchen, Schatullen und Gefäße darin steckten, die das eigentliche geheime Objekt umhüllten und verbargen.
Etwas schmerzte ihn, als er diese Kistchen und Schließfächer sah, diese zugedeckelten, verschlossenen Zellen. Hier also bewahrten die Menschen ihre ungelösten Probleme, ihre Ängste, ihre Komplexe, ihre ganze unbewältigte persönliche Vergangenheit auf, unberührbar, im Keller eingemauert! Anstatt sie ihm oder einem Kollegen seiner Zunft anzuvertrauen, um sie dann aktiv anzugehen und zu behandeln!
An einer Stelle saßen sogar schmächtige Tonfiguren mit ängstlichen Gesichtern und verkümmerten Gliedmaßen, eine neben

der anderen, aufgereiht an der Wand. Hierbei mußte es sich um den verzweifelten Versuch handeln, eine Psychose in den Griff zu bekommen. Vergeblich natürlich. Manche Fächer waren mit Mörtel verschlossen, endgültig zu! Michael starrte auf die Zellen. Und plötzlich spürte er ein großes Verlangen in sich aufsteigen. Er wollte in diese Zellen hineinspicken, hineinriechen, hineinhorchen, die Kästchen öffnen, den Finger hineinstecken, etwas erfassen ... begreifen, nachvollziehen, wissen, miterleben.
Da fiel ihm ein, daß er ja nicht allein war. Er bezwang seine Erregung und brachte ein „Sehr beeindruckend!“ hervor. Die Dame nickte lächelnd und führte ihn zu einem Teil der Wand, wo die Nischen noch offen und leer standen. Sie gähnten ihn an in verschiedenen Größen. „So eine ganz kleine würde mir reichen.“ Er deutete auf eine Öffnung und ließ sich den entsprechenden Deckel geben. Die Frau drehte sich diskret weg, und Michael holte den Kuli aus der Jackentasche, schob ihn vorsichtig in die längliche Nische. Er fühlte kurz ein warmes Wohlbehagen. Dann setzte er artig den Deckel auf die Öffnung und meldete: „Ich bin soweit.“
Der mütterliche Typ hätte sich vielleicht noch gerne mit ihm unterhalten, aber ihm war jetzt nicht mehr danach, er bewegte sich Richtung Kellertür ... „Sehr beeindruckend!“ wiederholte er und tat einen abschließenden Blick durch den Raum. Wie hier das Einsperren glorifiziert wurde!
Sie verließen den Raum, die Frau schloß mit einem Sicherheitsschlüssel ab. Dann gingen sie zurück und landeten wieder im Erdgeschoß neben den Fahrrädern. Der Schlüssel, mit dem die Frau hier die letzte Türe abschloß, hatte einen Bart in der Form eines großen E.
Michael begleitete die Frau ins Büro hinauf, sie wollte ihm noch die Adresse dieser Frau Grinter aufschreiben, falls er mehr über die Vereinsgeschichte wissen wollte. Er setzte sich kurz, während sie danach blätterte. Da klingelte das Telefon. Sie nahm ab, und wie um sich besser auf den Anrufer konzentrieren zu können, drehte sie sich zum Fenster und wand Michael den Rücken zu. Vor ihm, zwischen der Briefablage und der Kaffeekanne, lagen zwei gelb markierte Schlüssel, ein grober mit einem Bart in E-Form und ein schmaler Sicherheitsschlüssel. Sie fühlten sich an wie alle Schlüssel, und doch war es eine ganz spezielle Empfindung, als sie in seine Hosentasche glitten.
Die Dame legte den Hörer auf und gab ihm die Adresse. Michael bedankte sich und reichte ihr die Hand: „Auf Wiedersehen, Frau ...“

„Körnermann", sagte Lina Körnermann und begleitete Herrn Probst bis zur Tür. „Es hat mich gefreut, Sie kennenzulernen!" Sie schaute ihm nach, wie er die Treppe hinunterging, dann kehrte sie ins Büro zurück und räumte das Kaffeegeschirr weg. Sie war freudig erregt von dem Gespräch und auch ein bißchen stolz, weil sich jetzt ein Psychologe für den Erinnerungsverein interessierte, noch dazu ein junger, kaum älter als ihr Sohn. Er war frisch und sympathisch, dieser Herr Probst, und hatte einen schönen, dichten Vollbart. Sie wußte, es war rein äußerlich, aber gepflegte Männer gefielen ihr einfach besser.

Lina hörte Schritte auf der Treppe, da ging auch schon die Tür auf: ein grünvioletter Schock für ihre Augen, und bekleidet mit einer neuen, glänzenden Windjacke – nicht altersgemäß, fand Lina – trat die alte Frau Grinter ins Zimmer. Sie grüßte Lina forsch und überprüfte mit einem kurzen Blick das Büro. Dann zwängte sich auch die rundliche Frau Lempp hinter ihrer Schwester in den Raum, nickte Lina zu und fragte leise: „Wie geht es Ihnen?"
„Frau Körnermann!" fuhr die andre dazwischen, „Gibt es Neuigkeiten? Zeigt das Tiefbauamt endlich Einsicht? Gibt es Reaktionen auf den Zeitungsartikel?" „Ja, ein junger Psychologe, der ihn gelesen hat, ist soeben bei uns eingetreten." „Ausgezeichnet!" lobte Frau Grinter. „Sehr gut, Frau Körnermann. Überhaupt, unser Bruder hätte sich gefreut wenn er Sie hier so sitzen gesehen hätte, nicht wahr, Lotte!" „Ja, ja, unser Eugen", sagte die andere und zwickte die Augen zusammen. Dann guckten beide das gerahmte Foto an, das sie selbst an die Wand gehängt hatten, und das ihren Bruder als jungen Mann zeigte. Frau Lempp seufzte schließlich und drehte sich zum Schrank, um ihr Wolljäckchen herauszuholen. Das zog sie immer an, wenn sie in den Keller ging. Während sie es zuknöpfte, fragte die andere nach dem Kellerschlüssel. Es war wieder der private Ersatzschlüssel, den Lina ihr gab. „Bis nachher dann, Frau Körnermann."
Lina schneuzte sich. Seit sie die Organisation im Erinnerungsverein übernommen hatte, war alles ordentlich notiert. Aber daß jetzt dieser Schlüssel fehlte, beunruhigte sie. Systematisch suchte sie Simse, Schubladen und andere Stellen ab – doch den Schlüssel, das heißt die zwei gelb markierten Schlüssel an einem Ring, konnte sie nicht finden. Sie setzte sich wieder, heftete das neue Anmeldeformular ein und notierte in verschiedenen Büchern: Neues Mitglied: Michael Probst. Sie machte diese Büroarbeit gerne und gewissenhaft.

Nach etwa einer halben Stunde kamen die beiden Schwestern zurück. Frau Lempp wirkte gerührt und wie immer ein bißchen nervös. Frau Grinter legte die Stirn in Falten und sagte: „Das beeindruckt mich doch immer wieder, das war schon sehr tüchtig von ihm, daß er den Nischenkeller gebaut hat. Und das heimlich und neben seiner ganzen sonstigen Arbeit! Das war schon beachtlich. Nicht wahr, Frau Körnermann?"
Lina nickte. Für die beiden war einfach ihr Bruder der eigentliche Vereinsgründer. Ihr Bruder, der vor vier Jahren bei einem Auslandsaufenthalt unter nie ganz geklärten Umständen ums Leben gekommen war. – Frau Lempp hängte ihr Jäckchen zurück: „Danke für alles, was Sie hier tun!" sagte sie und gab Lina den Schlüssel zurück. „War der nicht mal gelb?" fragte die andere nebenbei, dann drehten sich beide zur Tür. „Gute Zeit, Frau Körnermann."

Lina atmete tief durch. Jetzt war der Moment gekommen. Sie legte ihre graurosa geblümte Schürze an, holte Besen und Kehrwisch aus dem Schrank, ging hinaus und verschloß das Büro. Jetzt stieg sie in den Keller, um ihre vornehmste Aufgabe wahrzunehmen. Der Vorsitzende hatte zwar einmal vorgeschlagen, eine Putzfrau einzustellen, aber das hatte sie weit von sich gewiesen: Für sie war das Reinigen des Erinnerungslagers Ehrensache!
Im Keller trat sie durch das verzierte Tor und schloß die schwere Türe hinter sich. Dann schaute sich prüfend um und genoß das Gefühl, allein an diesem bedeutungsvollen Ort zu sein. Zuerst fegte sie die gemauerten Einbauten und ihre Schmuckformen ab. Dafür hatte sie einen speziellen Kehrwisch mit besonders weichen Borsten. Er ließ sich mit einer Stange verlängern, so daß sie auch die Türmchen und Ziergiebel oberhalb der Nischenwände abstauben konnte. Sorgfältig wie ein Maler, der einer Umrißzeichnung mit seinem Pinsel Farbe verleiht, wischte sie mit ihrem Wedel über Reliefs und Schneckenformen und befreite sie von ihrer dünnen Staubschicht. Die aus Ton geformten Knospen schienen sich zu recken, und über die eingravierten Blattsprossen ging ein Windhauch, wenn sie darüber strich.
Sie wischte vorsichtig die Einfassungen der Nischen ab. Wenn sie über ihre gitterartigen Deckel fegte, ging ein lustvolles Beben durch ihren Arm. Lina putzte auch in den offenen Nischen, aber nur soweit die Borsten ihres Kehrwischs reichten, und sie holte niemals ein Gefäß oder ein Kästchen heraus. Sie war diskret. Sie brauchte die Geheimnisse anderer Menschen nicht zu kennen.

Das Gefühl, ihnen nahe zu sein, genügte ihr. Sie wußte ungefähr, wer welche Nische belegt hatte, und manchmal stellte sie sich auch vor, was hier jeweils aufbewahrt sein könnte ...
Nur auf die Figuren, die links in einem Teil der Nischenwände hockten – die einzigen frei sichtbaren Erinnerungsstücke hier im Keller – auf die konnte sich Lina keinen Reim machen. Schön waren diese dümmlich grinsenden Kerle nicht, das konnte man wirklich nicht sagen. Aufgedunsen wie Dampfnudeln saßen sie in den Fächern, aber ihre Ärmchen und Beinchen waren so dünn wie bei einer Brezel. Krank wirkten sie und ein bißchen verstört. – Dabei fand sie Frau Bußmann, die die Nischen belegt hatte, so freundlich und so normal. Wie kam die zu solchen Gestalten? Hier beschleunigte Lina ihre Putzbewegungen, sie fegte nur rasch über die Nischenränder, nicht über die Figuren selbst, die waren ihr unangenehm, auch weil sie nackt waren.
Und die Kistenstapel – diese kunstvoll zusammengestellten Gebilde an der Schmalseite des Kellers – ließ sie in Ruhe; sie wollte nicht, daß sie umkippten.
Zuletzt nahm Lina den Besen, schritt mit rhythmischen, weichen Schwüngen durch den Gewölbekeller und fegte den Boden. Langsam näherte sie sich der Kellerecke mit dem Pumpensumpf, einem rechteckigen Schacht von unbestimmbarer Tiefe, in dem stets Wasser stand. Wenn sie den Kehricht hineinfegte, gab es einen kurzen Ton zwischen Platschen und Zischen. Sie schaute dem Dreck nach, er schwamm eine Weile, in Inselgrüppchen auf der Oberfläche, sog sich dann voll und versank. Damit war die Reinigung zu Ende.
Lina ging zurück und war bereits an der Tür, als sie den Blick noch einmal liebevoll über die Nischenbauten streifen ließ. Manchmal kam der Keller ihr vor wie ein Kirchenschiff. Plötzlich hörte sie ein ungewöhnliches Geräusch. „Hallo?“ fragte sie unsicher, denn es schien ihr einen Moment lang, als ob sie nicht allein im Keller wäre. Sie horchte – aber da war nichts mehr.

Johann Kracher stand reglos auf seinem Guckposten und lugte durch das kleine Ziergitter in den angrenzenden Keller. Die Person, die dort zugange war, konnte er nicht richtig sehen. Da ging das Licht aus, und die schwere Eisentüre fiel ins Schloß. Er horchte, wie die Schritte sich entfernten, bis die Kellergänge stumm zurückblieben. Er blieb noch einen Moment auf seinem Guckposten stehen, dann drehte er sich um, tastete sich den langen nach Essig riechenden Gang zurück. Er verkroch sich in einem Kellerhals und guckte hinauf zum offenen Fenster. Er schaute zu, wie das helle Viereck sich langsam in Grau auflöste und verschwamm, dann stieg er die eisernen Sprossen hinauf und huschte zurück auf seinen Berg.

9

Ein paar Tage später schlich Johann wieder hinunter in die Stadt und schlupfte unbeobachtet durch eine Luke in die verlockenden Keller. Er kroch umher, horchte, schnupperte, tastete sich an kühlen Wänden entlang und steckte hie und da sein Spickrohr in eine Spalte. Er gelangte in einen riesigen Keller, der früher als Weinlager gedient hatte. Der war so vollgestellt mit Kistenstapeln, daß zwischen ihnen nur schmale Gassen blieben. Er leuchtete in die Kisten. Er las die Namen, sie waren unaussprechlich, vielleicht französisch. Und auf einer Flasche traf er eine Bekannte im Leopardenmuster: Da saß eine dicke, schleimige Egelschnecke und verzehrte das Etikett. Johann nickte ihr zu und ging weiter. Am anderen Ende des Kellers schob er ein paar Kisten zur Seite und kroch in einen sehr niedrigen Gang. Er kroch, bis er mit seinem Schürhaken anstieß. Er lauschte, hörte nichts Verdächtiges, dann öffnete er einen Laden und machte sein kleines Licht an.

Was er da sah, ließ sein Herz höhere schlagen: direkt unter der Kellertreppe lag ein frischer Haufen alter Sachen. Er horchte noch mal – nichts. Da näherte er sich begierig den hochinteressanten Teilen. Gedrechselte Möbelfüße schauten aus dem Konglomerat von Holzteilen und Kisten. Behutsam zog er die ineinander verkeilten Möbel aus dem Haufen und untersuchte sie. In solchen Dingen hatte er Routine. Er registrierte zwei kaputte Stühle, einen Hocker, ein halbes Kinderbett, ein Bambusgestell, einen alten Lampenschirm mit Troddeln, Bretter von einem Schrank, Geschirr, eine kaputte Küchenmaschine, eine Kuchenform und eine leere Zweiliterflasche ohne Verschluß.

Das schönste aber war ein kleines verschnürtes Päckchen, etwa von der Größe eines Buches. Es machte Johann Lust, über das verstaubte, feuchte Ölpapier zu streichen. Aber die Überraschung sparte er sich auf, er würde das Päckchen erst auf dem Berg öffnen. Freudig steckte er es in seine Jackentasche.

Er verdeckte den Hocker, der noch stabil war und ihm gefiel, mit einem Karton, um ihn bei nächster Gelegenheit abzuholen. Dann rückte er die Gegenstände wieder so hin, als wären sie die Treppe heruntergestürzt, und setzte seine Runde durch die Keller fort. Er gelangte an eine Stelle, wo sich in Schulterhöhe eine Luke öffnete, und einer plötzlichen Regung folgend stieg er in das schmale lehmverschmierte Loch, es war eine Art Kriechgang, der quer zum Hang verlief. Kurz darauf stieß er auf die unterirdische Treppe, die ihm schon immer merkwürdig erschienen war. Beim Bau einer Tiefgarage hatte man sie von oben zubetoniert. Jetzt war sie wie abgehackt, eine Sackgasse, ein Blinddarm. Die Treppe war vergleichsweise breit und aufrecht begehbar, sogar für Menschen, die größer waren als Johann. Auch war sie stärker abgetreten und führte viel weiter in die Tiefe als andere Treppen. Das Seltsamste aber war, daß sie geradewegs in einen Wasserschacht führte.
Langsam ging Johann die wunderlichen Stufen hinunter und leuchtete in das dunkle Wasser. Er kannte die Pumpensümpfe in anderen Kellern, kleine Schächte, meist in einer Ecke gelegen: Da es hier unten nach starken Regenfällen oft tropfte und rieselte, brauchte man sie als Auffangbecken. Aber wenn der Pumpensumpf so wie hier den ganzen Raum einnahm, gab das irgendwie keinen Sinn. – Hinter dem Schacht führte eine Geheimtür zu einem weiteren Keller. Johann hatte früher schon hinein geschaut, aber er mied ihn, denn er gehörte zu einer Wirtschaft und wurde häufig benutzt. Der Wirt wußte vermutlich nichts von dem seltsamen Brunnenschacht.
Der Schein von Johanns Taschenlampe glitt über die Wasseroberfläche, sie war glatt und rührte sich nicht. Zu gerne hätte er gewußt, was es mit diesem Becken für eine Bewandtnis hatte. Er tauchte seinen Schürhaken in das Wasser, er stocherte wie schon manches Mal darin herum, rührte trübe Wolken auf, aber er konnte nichts verstehen. Die Stufen führten im Wasser weiter in eine rätselhafte Tiefe, die er auch mit seinem Schürhaken nicht erreichen konnte.
Er seufzte und kehrte um, stieg die ausgetretene Treppe hinauf, leuchtete kurz auf die häßliche Betonwand, die den Durchgang blockierte, und bog wieder in den lehmverschmierten Quergang ein. Er mündete auf dem vorherigen Gang, der etwas tiefer lag. Johann streckte den Fuß aus, bis er den Boden spürte. Er wollte gerade hinuntergleiten und stockte – was war das? Er drehte sich um und sah im Gang etwa zehn Meter von sich entfernt eine geduckte Gestalt auf sich zukommen.

Was war das? Andrea Nitsch knipste ihre Taschenlampe aus. Ihr war, als hätte sie gerade noch einen Kopf mit gedrungenen Schultern da vorne aus der Wand herausragen sehen. Wer war das? Die andere Person hatte auch das Licht gelöscht. Andrea verharrte und horchte. Sie hörte nur, wie ihr der Puls gegen die Schläfen pochte. Schließlich räusperte sie sich, knipste das Licht wieder an und fragte möglichst forsch: „Ist da wer?“ Nichts. Die Gestalt war verschwunden. Doch der Kellergang war Andrea nicht mehr geheuer. Sie machte kehrt und kroch den dusteren Gang am Essiggeruch vorbei und zurück zu Frau Scheuers Keller. Dort war es dunkel, obwohl sie das Licht hatte brennen lassen. Vielleicht ein Versehen? Sie kroch aus dem Loch und schob wieder den Fensterladen davor. Ihre Taschenlampe streifte über die blaßfingrigen Kartoffeln, das alte Faß, um die Ecke und auf die Kellertreppe. Sie lenkte dem Lichtkegel nach oben: die Falltür war zu! Andrea stieg hinauf und drückte mit Händen und Schultern gegen die Falltür. Aber die rührte sich nicht. Sie war verriegelt!

„Frau Scheuer!“ rief Andrea, „Ich bin's, Andrea Nitsch! Frau Scheuer! Machen Sie auf!“ Andrea pochte mit den Fäusten gegen die hölzerne Tür. Es rumpelte und dröhnte, aber niemand kam. Wer sollte auch? Frau Scheuer bestimmt nicht, selbst wenn sie es hören würde ... Wie würde das Gerappel an der Kellertür auf Frau Scheuer wirken?
Andrea seufzte. Zum Glück war sie noch nicht so meschugge wie diese Frau! Sie ging in Gedanken alle Keller durch, die sie seit ihrem ersten Spähgang hier unten kennengelernt hatte; dachte an das Ziergitter, hinter dem sie zärtliche Worte gehört hatte und an das Metallrohr, das sie so erschreckt hatte. Ich muß den nächsten Durchschlupf nach rechts wählen, entschied Andrea, schob den Fensterladen wieder zur Seite und stieg erneut in das Loch. Sie fand die kleine Abzweigung nach rechts; sie mußte sich bücken, um hineinzukriechen, und tappte weiter in einen feuchten Gang, als plötzlich ihr Herz zu rasen anfing. Es hämmerte wild von innen gegen den ganzen Körper: Wohin? Wo entlang? Wie raus hier? Rufen, schreien? Andrea spürte, wie ihr Hals immer enger wurde. Sie brachte nur einen rauhen Ton hervor, kläglich – aber es war immerhin ihre Stimme. Sie summte, der Ton wurde klarer, das Krächzen verschwand. Andrea hangelte sich an ihrem Summton und an der kalten Wand entlang, bis sie an einen modrigen Sack stieß und als sie ihn zur Seite schob, war sie in einem großen, leeren Gewölbekeller. Sie summte weiter

und schritt durch den Raum zur Kellertür. Die war verschlossen. Dann prüfte Andrea die Kellerfenster: unglaublich lange, steile Schächte, in den Stein gebohrte Löcher, durch die dünnes Licht und wenig Luft heruntersickerte: kein Entkommen!
Sie suchte die Kellerwände ab und entdeckte hinter einem Vorsprung an der Stirnseite des Kellers gut anderthalb Meter über dem Boden eine Klappe aus Eisenblech, eine kleine rostige Tür. Andrea streckte sich, um die Klinke zu erreichen, es quietschte, Steinchen und Brösel fielen ihr entgegen, als sie die Tür aufmachte. Die Öffnung selbst war mit Erdbrocken verstopft. Dahinter aber: wieder ein Gang! Andrea stieg auf eine Kiste, konnte einen Fuß in die Öffnung stellen und kletterte hinein. Hier konnte sie fast aufrecht stehen! Die Decke war gewölbt und aus kleinen Backsteinen gebaut, rußgeschwärzt. Rußgeschwärzt, das wußte Andrea, hieß: begangen schon vor der Erfindung der Elektrizität. Sie schloß die Türe und folgte dem Gang. Er war so schmal, daß sie seitlich fast mit den Schultern anstieß. Unter dem lehmigen Boden spürte sie unregelmäßige Stufen: es ging aufwärts. Sie stieg und stieg. Der Gang schien ihr sehr lang. Da sah sie vor sich einen hellen Schein. Als sie näher kam, bemerkte sie ein kleines, unregelmäßiges Loch in der Decke, durch das etwas Tageslicht hindurchschien. Erde bröselte auf ihre Schultern, als sie mit dem Kopf vorbeistreifte. Andrea kraxelte weiter.

Doch nach einigen Metern fiel der Schein ihrer Taschenlampe auf ein Gitter – ihr stockte der Atem – der Gang war versperrt! Sie umfaßte die kalten Eisenstangen, die rundum in mächtige Mauersteine eingelassen waren, und starrte in die dahinterliegende Schwärze. Sie versuchte, an den Stangen zu rütteln. Sie rührten sich kein bißchen. Aber Andrea rüttelte weiter. Sie war wütend, wütend auf die Scheuer, auf sich selbst, auf alle! Sie rüttelte mit aller Kraft: Sie wollte raus hier!
Dann hielt sie inne, denn das Rütteln war absolut sinnlos. Aus der Schwärze drang ein kühler Lufthauch, vermischt mit einem schärflichen Geruch. Sie steckte ihre Taschenlampe durch das Gitter, aber die leuchtete nur ins Nichts. Der Raum dahinter mußte sehr groß sein, vielleicht eine Halle, ein Schacht? Sie drehte an ihrer Taschenlampe, um das Licht zu bündeln, und versuchte, etwas zu erkennen. Nach unten ging es in unbestimmbare Tiefe.
Aber schräg vor ihr erschien in einiger Ferne eine unruhige, knubbelige Oberfläche. Flechten auf einem Stück Felsen? Dahinter ein Stück gebogene Wand und – wieder Flechten oder was

es war: dunkle Warzen hingen da an der Wand. Vielleicht Bärte von Dreck? Da löste sich etwas von den Dreckbärten, sauste zischend auf sie zu, bleckte, spitze Zähne, und drehte knapp vor Andrea wieder ab. Andrea zuckte zusammen: eine Fledermaus! Die Warzen und Knubbel waren Fledermäuse, die Schloßbewohner. Schon flatterten andere Tiere los, schossen auf Andrea zu und fauchten. Andrea grauste sich. Es waren weniger die Fledermäuse an sich, als diese ungeheuren Mengen, die sie eklig fand. Und ohne sich umzudrehen, kroch sie auf den Knien, so schnell sie konnte, zurück.
Erst an der Stelle, wo der Streifen Tageslicht durch die Decke kam, hielt sie inne: das Loch, das Licht, der Himmel! Konnte sie hier heraus? Ein paar Backsteine fehlten an der Decke und aus der Lücke bröselte die Erde, ein kleiner Haufen davon hatte sich schon am Boden gesammelt. Andrea versuchte die Spalte über sich durch Kratzen zu vergrößern. Sie steckte ihren Arm in das Loch und erreichte mit der Hand schon oben die Luft. Gleich darauf stürzten ihr Erdbrocken entgegen und schütteten sie beinahe zu. Sie drehte sich mühsam auf den Rücken und hatte jetzt die Öffnung direkt über sich: Ein Loch im Wurzelgeflecht – vielleicht schon so groß wie ihr Kopf? Sie kratzte weiter, und Krümel fielen ihr in den Kragen. Dann holte sie tief Luft und schob den Kopf in das Loch, sie kniff die Augen zu, ihre Ohrläppchen streiften an Steinen, das Erdreich um sie herum geriet ins Gleiten, und schwere Brocken rutschten ihr auf Schultern und Brust. Ein Ruck noch, und sie stieß mit dem Schädel durch die Erdoberfläche – schüttelte den Kopf und öffnete die Augen. Sie war am Licht!

Sie schaute auf hell beschienenes Kraut, auf geknickte Stengel. Eine zerbeulte Bierdose lag in dem Kraut, es war Giersch, sie erkannte es am Geruch. Und um sie herum standen Bäume. Ein Wald? Sie versuchte, ihren Kopf zu drehen, aber es ging nicht. Sie hatte das ersehnte Tageslicht erreicht, aber sie steckte mit allen Gliedern so fest im Dreck, daß sie sich kaum bewegen konnte. Die Erde lastete auf ihren Schultern und auf ihrem Leib. Andrea begann sich zu regen. Sie stemmte sich gegen das Wurzelgeflecht und erreichte, daß sich ein paar Erdbrocken verschoben. Ihre Arme waren eingeklemmt. Andrea wollte raus! Sie stöhnte, schwitzte und kämpfte. Ab und zu mußte sie innehalten, um Luft zu holen. Dann stemmte sie sich erneut gegen die Lehmmassen. Wieder Atem schöpfen. Da spürte sie einen Schub von unten, eine Kraft, die sie nach außen drückte. Ihre Schul-

tern brachen durch das Erdreich, sie zog den Arm aus der Erde, konnte den Oberkörper aufrichten, den andern Arm herausholen, sich aus dem Loch herauswinden: Sie stand auf und war frei!
Sie jubelte lautlos und schüttelte sich. Es war wunderbar, sich zu bewegen! Sie war zwischen hohen Bäumen an einem Steilhang gelandet und suchte Halt an einem Baumstamm. Über sich zwischen den Zweigen konnte sie den Nordostturm sehen, sie befand sich also direkt hinter dem Schloß! Der Gang, den sie genommen hatte, war womöglich eine alte Geheimverbindung?
Sie faßte an die Rinde einer Eiche und strich einer Buche über den glatten Stamm. Sie schaute zu den Eschen empor und bewunderte ihre schlanken Äste. Der Holunder roch kräftig, weil sie an seinen Zweigen gestreift war. Und zu ihren Füßen entdeckte sie gelbblühendes Springkraut. Sie faßte an die baumelnden Fruchtknoten und kicherte, als die Samen weghüpften. Kein Mensch war zu sehen. Sie zog die Hosen herunter, Steinchen fielen aus ihren Kleidern – und hockte sich zum Pinkeln. Sie schaute unter sich, wie der Strahl schäumte, ein Rinnsal gab und in der dunkelbraunen Erde versickerte. ‚Es fließt zurück dorthin, wo ich herkomme', dachte sie.

Die Dächer der Unterstadt schimmerten rot durch das Laub. Andrea hangelte sich abwärts durchs Gebüsch und erreichte einen Weg. Kein unterirdischer Gang, kein steiler Pfad: ein ganz normaler asphaltierter Weg! Erst hier merkte sie, wie dreckig sie war. Ihre Hände waren zerkratzt, der Ärmel ihrer Stoffjacke zerrissen. Die Taschenlampe hatte sie verloren.
Der Weg führte an der Rückseite spitzgiebeliger Häuser vorbei. In einem davon mußte die Scheuer wohnen. Andrea würde sie jetzt nicht besuchen. Sie nahm ihr Fahrrad, das um die Ecke an einem Geländer stand, und schob es nach Haus auf den anderen Berg. Sie freute sich auf die Badewanne, den besten Ort der Welt.

10

Als Tobias mit Andrea zusammen war, fragte er: „Wo hast du dich denn so zerkratzt?“ „Spuren meiner konkreten Forschungstätigkeit!“ sagte Andrea und lachte. „Sieht ganz nett kühn aus“, sagte er und machte große Augen. Andrea schmunzelte.

Auch in ihrem Bericht für die Altenberatungsstelle erwähnte sie die Erlebnisse im Keller nicht. Wie würde das auch klingen? Aber ein paar Tage später machte sie sich wieder zu einem Besuch bei Frau Scheuer auf. Die lächelte dünn, bat sie in die Küche und bot sich sogar an, einen Tee zu machen. Sie meinte, das Wetter sei immer so schlecht, und die neue Arznei tauge auch nichts. Und die Tageseinteilung nütze nichts, weil er ja doch immer dahinter käme. Sie schaute Andrea scharf an, beugte sich vor und sagte in aufgeregtem Flüsterton: „Neulich war er wieder da und hat sogar an der Tür gebockelt und gerufen.“ „Aber das war doch ich!“ sagte Andrea. Frau Scheuer schien die Bemerkung überhört zu haben und guckte mit schummrigem Blick durch Andrea hindurch. Schließlich zischte sie: „Gestern hat die Frau vom Bäcker mir wieder falsch rausgegeben. Eins fünfzig statt zwei fünfzig! Die gehört doch angezeigt!“ Andrea sagte nichts darauf. Nach einer Weile fragte sie: „Was war eigentlich mit ihrem Mann?“ Frau Scheuer schwieg und drehte sich, als wäre sie beleidigt worden, zum Herd um. Sie begann, geräuschvoll in einer Schublade zu kramen, und zog ein Päckchen Teebeutel heraus. Das Wasser kochte. Frau Scheuer goß zitternd das Wasser in eine Kanne, faßte sie mit beiden Händen und stellte sie auf den Tisch. Dann fingerte sie einen Teebeutel aus dem Papier und setzte sich vor die dampfende Kanne.

Langsam tauchte Else Scheuer den Teebeutel in die Kanne, schwenkte ihn und schaute, wie sich das heiße Wasser verfärbte.

Bräunliche, unregelmäßige Flecken wirbelten um den Teebeutel. Als sie mit Rühren aufhörte, ballten sich die Flecken und bildeten eine runde Fläche mitten im Tee, eine hauchdünne Schicht, ein lichtes Guckloch. Sie schaute angestrengt hinein – da, sie zuckte zusammen: ein Gesicht starrte ihr entgegen, prüfend, streng, ein scharfes Gesicht, ein altes Gesicht: Karl? – Es war sie selbst. Immer mußte er sie erschrecken!
Wenn sie den Beutel wieder hin und her zog, verzitterte und verwackelte das Gesicht, hüpfende Fetzen, Zerstörung, Unruhe. In ihrem Magen ziepte es. – Der heiße Dampf war wie Atem. – Noch einmal einem andern Menschen so nah sein, daß man seinen Atem spürt, daß er einen anhaucht und mag ...

Karl hatte sie nicht gemocht, er hatte nur immer an ihr rumgemacht. Und gebruddelt. Es ihm recht zu machen, war unmöglich gewesen. Und heute war es schwieriger denn je.
Der Keller war ihr nie geheuer gewesen. Spätestens seit ihrem Erlebnis mit den Briketts kannte sie seine Tücke und Gefahr. Damals war sie noch jung und der Krieg gerade vorüber. Damals war sie im Keller und wollte Briketts heraufholen, die lagen dort in einer düsteren Ecke. Sie bückte sich und faßte gerade ein Brikett – da zog sie vor Schreck die Hand zurück, schauderte und schrie gellend – das Brikett war haarig und kalt: eine dicke, tote Ratte.
Ihr war heut noch übel, ihre Hand zuckte vor Abscheu, den Teebeutel an der Leine.
Da war er die Kellertreppe heruntergekommen: Monk, der junge Mann, der die linke Dachkammer gemietet hatte. „Was ist mit Ihnen?“ hatte er gefragt, um dann flugs mit einem Stück Zeitungspapier das Scheusal zu greifen und nach oben zu tragen. Sie blieb stehen wie erstarrt und hörte, wie er mit dem Kuttereimer schepperte und ihn gleich auf die Straße stellte. „Ist Ihnen jetzt besser? Geht es?“ fragte er besorgt, als er wieder zu ihr herunterkam. Da war ihr schwindlig geworden. Als sie merkte, daß sie an seiner Brust lehnte, war ihr dann wohler und der Schwindel hielt noch etwas an. Nachher hatte er das Blechgestell mit Briketts gefüllt und für sie hochgetragen.
Sie zog den Teebeutel ein Stück weit hoch, er kreiselte am Faden, dann tunkte sie ihn wieder ein.

Ein kleiner Schwindel war geblieben. Sie spürte ihn jedesmal, wenn sie Monk auf der Treppe traf oder auf dem Flur. Mit Vornamen hieß er Heinrich. Er war größer als Karl. Er kam irgendwo aus dem Norden und sprach anders als sie. Die aschblonden

Haare hatte er nach hinten gekämmt, aber über der Stirne kräuselten sie sich. Sie hörte immer genau hin. Sein Schritt war leichter als der der anderen. Ihr Ohr war bei ihm, begleitete ihn die Treppe hinauf zu seiner Dachkammer mit der knarrenden Tür, den Flur entlang aufs Klo und zurück, die Treppe hinunter. Was er wohl tat, wenn er morgens gegen halb neun das Haus verlassen hatte und ein paar Häuser weiter oben um die Ecke gebogen war? Er arbeitete irgend etwas an der Uni.
Sie seufzte und schaute tief in die Kanne.
Karl zufriedenzustellen war schwierig. Sie hatte sich jahrelang darum bemüht – vergeblich. Irgendwann hatte sie aufgehört mit den Anstrengungen und hatte eingesehen: Das Zusammensein mit Karl, wie das Leben überhaupt, war kein Spaß. Irgendwie mußte man es halt durchhalten.
Sie betrachtete die Öffnung der Kanne, sie hatte innen bräunliche Ränder.
Wenn sie damals Monk gehört hatte und mit dem Kohlenschütter oder dem Blechgestell für die Briketts aus der Stube getreten war, nahm er es ihr ab und ging für sie in den Keller. Er war aufmerksam. Er war nett. Er hatte sogar selbst eine Kiste mit Kompottgläsern und ein paar Flaschen Wein unten abgestellt. Für einen Junggesellen fand sie das rührend. Er hatte so ein empfindsames Lächeln.
Der Faden flutschte ihr aus den Fingern und fiel in den Tee. Mühsam fischte sie ihn wieder heraus. Das Wasser war noch heiß.
Sie hatte Angst vor Karl. Am meisten plagte er sie, seit er sich das letzte Mal im Keller verdrückt hatte. Er hatte sich aus dem Staub gemacht, aber nur um sie besser trietzen zu können. Körperlos zwängte er sich durch die Spalten der Kellertür und schlich ihr nach. Er konnte jeden Moment hinter ihr stehen und sie plötzlich überprüfen. Oder sie unvermittelt aus einer Zimmerecke beschimpfen. Er kam, um all die Vorwürfe, die er ihr schon immer gemacht hatte, lautlos und endlos zu wiederholen. Gegen sein Gebruddel hatte sie gekeift, gegen sein Schweigen war sie machtlos.
Sie stöhnte und legte ihre Hand auf die warme Rundung der Kanne.
Mit Monk wäre das Leben schöner gewesen, wenigstens war er nicht so grob. Einmal, an einem hellen Apriltag – Karl und der Geselle waren schon früh auf Montage gefahren – war sie oben in der anderen Dachkammer am Putzen. Plötzlich hörte sie nebenan das Rücken eines Stuhles. Er war also da! Sie trat in sein Zimmer. Ein breiter Lichtstreifen, kariert wie das Sprossenfen-

ster, fiel auf den kleinen Schreibtisch und auf ihn. Er zeichnete an etwas, es sah aus wie ein Plan, er deckte ihn zu und schaute sie an, freundlich, erwartungsvoll. Der Lichtstreifen hatte eine trübe Stelle, die Scheibe einen hellgrauen Fleck. Sie nahm ihren Wischlappen, beugte sich über den Tisch und die Papiere, lehnte sich weit vor und reckte den Arm zum Fenster, noch weiter – bis sie plötzlich als eine andere auf seinem Schoß saß.
Sie umarmten sich. Auch er war ein ungestümer anderer. Sie rieb die Nase an seinem Kragen und mied es, ihn anzusehen. Im Sitzen verklammert rückten sie nach hinten auf sein Bett. Sie drückten einander und stöhnten leise. Ihre Hände strichen über Rücken und Schultern, schoben sich unter die Kleiderhüllen, die Finger bohrten sich in die Tiefe. Dort tasteten sie im verborgenen weiter, sie rieben, reizten und zündelten, bis heftiger Atem das Feuer entfachte. Schnell, brausend und arg überrumpelte es sie und kam ...
Es war kurz, so unendlich kurz gewesen.

Danach dieses bodenlos peinliche Gefühl, so unerträglich, daß ihr nichts anderes übriggeblieben war, als sich schnell von ihm zu lösen, aufzustehen und rasch die Kleider zu ordnen. „Ja, die Fenster werde ich dann bald putzen." hatte sie gesagt, indem sie den Lappen ergriff und hinausging. Es waren die ersten und die einzigen Worte, die an diesem Vormittag fielen. Vielleicht war es der dümmste Satz, den sie je gesagt hatte.
Sie seufzte und wollte den Teebeutel zu Boden sinken lassen, aber er schwamm oben, es zog in ihrer Brust.
Weshalb war er weggegangen? Sie war schuld, an allem schuld.

Auch Karl war oft weggegangen, ohne Bescheid zu sagen. Das war nichts Besonderes. Das war kein Grund zur Beunruhigung. Zum Essen war er meistens wieder da. Gelegentlich auch erst später.
Dann die Suche. Die Falltür zum Keller war offen. Karl? Manchmal antwortete er einfach nicht. Er konnte sich stundenlang im Keller aufhalten. Sie ging ungern hinunter. Später war die Kellertür immer noch offen. Karl? – Keine Antwort. Sie hatte es geahnt. Der Keller war ihr nie geheuer gewesen. Trotzdem, sie mußte doch nachsehen – ein Schreck durchstieß sie, als sie hinunterkam: Ganz unten nach der Biegung der Treppe lag Karl zusammengeklappt auf den Stufen. Er sah unheimlich aus: Er hatte Augen und Mund halb geöffnet und schaute durch sie durch in eine andere Welt. Er hörte sie nicht, aber er schnaufte leise rasselnd.

Natürlich hatte sie oben gleich Hansjörg angerufen, die Nummer hatte sie im Kopf. Belegt. Immer wieder hatte sie es probiert. Belegt. Sein Vater war in Not – und er war nicht zu erreichen. Warum? Weil seine Frau mit irgend einer Freundin schwätzen mußte. Die! Das war typisch. Den Rettungsdienst, einen Arzt anrufen? Das Telefonbuch zitterte, die Zeilen hüpften. Das Rote Kreuz? Die Zeilen hielten inne, aber sie sah keine Buchstaben, die Brille fehlte. Und bei Hansjörg war immer noch belegt. Zurück zur Kellertreppe: Karl, bist du noch da? Draußen auf der Straße Touristen, Studenten. Sie irrte zwischen fremden Menschen, keiner, den sie kannte. Jemand müßte doch da sein!
Von irgendwoher waren plötzlich zwei weißgekleidete junge Männer auf sie zugekommen: „Wo ist der Verletzte?" Sie ging ihnen voraus, die Kellertreppe hinunter, da sprangen sie an ihr vorbei und – die Wahnsinnigen! – einfach über Karl hinweg, um sich unten auf den Fersen umzudrehen und „Wo ist er?" zu rufen. Da, die Treppe, über die sie gerade gesprungen waren. Da, auf diesen Stufen hatte er gelegen! Leere. Kein Karl. Sie hatten ihn irgendwie weggetreten.
Sie starrte in die Kanne. Der Tee war jetzt ganz dunkel.
Später trugen sie einen leblosen Körper herauf. Im Sand sei er gelegen, hinten in der Ecke. Und ein Wunder, wie er noch dahin gekommen sei! Sie sah sich am offenen Grab stehen, Hansjörg neben sich, elend – verwischte schwarze Gestalten schritten vorüber. Beileidsworte, ein Berg von Kränzen, alle hielten ihn für ...
Ihr Herz zog sich zusammen, ihre Hand verkrampfte sich und machte eine ruckartige Bewegung.
Sie ging ja jede Woche zum Grab und zupfte an den Blumen. Keiner sollte schlecht über sie reden! Aber ... tot? Schön wär's!
Der Teebeutel sah aus wie ein Müllsack, der im Neckar treibt. Er ging nicht unter.
Ob Monk noch am Leben war? Ob er damals ihretwegen weggegangen war? Eines Morgens hörte sie ihn nicht, und abends kam er nicht zurück. Ohne ein Wort zu sagen, hatte er seine Sachen gepackt und war verschwunden. Die Monatsmiete war bezahlt, aber er war weg und blieb weg. Oben in seiner Kammer hatte er nichts hinterlassen, keinen Hemdenknopf, keinen Bleistiftstummel, keine Nachricht. Aber im Keller, in seiner Kiste war noch ein Steinguttopf gestanden. Den hatte sie entdeckt. Sie hatte ihn geborgen und zu sich ins unterste Fach des Küchenschranks genommen. Wenn er einst wieder käme, würde sie ihm den Topf überreichen: unberührt.

Sie zog den Teebeutel heraus und betrachtete das tropfende Etwas – da saß ja die junge Frau und guckte sie an.
Plötzlich hatte Else Scheuer eine Idee.

Andrea Nitsch bemerkte ein plötzliches Zucken im Gesicht der Frau Scheuer. Ihr war offenbar etwas eingefallen. Endlich legte sie den tropfenden Teebeutel zur Seite und nahm die Kanne, um einzuschenken. Aus der Schnaupe kam aber nur dünnes Getröpfel. Etwas wie ein Röhrchen guckte vorne aus dem Ausguß heraus. Frau Scheuer hielt inne. „Ich muß Ihnen etwas sagen – es ist nämlich so ..." Frau Scheuer räusperte sich und versuchte erneut, einzugießen, doch der Arm wurde ihr lahm, so zaghaft rann der Tee. „Moment mal", sagte Andrea und versuchte, das Röhrchen herauszuziehen. Es war ein gerolltes Stück Papier und saß ziemlich fest. Andrea pulte mühsam daran herum, und als sie den Stopfen schließlich aus der Schnute herausbekam, war es ein feuchter Hundertmarkschein. Sie faltete ihn auf und wollte ihn vor der Scheuer auf dem Tisch glattstreichen, aber die hatte ihn ihr schon aus der Hand gerissen und hastig in die Rocktasche gesteckt. Ohne das Geld zu erwähnen, füllte sie nun endlich die Tassen.
„Ich möchte Sie um etwas bitten. Ich hab's mir überlegt. Sie sind die einzige, die mir in diesem Fall helfen kann", sagte sie plötzlich mit gehetzter Stimme. „Was denn?" fragte Andrea. „Können Sie einmal nachsehen? Da unten im Küchenschrank muß ein Steinguttopf stehen." Der Küchenschrank war sehr alt und in gelblichem Weiß gestrichen. Andrea bückte sich, öffnete eine wacklige Klappe und wollte gerade einen braunen irdenen Topf herausnehmen. „Halt! Drinlassen. – Er ist also noch da." Andrea schloß die Klappe, blieb aber in der Hocke und guckte Frau Scheuer verwundert an. Die rückte mit ihrem Stuhl näher und beugte sich zu ihr hinunter: „Sie! Sie müssen mir einen Gefallen tun. Bitte!" flüsterte die Scheuer, und ihre Stimme klang fast beschwörend. „Was denn?" fragte Andrea. „Er darf das hier nicht finden!" „Was denn?"
Frau Scheuer guckte Andrea jetzt flehend und bohrend aus ihren verwelkten Augen an: „Den Topf, Sie müssen ihn für mich in Verwahrung nehmen. Er kommt immer wieder, er sucht und stöbert hier herum. Der Topf darf nicht in seine Hände fallen!" Den letzten Satz schrie Else Scheuer fast. Andrea war verwundert und zögerte. „Nehmen Sie ihn mit! Bewahren Sie ihn an einer sicheren Stelle auf! Bitte!"

Andrea wunderte sich. „Was ist denn da drin? Und vor wem haben Sie solche Angst?“ „Er kommt jeden Tag.“ „Was macht er dann?“ „Er kontrolliert erst die Kellerstufen, dann die Löffel in der Schublade, dann die Tassen im Schrank, und dann zählt er meine Herzschläge.“ „Ach so!“ Andrea verstand nichts und nickte. „Bitte! Bringen Sie ihn weg! Schnell!“ Warum hatte sie es plötzlich so eilig? Frau Scheuer bückte sich selbst, hantierte an dem Fach und versuchte, an den Topf zu gelangen. Andrea kam ihr zu Hilfe und holte ihn heraus. Es war ein Tontopf, wie man ihn früher für Sauerkraut oder Gurken benutzte; er war mit einem Deckel verschlossen.
„Halt, so können Sie das nicht nehmen!“ Die Scheuer öffnete mit fahrigen Bewegungen ein paar Schubladen und zog ein Handtuch hervor, das sie Andrea über die Hände warf, um das Gefäß zu bedecken. „Man darf das draußen nicht sehen“, zischte sie. Andrea erschrak, sie hatte Frau Scheuer nie so aufgebracht und energisch erlebt. „Schnell, gehen Sie!“ Frau Scheuer legte ihr die Hand auf den Arm und schob sie in Richtung Treppe. Und bevor Andrea recht merkte, wie ihr geschah, ging sie schon – im Arm das umhüllte Gefäß, im Rücken die mahnenden Worte der Scheuer – die steile Treppe hinunter und zur Haustür hinaus. Da stand sie im flirrenden Nachmittagslicht mit einem verhüllten Topf auf der Gasse. Sie hatte Frau Scheuer nicht einmal ade sagen können, geschweige denn ihren Tee ausgetrunken.

An der Ecke stand ihr Fahrrad, aber darauf konnte sie den Packen nicht schnallen. Ihr fiel nichts anderes ein, als den Topf zu Fuß nach Hause zu tragen. Als sie die Staffeln hinaufstieg, wurde er mit jeder Stufe schwerer. Wie kam sie eigentlich dazu, sich so eine Last aufschwätzen zu lassen? Da sollte sie eine alte Frau beraten, aber anstatt ihr ein paar praktische Ratschläge zu geben, ließ sie sich von ihren Wahnvorstellungen bestimmen und schleppte einen seltsamen Topf durch die Gegend! Wahrscheinlich waren Steine drin!
Als sie endlich zuhause ankam, waren ihre Hände und Arme ganz verkrampft von dem ungeschickten Tragen, und Andrea wusch sie ausgiebig. Der verhüllte Topf stand jetzt auf dem Tisch. Sie schob das Handtuch ein wenig zur Seite, der braunglasierte Deckel des Gefäßes kam zum Vorschein. Andrea legte ihre Hand darauf und konzentrierte sich auf ihre Handfläche, als könne sie damit den Inhalt des Topfes erspüren. War etwas Giftiges darin? Oder warum wollte Frau Scheuer ihn unbedingt aus dem Haus haben? Was konnte so Schlimmes drin sein?

Andrea setzte sich auf ihr Bett, nahm den Topf auf ihren Schoß und hob den Deckel hoch. Da lag ein Stück mürber, gelber Stoff. Den lupfte sie: Eine zugebundene Zellophantüte saß stramm in dem Topf drin. Sie ließ sich nicht herausnehmen, aber öffnen: Und dicht an dicht steckten da längliche Papierröllchen wie Zigaretten in einer Schachtel, nur größer. Andrea zupfte an einem, um es herauszuziehen, aber sie saßen ganz fest. Da schämte sie sich plötzlich, deckte alles wieder zu und schob den verschlossenen Topf ins Regal.

11

Am Abend kam Tobias, denn sie hatten vereinbart, miteinander zu kochen. „Und was hast du da drin?“ wollte er gleich wissen und steuerte auf den Steinguttopf zu. „Komm ich zeig dir das Fleisch, das ich besorgt habe.“ Andrea zog ihn in die Küche. Tobias holte allerlei Gemüse aus einer Tüte: Gelbe Rüben, Zwiebeln, silbergraue Pilze und grüne Schoten, die Andrea noch nie gesehen hatte. Er bat um ein Sieb und ein Messer und machte sich sofort ans Werk. Andrea schaute zu, wie er die Pilze und Zwiebeln schnitt, wie die dünnen, gleichmäßigen Scheibchen neben der Messerklinge zur Seite fielen. Er schnippelte Karotten zu streichholzförmigen Kleinteilen, er verwandelte Paprika in dekorative Gebilde. Er ließ Rosinen quellen, er träufelte braune Saucen über rosa Fleischstückchen, und Andrea stand in der Ecke und reichte ihm, was er brauchte – die Küche war winzig. Es gefiel ihr, wie er den Reis in den Topf rieseln ließ und ihn mit einem Pulver versah, das ihn gelb aufleuchten ließ. Die Reiskörner knisterten und sprangen vergnügt in dem heißen Fett herum.

Andrea deckte den Tisch und rief ihre zwei Mitbewohnerinnen zum Essen. Heute konnte sie ihnen nicht verhehlen, daß sie von Tobias entzückt war. Er lächelte weiß aus dem dunklen Vollbart heraus und verteilte das Gemüse auf die Teller. Es schmeckte Andrea köstlich, die Gewürze entzündeten Abenteuer auf ihrer Zunge, die Schoten waren mild und besänftigten den Gaumen wieder. Die Mitbewohnerinnen jedoch stocherten mißmutig im Gemüse herum und aßen mit langen Zähnen. Die eine fragte: „Soll wohl chinesisch sein oder was?“ Andrea schämte sich vor Tobias und war froh, als sich die beiden nach dem Essen wieder verzogen. Sie wollte die zweite Flasche Wein sowieso mit Tobias allein trinken. Sie hatte Lust, zu rülpsen, zu girren, sich mit ihm zu räkeln und zu wargeln. Sie mochte es, wie er den Kopf an ihrer Brust rieb, und faßte ihm ins Haar. Sie schälte ihn aus dem Hemd, freute sich an seinem Schweiß, an der glatten Haut, an seiner Hand auf ihrem Bauch. Der Stuhl fing die fallenden Kleider, die Erde nahm die Körper auf ... das Zimmer verschwamm ... der Atem wuchs ... wurde schneller ... und sie rannten zum Feuer.

Später saßen sie am offenen Fenster und genossen den kühlen Abendwind. Ob er eigentlich auch von den Grundauffassungen her zu ihr paßte, ging Andrea plötzlich durch den Kopf. Und was wollte er ausgerechnet mit Physik? Konnte man damit etwas wirklich Gutes erreichen? „Was arbeitest du eigentlich, wenn du in deinem Institut sitzt?“ fragte Andrea. Es war vielleicht ein bißchen unvermittelt.
„Ich fürchte, du verstehst es nicht“, antwortete Tobias. „Dann erklär's mir!“ „Es ist kompliziert. Aber gut, also ... ich befasse mich mit der Allgemeinen Relativitätstheorie und untersuche einen Aspekt der Gravitation. Einstein entwickelte die Relativitätstheorie, er eilte den Experimenten voraus. Nach und nach wurde sie dann durch Versuche erhärtet und bestätigt ...“ Andrea verstand, daß es mit Atomphysik zu tun hatte. Aber als es darum ging, wie die Lorentz-Transformation funktioniert, sagte Andrea schließlich: „Ich gebe zu, es ist kompliziert“, und beendete so das Gespräch, weil sie nichts mehr verstand. Und sie ärgerte sich ein wenig darüber, denn in einer Ecke ihres Wesens regte sich ihr Ehrgeiz, der fand, sie müsse eigentlich immer alles verstehen können.

Ein bißchen unzufrieden sah Andrea aus, fand Tobias Arnold. Dabei hatte er sie bekocht und geliebt. Und ihr gerade bereitwillig Auskunft gegeben. Im Gegensatz zu ihr, die heute abend nicht sagen wollte, was sich in dem Sauerkrauttopf befand, den sie merkwürdigerweise seit neuestem zwischen ihren Psychologiebüchern stehen hatte. Manchmal war diese Frau rätselhaft. Da fragte sie nach seiner Arbeit und stoppte ihn gerade, als er sich warmgeredet hatte! Da bestellte sie Bier, um kurz darauf das Gesicht zu verziehen, weil es bitter schmeckte. Warum ließ sie ihn am einen Abend liebeshungrig unten an der Staffel stehen und konnte es heute kaum erwarten, daß ihre Wohngenossinnen draußen waren ...? Die Frau war unberechenbar. Aber auch hinter der Unberechenbarkeit mußte irgendwo eine Gesetzmäßigkeit stecken. Das reizte ihn, denn der Forschergeist in ihm meinte, man müsse eigentlich alles erklären können.

12

Erforschen und Herauskriegen, wie sich etwas wirklich verhielt, das gefiel Tobias, das war auch der Grund, weshalb er Physik studierte. Und zur Zeit nahm ihn die Erarbeitung eines speziellen Programms für seine Fragestellung zur Gravitation voll in Anspruch. Jeden Tag saß er deswegen am Computer. Aber donnerstags mußte er zum Praktikum.

Manche Praktikumsaufgaben fand Tobias eher überflüssig und lästig. Die Versuche waren hergerichtet, die Handgriffe vorgeschrieben, und die einfachste und seit langem bewährte Art, sie zu bewältigen, war, sich einen 'Altmeister' zu besorgen, also einen Praktikumsbericht von einem vorhergehenden Semester. Und heute sollte seine Arbeitsgruppe die obligaten Experimente zur Elektroneninterferenz machen. Er mußte einen hauchdünnen Glasfaden ziehen und ihn in einen Behälter spannen. Dieser wurde dann evakuiert. Es dauerte eine ganze Weile, bis alle mit ihren Hantierungen soweit waren, bis alle Details gerichtet waren für die große Demonstration. Tobias machten diese Versuche, dieses ganze Gefummel, manchmal nervös. Endlich ging das Licht aus. Als er aber die Elektronen erst als leuchtende, stehende Welle auf der fluoreszierenden Fläche sah und dann – nach Drosselung der Elektronenzufuhr und Scharfstellung der Optik – als isolierte Blitze, also einzelne Teilchen –, da war Tobias fasziniert.

Die Demonstration vom Vormittag ging ihm noch durch den Kopf, als er schon wieder am Computer saß und darauf wartete, daß er die Kontrollzahlen ausspuckte. Plötzlich bewunderte er diesen Weiß, den Mann, der diese Anlage konzipiert und in jahrzehntelanger Arbeit entwickelt hatte. Er wurde auf der ganzen Welt in jedem Aufsatz über Elektroneninterferenz erwähnt! Nacht für Nacht hatte er im Labor zugebracht, weil seine Messungen tagsüber durch rumpelnde Lastwagen und andere Schwingungen gestört wurden. Das war Wissenschaft. Das war

Hingabe. Der Computer hatte die Ergebnisse und fiepste, und Tobias wandte sich wieder seinen eigenen Meßdaten zu: eingeben, in Beziehung setzen, berechnen lassen ...
Als er sein Pensum erfüllt hatte und abends heimkam, fand Tobias das Studentenwohnheim schlecht riechend, sein Zimmer schmutzig und eng. Es war ein schöner, heller Sommerabend, und er wollte lieber mit dem Fahrrad noch eine Runde drehen. Irgendwohin, wo er bisher noch nicht gewesen war. Er schaute auf seinen Stadtplan. Der Planauschnitt der Innenstadt mutete ihn wieder seltsam an, aber er blätterte um und suchte sich einen vielversprechenden Weg um die halbe Stadt. Er holte sein Fahrrad aus dem vollgestellten Abstellraum und fuhr los.
Kreuzungen, Ampeln, Autos, der Bahndamm ... Aber als er den Stadtrand erreicht hatte, konnte er an gelbgrünen Feldern entlangflitzen. Der Weg, den er ausgesucht hatte, führte den Hang hinauf. Erst allmählich wurde er steiler. Tobias trat in die Pedale, jeder Tritt ein stechender Schmerz in den Waden, in den Schenkeln. Er strampelte den Berg hoch, die Bewegung wuchs, sie wurde groß und selbständig und so mächtig, daß der Schmerz hinter ihr verblaßte. Das graue Band der Straße glitt unter ihm hinweg. Es gab nur noch Bewegung.
Er erreichte die Kuppe, aber er hielt nicht an: in Schwung bleiben, weiter! Ein schmaler, holperiger Waldweg: Das alte Laub raschelte unter ihm. Die Reifen knirschten im feuchten Sand – die Vorstellung, auf der Erde eine Spur zu hinterlassen, gefiel ihm. Dann ein Asphaltweg. Makellos und frei! Durch den grünen Schaum schießen! Er breitete die Arme aus – fast hob er ab, fast flog er! – Das wäre sein Traum: Radeln und Gleitfliegen gleichzeitig ...
Der Weg ging jetzt abwärts, Serpentinen, er mußte sich festhalten. Er zischte jetzt eine Straße hinunter, die ins Zentrum führte. Ein Passant schreckte zurück. Rief er ihm etwas nach? Tobias konnte jetzt nicht ausweichen. Er legte sich in die Kurve, da kam unten eine rotweiße Absperrung, er bremste, es quietschte, er riß den Lenker herum, rutschte, stieß mit dem Vorderrad an die Latten, schlug an und kam gerade noch zum Stehen.
Am Knie hatte er sich wehgetan, er stellte den Fuß auf eine waagrechte Latte, betrachtete die blutende Schramme und strich etwas Spucke darauf. Dann fiel sein Blick hinter den Zaun. Ein riesiges Loch klaffte im Boden. Die Arbeit ruhte. Zwischen den Schotterhaufen standen die Bagger, von gelblichem Staub überzogen, und reckten starr ihre Greifer in die Höhe. Überall war die Erde aufgewühlt. An manchen Stellen schauten alte Mauer-

steine aus dem braunen Boden. Und unten, in einem trockenen Kanalbett, bewegte sich etwas – ein kleiner Mann. In seinem graubraunen Kittel war er kaum zu erkennen, aber Tobias verfolgte ihn mit den Augen. Der Mann näherte sich jetzt einer maulartigen Öffnung unter der Straßendecke, die mit Sprießen abgefangen war. Er trat zwischen die Sprieße und verschwand.

Johann Kracher war froh, als die Erde ihn wieder barg. Er hatte einen Blick im Nacken gespürt. So etwas machte ihn nervös, auch wenn er seinen Weg möglichst selbstverständlich fortsetzte. Hier unten aber war er sicher. Er tastete sich ein paar Meter in den schmalen Gang und kauerte sich nieder; mißmutig blickte er zurück zu dem Loch, durch das er gekommen war. Die Baustelle da draußen tat ihm weh, er empfand sie wie eine große, klaffende Wunde, einen brutalen Schnitt in die natürlich wachsenden Schichten von Erde, Gestein und Gegenständen. Er haßte es, wenn Bagger die Erde aufwühlten, wenn sich Boutiquen und Plattenläden in die Erde bohrten, wenn neue Kabel verlegt, Tiefgaragen gebaut oder Kneipen im Keller eröffnet wurden.
Er hockte und brütete über die unerfreulichen Schürf- und Stichwunden, dann wurde es Johann kalt, und er kroch weiter. Er betrat den anschließenden Keller vorsichtig, horchte und lenkte sein Licht in die gegenüberliegende Ecke. Dort gab es etwas, was ihn sehr anzog. Zum Glück stand es noch da! Johann wußte: Abgesehen von dem Prachtstück im Schloßkeller war das hier das letzte echte Tübinger Holzfaß. Wahrscheinlich stand es nur deshalb noch da, weil es so dick, so schwer und so trotzig war. Andere Fässer hatte man geschändet, skrupellos in der Mitte auseinandergesägt, vor Haustüren gestellt und wie zum Hohn mit Blumen bepflanzt. Und auch der letzte noch lebende Tübinger Weingärtner hatte längst auf Plastikfässer umgestellt.
Ehrfürchtig näherte sich Johann dem Faß. Es war größer als er selbst, und die dunkle ovale Frontseite schien ihm wie ein riesiges Gesicht. Er strich dem runden Wesen über den runden Bauch und begrüßte es. Die Putzklappe vorn war offen, und dahinter lockte der tiefdunkle Innenraum des Fasses. Johann Kracher wußte, was geschehen würde, wenn er hineinguckte, aber er liebte Löcher und konnte der Versuchung nicht widerstehen: Er steckte den Kopf hinein. Ein saurer Hieb traf ihn in der Nase, er bremste den Atem und zog schnell den Kopf wieder heraus. Halb betäubt trat er einen Schritt zurück: Holzessig! – und starrte gebannt auf das Putzloch. Was war da alles drin im leeren Faß! Er

bebte mit den Nasenflügeln und wollte so den wuchtigen Geruch verblasen. Da löste sich die strenge Säure an ihren Rändern langsam auf, und dahinter erschien fast mild, fast lächelnd ein Gemisch, ein Knäuel von verhedderten anderen Gerüchen.
Johann schnupperte ihnen nach und versuchte, sie zu entwirren, zu sortieren. Das waren längst getrunkene Rotweine, Tübinger Jahrgänge, mittelmäßige und gute. Er roch, wie sie geschmeckt hatten, wie sie die Zunge erst leicht und später schwer gemacht hatten, er roch die Räusche, die torkelnden Schritte, das Geschrei in der Nacht. Johann verzog das Gesicht, denn er haßte Geschrei. – Er roch weiter zurück, roch die sonnigen Hänge, an denen die Weine gereift waren, roch die emsigen Menschen, die einst gepflanzt, gehackt, gehegt und geschnitten und im Herbst die schweren Butten herabgetragen hatten. Die Jahr für Jahr nach jeder Schneeschmelze die Mauern neu aufgeschichtet hatten. Er bewunderte ihre Beharrlichkeit. Er roch sie und mochte sie, so wie er die Staffeln und Mauern mochte, die sie an den steilen Hängen gebaut hatten. Inzwischen zerfielen diese Werke überall rings um die Stadt, auch da wo er wohnte, und schmiegten sich wieder dem natürlichen Gelände an.
Ein Geruch verbarg sich lange hinter den andern und zwickte Johann plötzlich da, wo die Nase in den Gaumen übergeht – Schwefel! Der hatte einst die ungeliebten Keime vertrieben.
Johann schüttelte sich den Gestank und die Schwaden aus dem Kopf und schneuzte sich leise die Nase. Dann kroch er unter der Treppe in eine Luke, zwängte sich durch weitere Schächte, schlüpfte an Kanalrohren entlang, scheuchte Ratten auf und guckte in vergessene Löcher. Auch als die Kellerfenster ihm zeigten, daß es draußen längst dunkel geworden war, stieg Johann nicht nach oben. Die Nacht war lau, der Mond schien, die Menschen schwärmten durch Gassen und Gärten. In den Kellern aber war niemand, die Keller gehörten ihm ganz alleine. Er atmete ihre dumpfe Luft und spürte die unterirdischen Verbindungen. Wie weit sie reichten, wußte nur er.

Als er Stunden später wieder aufrecht den nach Essig riechenden Gang entlangging, drang ein Kratzen an Johanns Ohr. Es kam aus der Richtung des seltsamen Lagers. Ein schwaches Licht drang durch das Ziergitter. Wer war das? Johann lauschte, zögerte und schlich näher, um durch die tropfenförmigen Löcher zu gucken.
Er sah nur die Fächer der gegenüberliegenden Wand. – Ein schürfender Ton, jemand zog irgendwo einen Gegenstand her-

aus und hantierte damit. Dann Schritte, da wurden Dinge aufgenommen, geschoben, verräumt. Plötzlich ein menschlicher Laut zwischen Murren und Stöhnen, dann wieder scharrende Geräusche. Die Schritte näherten sich, ein Schatten flatterte an dem Ziergitter vorbei, Johann zuckte.
Dann ein Schrappen, ein Kratzen wie von Metall auf Stein, erst scharf, dann dumpf. Die Geräusche wiederholten sich, wurden heftiger und folgten rasch aufeinander. „Soll das alles sein?“ stieß es halblaut aus der Kehle eines Mannes. Johann lugte durch die Löcher und konnte ihn noch immer nicht sehen. Da klirrte es am Boden, als wäre etwas umgekickt worden. Der Mann gab einen ärgerlichen Laut von sich. „Soll das wirklich alles sein?“ wiederholte er. Hastige Schritte, das Licht ging aus, die Eisentür schlug zu. Jemand schloß von außen ab.
Johann lauschte. Er ließ das Licht seiner Taschenlampe durch die geschweiften Öffnungen auf die gegenüberliegende Kellerwand fallen, auf die Nischen. Er sah sie nur unscharf. Die Luft vor ihnen schien zu zittern. Überhaupt fühlte sich die Kellerluft anders an als sonst. Unbekannte Schwingungen vermischten sich in ihr. Ihm war, als ob er etwas zischen hörte. Als ob etwas entwiche ...

Langsam stiegen die Erinnerungen hoch, durch Kellerfenster und Luken hinaus ins Freie. Träge Schwaden, süße und saure Dämpfe, die zwischen den Hauswänden schwebten.
Eine Melodie bebte in der Morgendämmerung und sehnte sich nach einem Ohr, das sie hörte. Gedanken an damals schlichen durch die leeren Gassen und suchten ein Hirn, das sie dachte. Ein Herzklopfen bemühte sich vergeblich an den Haustüren. Schließlich blieb es unerhört an einem Schuhabkratzer hängen. Die Erinnerungen ahnten nicht, wohin sie gehörten. Sie irrten nur stundelang in der Nacht umher. Dann sanken sie erschöpft zu Boden und blieben auf dem Kopfsteinpflaster liegen.

13

Der Morgen kam, die Sonne stieg, wurde heiß und brannte. Da regten sich die Erinnerungen, die in den Gassen gelegen hatten, wieder, schwangen sich auf, vibrierten und setzten ihre Suche fort. Die Melodie fand irgendwo ein Ohr, in das sie sich bohrte. Die Gedanken an damals flatterten um die Leute herum und suchten einen Halt.

Eine Ladentür ging auf. Eine gepflegte Frau trat auf die Gasse und stieß auf einen starken, herbsüßlichen Geruch. Sie drehte sich verwundert um. – Ein paar Schulmädchen kamen kichernd die Gasse herunter, weiter hinten ging eine ältere Frau. Aber sie wußte gleich: Dieser Geruch kam von einem Mann. Sie blieb stehen und schnupperte: männlicher Schweißgeruch, eigentlich nicht unangenehm. War Rasierwasser dabei? – Sie sog den Duft ein. – Oder Zigaretten? Oder war es ein Mann sozusagen pur? – Sie fühlte sich merkwürdig berührt. – Wie alt mochte er sein? Es roch nach dreißig, höchstens fünfunddreißig. Nach dunklen Augen und kräftigem Bartwuchs. Das Gesicht an seiner rauhen Wange zu reiben, war angenehm, belebend. – Jetzt wurde die Frau rot, zuckte mit dem Kopf und ging schnell weiter. Der Geruch begleitete sie: Er war schlank, nicht besonders groß, aber flink und sportlich. Die gepflegte Frau beschleunigte ihren Schritt. Er hatte schmale Hände und die Angewohnheit, beim Reden mit gespreizten Fingern von der Stirn aus durch das dichte Haar zu fahren. ‚Wenn dieser penetrante Geruch endlich weg wäre', dachte sie und wagte kaum mehr, richtig zu atmen. Er hatte eine große Nase und ein kräftig hervorspringendes Kinn; sein Adamsapfel hüpfte, wenn er sprach oder lachte.
Noch zwanzig Schritte, da hatte sie ihre Haustür erreicht, hastig stieg sie die Treppe hinauf, legte ihre Tasche ab und ging sofort ins Bad. Sie riß sich die Kleider, in die sich dieser gräßliche Gestank wohl verfangen haben mußte, vom Leib (er war hager und

hatte gekräuselte Haare auf der Brust) und stellte sich unter die Dusche. Das Gel flutschte grün zwischen ihren Handflächen und tat gut.
Beim Abtrocknen fiel ihr Blick auf die hingeworfenen, mißdünstigen Kleider. Er trug das ganze Jahr über eine Tweedjacke und meistens Pullover in graublauen Tönen. Sie öffnete das Fenster und nahm mit spitzen Fingern die scharf riechenden Wäschestücke, um sie dort draußen zum Lüften an die Leine zu hängen. Warum ist er damals eigentlich verduftet? Nervös und ungeschickt fummelte sie an den Wäscheklammern (War es eine andere Frau?), bis schließlich alle stinkigen Sachen aufgehängt waren. Oder irgendein blödes Mißverständnis? „Ich kenne diesen Typ überhaupt nicht!" sagte die gepflegte Frau energisch und schloß das Fenster.

Staub lag in der Luft. Und unerhörte Töne.

Eine junge Frau kam gerade pfeifend vom Reisebüro und hatte ihre Fahrkarten und viele bunte Prospekte abgeholt. Sie freute sich riesig auf den Urlaub. Sie spürte sich schon Hand in Hand mit ihrem Freund über den weißen Sand hinunterrennen zum blaulächelnden Meer. – Ein scharfes Hämmern drang an ihr Ohr. Sie blickte um sich, es waren nur wenige Leute unterwegs, keiner davon hämmerte. Trotzdem klang es, als wäre neben ihr ein Steinmetz zugange. Merkwürdig. Da wieder: „Bling!" Spitz und hart: als nage sich ein Wurm in ihren Kopf, ja, es wurmte sie etwas. Bling! Wo es herkam, konnte sie sich nicht erklären. Es war in ihrem Kopf, aber es war kein Kopfweh, eher ein ungenaues Zahnweh. Die junge Frau guckte schnell in einen der Prospekte, sie wollte sich doch aufs Mittelmeer freuen! – „Blingbling! Blingbling!" Das Klopfen in ihrem Kopf wurde penetrant, und sie spürte deutlich: Sie wurde benachteiligt, jemand war unfair zu ihr und guckte ihr etwas ab! „Aber das war doch meine Idee!" sagte sie laut und erschrak. – Denn der Mann, der neben ihr vorbeiging, hatte es gehört. Sie guckte ihn von der Seite an. Plötzlich war das Hämmern weg.

Der blonde Mann wunderte sich kurz, daß die junge Frau ihn ohne ersichtlichen Grund so anredete, und ging mit großen, schlaksigen Schritten weiter. Da hörte er ein spitzes Hämmern hinter sich. Er drehte sich um, nirgends war eine Baustelle, nirgends ein Handwerker. Seltsam. Da war es wieder. Es klang nach Metall auf Stein. Der Ton schmerzte, er klang irgendwie ungerecht! Als wolle ihm jemand die Schau stehlen. Dabei war der

Mann gerade noch so gut gelaunt gewesen! Was sollte dieses Bling? Er schaute sich um und stolperte fast über eine Plastiktüte, wirbelte Schmutz auf und verhedderte Gedanken. Die trieben auf der Straße umher. Da kam ein Junge mit seinem Rad angezischt und radelte über sie hinweg.

Der Junge wollte so schnell wie möglich ins Freibad kommen. Seine Kameraden waren schon längst dort. Er witschte mit sportlichen Kurven um die wenigen Fußgänger, die trotz der Hitze noch unterwegs waren. Eine Frau protestierte gegen seinen Fahrstil. Da trat er noch heftiger in die Pedale. Um einer anderen Frau auszuweichen, steuerte er sein Rad sehr knapp an einer Stützmauer vorbei, ein langer Zweig verschob ihm die Baseball-Mütze auf dem Kopf. Er rückte sie wieder zurecht und schaute kurz auf das rankende Gewächs, das als mächtiger wirrer Bart von einer Terrasse herunterhing. Weiter oben hing ein giftgrüner Gegenstand in den Barthaaren. Er war schon daran vorbeigeflitzt, da bremste er plötzlich: Was war das für ein Gegenstand gewesen? Eine Gießkanne oder ein Sandeleimer. Aber wenn es ein Skateboard war? Da oben war ein Spielplatz, das wußte er. Er drehte um. Aber er konnte das giftgrüne Teil noch immer nicht erkennen. Es könnte ein Frisbee sein oder ein plattgedrückter Ball. Oder doch ein Skateboard?
Wie könnte man an das Ding herankommen? Man müßte die Zweige mit einem Rechen durchkämmen, sie ordnen, aufwickeln, stutzen! Plötzlich fühlte der Junge den Wunsch, diese wild und sinnlos wuchernden Ranken einem Zweck zuzuführen, sie zu entwirren, zu bearbeiten. Man mußte doch etwas Nützliches tun! (Er lehnte sein Fahrrad an die Wand.) Vielleicht konnte man Körbe aus den Zweigen flechten? Da bebten seine Hände, die Finger spitzten sich und hatten schon einen Strang erwischt und um sich geschlungen. Und ehe er sich versah, begannen sie, die Ranke zu einem strabeligen Knäuel aufzuwickeln. Er wußte selbst nicht warum. „Schwachsinn!“ knurrte er. Schnell ließ er alles fallen und stieg auf sein Fahrrad. Seit wann interessierte er sich für Textiles Werken?

Ein entschieden schreitender Mann im hellen Jackett kam vorbei. Er war gerade bei einem Kunden gewesen und ging zu seinem Auto, das er in der Weststadt geparkt hatte, als ihn ein merkwürdiges Kichern in seinem Rücken erschreckte. Er schaute sich um: der Junge mit dem Fahrrad war schon weg, ein paar andere Menschen gingen eilig, müde oder in Gedanken vertieft, aber keiner kichernd. Er mußte sich wohl getäuscht haben. Obwohl das nicht seine Art war. Ein paar Ecken weiter hörte er neben sich leise erregt fiepsende Stimmen. Er fuhr mit dem Kopf herum und sah auf eine graugestrichene Blechtür: der Hintereingang eines Ladens. Daneben standen aufgereiht ein paar Fahrräder. Vielleicht war gerade aus einem der Reifen etwas Luft ausgetreten.

Er setzte seinen Weg fort und dachte an die vorangegangene Besprechung. Sie war günstig verlaufen, er hatte die beiden Herren von der Firma Lotter schon fast überzeugt von seinem Angebot. Früher wäre er in ähnlicher Lage viel schneller mit dem Preis heruntergegangen, aber heute war er es, der die Bedingungen diktierte. Plötzlich hörte er ein Rascheln wie von Bonbontüten, dahinter unterdrücktes Wiehern. Der Mann reckte den Hals und ging etwas schneller. Sein Angebot war einfach besser als das der Konkurrenz. Da drang schepperndes Gelächter an sein Ohr, leise, hell und höhnisch. Er blieb stehen und schnaubte ungehalten. Er horchte – nichts. Ein fades Gefühl breitete sich in ihm aus. Ihm war auf einmal, als ob er sich lange, schwierige Jahre vergeblich um etwas bemüht hätte.

Rasch ging er weiter. Jetzt kicherte es rechts, und von links drang erregtes Flüstern an sein Ohr. Er zog die Schultern hoch. Stimmengewirr, Zischen, Gegickel – über wen oder was wurde hier gelacht? Jetzt riß der Mann im hellen Jakett den Kopf herum und erhob seine Stimme: „Was ist hier eigentlich los?“ Kaum hatte er die Worte ausgesprochen, zuckte er auch schon zusammen, denn die Vorstellung, jemand könne ihn beobachten, wie er Fragen an die Luft stellte, war ihm unerträglich. Er lief weiter und hörte es wieder flüstern und fiepsen. Worte konnte er nicht verstehen, aber er spürte, daß sie nur Knatsch, nur flauen Blödsinn ergaben. Merkwürdig, einen Moment lang stimmte ihn das traurig. Wieder ein Wispern. Kamen die Töne aus der Hecke oder saßen sie in seinen Ohren? – Er wollte, daß sie endlich aufhörten und rannte fast. Nur noch wenige Meter bis zu seinem Wagen, den Autoschlüssel hatte er schon gezückt. Er öffnete, schleuderte seine Mappe nach hinten, setzte sich und ließ den Motor an, dankbar über das vertraut tuckernde Geräusch. Und losbrausend erstickte er die letzten Fiepser.

Die Hitze flimmerte, und ein Gesichtsausdruck irrte durch die Stadt, Er war verkniffen und wußte nicht, in welches Gesicht er gehörte. Vorübergehend biß er sich in ein paar dürren Sträuchern fest. Vielleicht gehörte er zu einer Zange? Oder eigentlich doch in ein Gesicht?

Tobias Arnold war auf dem Weg zum Österberg. Er wollte an diesem Nachmittag endlich in die Luft gehen. Am Freitag bei passendem Wetter, hatte der Trainer gesagt. Und heute war es heiß! Heute würde Tobias es schaffen, er würde fliegen! Er fühlte in Gedanken schon die große abschüssige Wiese unter sich. Seine Arme würden sich zu großen, grellfarbigen Luftmatratzen aufblähen, und mit einem leichten Fußkick würde er den Boden verlassen. Fliegen! Tobias schaute in den Himmel, der war fast farblos vor Hitze und glühte.
Plötzlich war es ihm, als hätte ihn ein Vogel angeguckt – grauschwarz, aber mit dem Gesichtsausdruck eines Papageis. Wie das? Vielleicht ein Bild an einer Plakatwand, dachte Tobias und drehte sich um. Er konnte nichts derartiges entdecken. Dabei hatte er den Vogelkopf mit dem halbgeöffneten Schnabel noch deutlich vor Augen. Er sah aus, als wolle er ihn jeden Moment auslachen oder zwicken.
Tobias schüttelte den Kopf und dachte wieder ans Fliegen. Die letzten Male war er nicht über einen Hopser hinausgekommen. Sonst war er die meiste Zeit auf der großen Wiese herumgestapft, um Schirme auszubreiten und Leinen zu sortieren. Immer für die anderen! – Jemand grinste. Der Vogelkopf schwebte wieder vor ihm. Er hatte den metallischem Schnabel halb geöffnet, als wolle er zubeißen.
Tobias zuckte mit den Schultern und rannte ein Stück, obwohl ihm das Hemd schon am Leibe klebte. Als er es grollen hörte, rannte er noch schneller – bis er an der Kreuzung stehen bleiben mußte. Der Himmel war jetzt wirklich finster. Und vor Tobias' innerem Auge sah der Vogelkopf plötzlich aus wie ein Hase! Schon fielen die ersten Tropfen – der Himmel platzte, und die Wassermassen stürzten herab. Nichts war's mit Fliegen! Dann wenigstens duschen! Tobias blieb mitten auf der Straße stehen und ließ sich begießen. Er spürte die Tropfen auf den Innenflächen der Arme, auf Nase, Stirn und Zunge, seine Haare troffen, das Wasser rann ihm unter die Kleider und in die Mundwinkel – es schmeckte nach Sommer.

Das Bild vom Hasen-Vogelkopf wurde in den nächsten Gulli gespült. Der Regen wusch den klebrigen Schmutz aus den Ecken, nahm ihn mit und floß weiter. Der Regen ergoß sich, er feierte, war außer sich: Laufen und fließen und tanzen! Sich vom Wind stoßen lassen. Brausen und toben. Mit Blitz und Donner tanzen, an die Hauswände klatschen, in Bewegung sein. Die flatternden Tüten schnappen, Töne und Gedanken wegspülen, abfließen.

Sich auf Rinnen verteilen, gluckern, in Pfützen zusammenkommen, überlaufen, in die Löcher gurgeln. Unterirdisch weiterfließen, durch Ritzen dringen, sich in Schächten sammeln. Wo die Erde offen ist, hineinsickern, den Boden aufschwemmen, Wurzeln küssen, Pflanzen stärken, in ihnen emporsteigen.
Und von oben weiterschütten: Sich eine Nacht lang gehen lassen. Am Morgen wieder vibrieren, aufsteigen, als Wolke am Himmel schweben ... Und mittags wieder schwerer werden, sinken, auf die Stadt herniedergehen. Auf die roten Dächer prasseln, die Rinnen hinunterrutschen, plantschen, gurgeln, auf den Neckar spritzen, ihn kitzeln, ihn schwellen lassen, sich ihm anschließen. In der Dämmerung zarter werden, dünner werden, plätschern, tröpfeln, nieseln ...
Der Regen streifte noch einmal sanft an Häusern und Menschen vorbei und blieb als Feuchtigkeit in der Luft hängen.

Michael Probst ließ die kühle Luft in seine Lungen strömen und atmete auf. Er stand auf seinem kleinen Balkon und schaute in den klaren Abend. Es schien, als hätte der Regen all seine unbestimmten Gefühle, all seine Scham hinweggeputzt. Michael ging zurück ins Zimmer, setzte sich (obwohl es Samstag war) zu seiner Diss und beschäftigte sich intensiv und lange mit ihr. Erst spät ging er zu Bett.

14

Michael war auf einer hellen Insel, umrahmt vom stillen Blau des Meeres, und hatte Urlaub. Vor ihm auf einem Hügel stand stolz und verlockend ein Taubenturm gleißend im Sonnenlicht. Bunt schillernde Vögel mit gestreiften Federn flogen in eleganten Schwüngen ein und aus. Michael wollte unbedingt einen solchen Vogel haben und kraxelte wild entschlossen über schroffe Felsen und Dornengestrüpp. Mit Mühe erreichte er den Turm und begann, ihn wie einen Baum zu erklimmen. Er stieg höher und höher und war schon ganz nah an den Tauben. Sie flatterten direkt vor ihm herum. Er versuchte, sie mit der Hand zu erhaschen. Aber gerade wenn er meinte, eine gefaßt zu haben, entwischte sie ihm, als hätte sie gar keinen Körper. Und Michael blieb nicht mal eine Feder. Um einen ruhenden Vogel zu überraschen, faßte er in ein Flugloch hinein. Da brach das Loch auf, denn die Wand war spröde wie Knäckebrot. Plötzlich befand er sich im Inneren des Turmes, das Gurren und Tschilpen der Vögel drang jetzt aus den Nistkammern über ihm. Aber wenn er sich reckte und in eine Zelle, aus der die Laute kamen, hineinspähte, war kein Vogel da. – Ärgerlich brach er die mürben Zellwände auf: Die Vögel waren alle verschwunden. Und in den Kammern fand er nur Kacke, nichts als dicke Kleckse graugrüner Kacke. „Soll das alles sein?“ fragte Michael und wachte auf. „Soll das wirklich alles sein?“ wiederholte er.

Er war verschwitzt und fühlte sich betrogen. In ihm war eine Traurigkeit, so groß und leer, daß ihm hundeelend davon hätte werden können. Rasch stand er auf und stellte sich unter die Dusche. Ihm war, als hätte er hauchdünne, graugrüne Schatten auf der Haut, und er seifte und schrubbte sich noch gründlicher als sonst. Im Spiegel konnte er die üblichen roten Flecken entdecken, die auf seiner Stirne neue Blüten trieben. – Gegen Durchhänger half jetzt nur ein gutes Frühstück! Mit einem Darjeeling, der zwei-

einhalb Minuten gezogen, und einem Ei, das viereinhalb Minuten gekocht hatte. Mit Toast und Vierfruchtmarmelade und den Vier Jahreszeiten von Vivaldi!
Und in der festen Absicht, sich den Sonntag nicht durch sich selbst vermiesen zu lassen, richtete er sich alles wunschgemäß her und begann, mit möglichst viel Genuß zu essen. Er löffelte gerade das wachsweiche Ei – mit einem Flöckchen Butter schmeckte das Eigelb besonders samtig –, da klingelte das Telefon. Michael hob sofort ab und drehte mit der anderen Hand die Jahreszeiten leiser.
„Herr Probst, hier spricht Frau Körnermann, entschuldigen Sie die Störung, aber wir sind in einer schwierigen Situation – äh ... also, es ist so – wir wären sehr an Ihrem Rat interessiert!" „Ja, natürlich, jederzeit!" „Es geht um eine spezielle Angelegenheit, ich möchte jetzt am Telefon lieber nicht davon sprechen, aber – es ist sehr dringend. Am besten kommen Sie gleich zu uns in den Verein, der Vorsitzende ist schon da, und Herr Fritze wird auch jeden Moment hier sein." „Ja, gut, ich komme." „Ich danke Ihnen. Bis gleich!"
Michael legte auf und spürte, wie sein Puls von innen an die Schläfen klopfte. Es war einfach zu dumm! Anstatt das Ei aufzuessen, ging er an seinen Schrank, holte die Kognakflasche heraus und nahm einen kräftigen Schluck. Er brannte wohltuend in seiner Kehle, und Michael zwang sich tief zu atmen. Dann legte er sich auf den Teppichboden und machte fünf Minuten autogenes Training. Danach putzte er sich die Zähne und überprüfte seinen Gesichtsausdruck im Spiegel. Es gab sowieso kein Zurück mehr: also brach er auf.

Wenigstens fand er heute gleich einen Parkplatz in der Altstadt. Bevor er aus dem Auto stieg, nahm er noch eine seiner scharfen Pfefferminzpillen. Die überfrischte die sauren Rülpser und versprach positive Ausstrahlung. Die brauchte er jetzt, und auf die setzte er, als er in das kleine Büro trat.
Außer Frau Körnermann, die ihn mit leidendem Blick begrüßte, standen noch zwei Männer betreten zwischen den Möbeln. Ein älterer, schmal und dunkelhaarig im eleganten Sommeranzug, stellte sich mit ‚Rüttger, ich bin der Vorsitzende' vor und drückte ihm zart die Hand. Der andere, jüngere war dick und blond und guckte wie ein Fisch. „Herr Fritze arbeitet an einer wissenschaftlichen Studie über den Umgang mit Erinnerungen in verschiedenen Kulturepochen und steht deshalb auch mit unserem Verein in Verbindung", sagte der Vorsitzende. Fritze nickte

knapp und gab zur Bestätigung einen Brummton von sich. Die Körnermann seufzte. „Ich bin froh, daß wir in dieser Situation von Fachleuten unterstützt werden. Frau Körnermann hat nach dem starken Regen in unserem Erinnerungslager nach dem Rechten sehen wollen und dabei eine sehr unangenehme Entdeckung gemacht", sagte Rüttger mit erhobenem Kopf. „Vielen Dank, daß Sie beide so schnell gekommen sind." Dann drehte er sein markantes Profil zur Tür und forderte sie auf, mit in das Erinnerungslager zu kommen.
Um den Dicken vorbeizulassen, drückte sich Michael an ein vollgestopftes Regal. Seine Fingerspitzen rechts streiften dabei die Oberkante eines Leitzordners. Michael schaute hinunter zu seiner Hand und sah von oben in den Ordner hinein: lauter stramm geheftete Papiere. Rasch griff er in seine Hosentasche, barg die beiden Schlüssel in seiner Hand und ließ sie lautlos zwischen diesen Seiten verschwinden. Kaum einen Meter von ihrem ursprünglichen Platz entfernt.

Mit Frau Körnermann verließ er das Büro und ging hinter den andern den umständlichen Weg durch das speziell geformte Tor in das Erinnerungslager. Der Gewölbekeller war hell erleuchtet, und der Vorsitzende und die Frau hatten sich so hingestellt, daß die Spuren des Eingriffs gut zu sehen waren. Die Körnermann geknickt, Rüttger angespannt vor Empörung zeigten sie beide mit stummer Geste auf ein paar trostlose Sachen am Boden. Michael versuchte sich zu konzentrieren: ‚Die wollen hier deinen fachlichen Rat!' Er ließ diesen Gedanken in alle Hirnwindungen dringen. Außer den schäbigen Lappen und Döschen lag ein zerbrochener Krug auf dem feuchten Boden, außerdem ein paar dieser durchlöcherten, keramischen Deckel, an einem war die Ecke abgesprungen. Man konnte sich schlimmere Zerstörungen vorstellen!
Fritze schien auch nicht besonders beeindruckt, er gab acht, daß er nichts zertrat, stellte sich breitbeinig zwischen die Einzelteile am Boden und guckte die andern mit seinen Glubschaugen von unten her an. „Da sehen Sie also die Bescherung!" sagte Rüttger, als sich auch Michael irgendwie hingestellt hatte. Dann herrschte minutenlang peinliches Schweigen. Man hörte nur irgendein Getröpfel an einer Kellerwand. Michael spürte, wie mit der Kälte die Nervosität an ihm hochkriechen wollte, er erwischte sie in den Hosentaschen und hielt sie dort mühsam in den Fäusten gefangen. Er hätte sie gern ganz zerdrückt. Rüttger begann beinahe tonlos zu sprechen: „Also, heute morgen waren

zwei Polizeibeamte da und haben alles aufgenommen und fotografiert. Wie der Täter hier hereinkam, ist nicht geklärt, außer dem Verein haben nur die Hausbesitzerinnen einen Schlüssel, und die sind gerade verreist. Die Kistenstapel sind unberührt, durch sie kann er nicht gekommen sein. Fingerabdrücke hat er nicht hinterlassen, auch sonst gibt es bisher keinerlei Hinweis auf eine bestimmte Person."

Michael sprach sich innerlich zu: ‚Du bist als Gutachter hier, als Gutachter!' und wiederholte es wie ein Mantra.

„Die beiden Herren", sprach Rüttger weiter, „wollten eine genaue Auflistung der fehlenden und zerstörten Sachen, die konnten wir aber aus den Ihnen bekannten vereinsinternen Gründen nicht liefern." Rüttger kräuselte gequält die Stirn. „Alle anderen Fragen haben Frau Körnermann und ich gewissenhaft beantwortet, um dann zu erfahren, die Aussicht, einen Einbruch wie diesen aufzuklären, sei denkbar gering."

Der Vorsitzende seufzte: „Den Sachschaden bezifferten die Polizisten auf knapp 500 Mark, was ich beleidigend finde; 500 Mark!" – Gleich fängt er an zu weinen, dachte Michael. Aber plötzlich brauste Herr Rüttger auf: „Um den Wert dieser Schätze zu ermessen, fehlt diesen Polizisten Bildung und Maßstab! Das sind doch persönliche Werte! – Das ist doch ein Schlag in das Gesicht unseres Vereins ...!" Rüttgers Gesicht verzerrte sich.

‚Du bist als Gutachter hier, als Gutachter!' konzentrierte sich Michael.

„Gemeinheit!" blökte Rüttger. „Aber warum macht jemand so etwas, wozu?" fragte Frau Körnermann jammernd. „Aus purer Niederträchtigkeit!" sagte Rüttger bestimmt und voller Abscheu. Da räusperte sich Herr Fritze, der Dicke, und meinte duster: „Ich sage nur ein Stichwort: Fernwärmeleitung!" Rüttger stutze: „Sie meinen das Tiefbauamt?" „Nein, das nicht," meinte der Dicke und schob den Bauch und die Unterlippe vor, „aber es gibt Leute, die sind daran interessiert, daß viele Leitungen dieser Art gelegt werden. Die sorgen auch dafür, daß sie für die Kommunen relativ billig sind – aber später? Später können sie die entsprechenden Heizkraftwerke – mit neuen Technologien, die notwendig sein werden, weil die alten den Umweltschutzauflagen nicht mehr genügen – dafür etwas teurer verkaufen. Wo die Leitungen schon da sind, besteht ja bereits die Option, da wäre es ja dumm, eine andere Lösung zu wählen." Der Vorsitzende guckte sehr ungläubig.

„Wenn Leute diese Leitungen behindern oder in Frage stellen", fuhr der Dicke fort, „muß man eben sehen, daß es ihnen ein

bißchen ungemütlich wird ...". Er zeigte mit einer lässigen Geste auf die Sachen am Boden. Rüttger widersprach Fritze und warf ihm ideologische Färbung vor. Der Dicke wiederum fand Rüttger naiv, und es folgte ein heftiger Disput zwischen beiden. Michael hörte zu und war erleichtert.
„Was halten Sie denn eigentlich von der ganzen Angelegenheit, Herr Probst?" fragte Rüttger schließlich.
„Entscheidend ist doch auch die Frage, ob etwas fehlt, und wenn ja, was? Worin besteht der spezielle Wert eines möglicherweise entwendeten Gegenstands?" legte Michael los, „und hat die Person – sie oder er – das, was sie suchte, überhaupt gefunden? Ging es derjenigen Person wirklich um Störung? Überhaupt: Welche Motivation führt jemanden dazu, verdeckelte Fächer aufzubrechen? Dieser Akt ist eine Bewegung, die Hüllen durchstößt und Schalen. Dieser Vorgang mag uns gewalttätig und somit verwerflich erscheinen, aber er begegnet uns auch in der Natur, die ja von sich aus weder gut noch böse ist, an vielen Stellen." Michael sprach jetzt schneller: „Der keimende Sproß durchbohrt die Haut der Bohne, um aufzustreben und eine neue Pflanze zu bilden. Die Blüte sprengt die Knospenblätter, um sich befreit zu entfalten. Eine Schale umgibt die Nuß, um letztlich zerrissen zu werden. Tut es der Mensch nicht, so tut es die Nuß. Auch das junge Tier muß die Fruchtblase zerreißen, um auf diese Welt zu kommen! Ja, schon vorher ist sie nötig, diese treibende Kraft, die Häute durchstößt, um in Nischen zu dringen ..., ohne sie ist, wie wir alle wissen, bei Tier und Mensch keine Befruchtung möglich." Michael hielt inne, die anderen wirkten verblüfft.
„Bloß frage ich mich, äh, worin jetzt hier die Fruchtbarkeit besteht", murmelte der Dicke. „Ja, das ist natürlich die entscheidende Frage!" sagte Michael schnell und schaute diesem Fritze ins Gesicht. „Befruchtung ist vielleicht genau das richtige Stichwort!" sagte Fritze nachdenklich. „Die Unfruchtbaren beneiden die Fruchtbaren! Dem Rupp habe ich einiges erzählt und dem Leber auch", fügte er halblaut hinzu und guckte mißmutig über seinen Bauch: „Dem Rupp würde ich sowas zutrauen." Dann sprach er wieder laut und zu allen: „Vielleicht könnte ein Kommilitone von mir am Werk sein ... einer, der die vagen Andeutungen über meine Examensarbeit und diesen Artikel in Zusammenhang gebracht hat? Es war – diesen Vorwurf kann ich Ihnen, Herr Rüttger, nicht ganz ersparen – ein Risiko, der Zeitung dieses Interview zu geben."
„Sie meinen also ...", fragte Rüttger erregt, „daß Ihnen jemand Ihr Forschungsthema neidet?" „Der Rupp? Oder der Leber?"

fragte Michael behutsam, und Fritze schaute die andern von unten her an: „Möglicherweise", sagte er leise und gedehnt. Rüttger verkniff nachdenklich die Stirn. „Was Sie da sagen, scheint mir nicht uninteressant", meinte Michael. Er streifte kurz das Gesicht von Frau Körnermann und entdeckte in ihren Augen etwas, das wie Skepsis aussah.

Lina Körnermann hatte plötzlich das Gefühl, daß es diesen drei Herren gar nicht darum ging, den merkwürdigen Zwischenfall aufzuklären oder gar den Schaden zu beheben. Sie redeten weiter. Sie redeten und redeten. Wenn sie doch wenigstens einen Moment lang innehalten könnten, um sich kurz gemeinsam zu besinnen! Aber Herr Probst sprach von Kräften, die, wenn sie zu lange unterdrückt würden, plötzlich ungehemmt hervorbrächen, und Herr Fritze betonte den unschätzbaren Wert des authentischen Materials. Lina sah bekümmert auf die Scherben des Krugs. Am liebsten wäre sie weinend zusammengesackt. Aber nicht hier, vor diesen Leuten. Und der Vorsitzende gab wieder einen Kommentar ab, der Herrn Probst zu weiteren Wortschwällen verführte.

Linas Kopf war innerlich schon ganz wund, und die Worte der Herren schepperten schmerzhaft darin herum. Endlich hörte sie den Vorsitzenden sagen: „Ich darf Ihnen beiden, Herr Probst und Herr Fritze, im Namen des Vereins meinen herzlichen Dank aussprechen. Es versteht sich, daß wir die Angelegenheit für uns behalten." Das Ende der Vorträge war also erreicht! Der Vorsitzende und die anderen gingen mit ernster Miene zur Tür, Lina folgte ihnen erleichtert. In der Türe drehte sie sich noch einmal um und sah auf die traurig herumliegenden Sachen, der Anblick tat ihr weh. Als sie wieder in den Hausflur im Erdgeschoß gelangt waren, verabschiedete der Vorsitzende die beiden anderen mit heftigem Händeschütteln und weiteren Dankesworten. Lina sagte ihnen leise ade.

Sie dachte, daß der Vorsitzende jetzt mit ihr ins Büro gehen würde, um zu besprechen, was zu tun war. Staunend nahm sie statt dessen seine Hand entgegen, denn auch er wollte gehen. „Herr Rüttger," fragte sie, „was sollen wir tun?" „Frau Körnermann! Ich sagte ja bereits, ich halte es für das beste, wenn außer den heute hier Versammelten niemand, auch niemand von den Mitgliedern, etwas von dem Vorfall erfährt. Sie sind doch so gut und ..." Er stockte, als ob ihm die Worte fehlten, ließ aber ihre Hand nicht los und schaute kurz in Richtung Kellertüre. Lina holte tief Luft. „Bitte," fuhr er fort, „Sie entschuldigen mich. Ich werde zu Hause erwartet." Er drückte ihre Hand noch einmal und war aus der Türe draußen. Und Lina stand da. Fassungslos.

Nach einer Weile drehte sie sich um und stieg die Treppe zum ersten Stock wieder hinauf. Noch nie war sie so steil gewesen. Jede einzelne Stufe strengte sie an. Im Büro angelangt, ließ sich Lina auf einen Stuhl fallen. Ihr war schwindelig und elend. Ihre Augen irrten an der Tischkante entlang, über das Dunkelgrün der Schreibunterlage und wieder zurück, aber sie begriff nicht, was los war. Sie fühlte sich verraten. Daß der Vorsitzende gerne redete, wußte sie ja, und von Fritze hatte sie auch nichts anderes erwartet. Aber dieser Psychologe, der, hatte sie gemeint, sei anders! Glaubten sie wirklich, ein Kommilitone von Fritze sei am Werk gewesen? Die Polizisten hatten ihr wenig Hoffnung auf Aufklärung gemacht – aber diese drei hatten erst recht nichts herausbekommen! Letztlich war das auch nicht das Wichtigste. Das Wichtigste war für Lina, daß der Keller wieder in Ordnung kam. Daß die Erinnerungen aufbewahrt und gepflegt werden konnten wie bisher. Daß die Mitglieder zufrieden waren!
Der Gedanke an die Mitglieder gab ihr Kraft. Die bauten auf sie. Letztes Jahr, als die Erde unter der Altstadt nach wochenlangem Regen das Wasser nicht mehr halten konnte, hatte sie es schließlich auch geschafft, das überschwemmte Erinnerungslager zu wischen – pfützenfrei! Während der Vorsitzende oben telefonierte.
Sie schneuzte sich gründlich die Nase, dann öffnete sie ein Fach an ihrem Schreibtisch. Irgend jemand hatte einmal eine Tube Keramikkleber hiergelassen. Lina fand sie und nahm sie heraus, dann zog sie ihre graurosa Schürze an und ging hinunter, zurück ins Erinnerungslager.
Sie machte Licht und stolperte fast über etwas Rundes, Kleines. Sie hob es auf. Es war eine ergraute Walnuß. Sie paßte genau in die Delle in der Holzwolle einer geöffneten Schachtel, und Lina legte sie zurück. Ein wuscheliges Ding, ein Hasenschwänzchen, wie ihr schien, mußte in die runde Dose gehören. Sie wußte, wo sie normalerweise stand. Auch bei den anderen herumliegenden Sachen konnte sie noch gut sehen, wie sie zusammengehörten – wo nicht, folgte sie ihrer Intuition. Sie stellte auch die dumm grinsenden Tonfiguren zurück in ihre Nischen. Und mit zunehmender Ordnung fühlte sie sich wieder wohler. Dann nahm sie sich der Scherben an. Ein holländischer Krug war in mehrere Stücke

zerbrochen, an zwei Nischendeckeln fehlten die Ecken. Lina hockte sich auf eine Kiste und legte die Teile vor sich auf den Boden. Sie erkannte, wie die Bruchstellen zusammengehörten, bestrich sie mit Kleber und fügte sie wieder zusammen. Es war mühsam, aber sie hatte keine andere Wahl. Aus einem Winkel drang leises Tröpfeln, fast wie Musik.
Schließlich hatte sie alles so gut wie möglich wieder hergerichtet. Bevor sie ging, schaute sie sich noch einmal um, in einer Ecke sah sie eine feuchte Stelle an der Wand; in zaghaften Tropfen quoll das Wasser heraus, bildete einen nassen Streifen und rann hinter die Nischenbauten. An ihrem Sockel kam es wieder hervor und floß als kleines Rinnsal in den bereits gut gefüllten Pumpensumpf. ‚Fließ du nur', dachte Lina. Erschöpft, aber mit dem Gefühl, etwas Wichtiges getan zu haben, kehrte sie ans Tageslicht zurück und ging nach Hause.

Dort angekommen setzte sie sich zwischen ihre Petunien auf den Balkon, sog die sommerliche Wärme auf und guckte in den frisch geputzten Himmel. Nur eine kleine zerfranste Wolke hing reglos über den Dächern und wollte nicht weichen. Sie sah schmuddelig aus.
Als sie am späteren Nachmittag ihre Freundin Gertrud traf, erzählte sie ihr nichts von den Ereignissen. Aber um vor Gertrud einen besonders gut gelaunten Eindruck zu machen, bestellte sie sich eine doppelte Portion Sahne zum Träubleskuchen. Es tat gut, wie die weiße Masse süß und weich in sie hineinrutschte. Irgendwie gab es Trost im Bauch.

15

Am nächsten Donnerstag ging Lina wieder zu ihrem Dienst ins Büro des Erinnerungsvereins, und alles kam ihr so normal vor wie jeden Donnerstag. Als sie einen Ordner aus dem Regal ziehen wollte, fielen ihr plötzlich die beiden gelb markierten Schlüssel vor die Füße. Sie hatte ja gewußt, daß sie nicht weit sein konnten.

Es klopfte, und eine zierliche, hübsche Frau in mittleren Jahren trat ein. Es war Frau Bußmann, und Lina begrüßte sie freudig. Frau Bußmann war lange nicht dagewesen, aber jetzt wollte sie sich doch einmal erinnern und bat um den Schlüssel. (Sie hatte wieder dieselbe unförmige Tasche bei sich, in der sie früher ihre Erinnerungsstücke hergebracht hatte: die komischen Tonfiguren mit den dünnen Ärmchen. Aber diesmal sah die Tasche leer aus.)

Als Frau Bußmann nach einer Viertelstunde wieder aus dem Keller zurückkam, war sie noch blasser als sonst, und ihre grünlichen Augen schwebten ziellos unter den schön geschnittenen Lidern hin und her. Als ob sie ins Nichts geguckt hätten. „Ist etwas nicht in Ordnung?“ fragte Lina. „Doch, doch, danke ...“ hauchte Frau Bußmann, nickte kurz und verließ fluchtartig das Büro. Schade, dachte Lina. Sie hätte gerne mit ihr geredet.

Kurz darauf kam der Vorsitzende. Die Ereignisse vom Wochenende erwähnte er mit keinem Wort. Er ging kurz in den Keller, schien sich allerdings nicht darüber zu wundern, daß er aufgeräumt war; er bedankte sich auch nicht. Er telefonierte, um möglichst viele Menschen für die Rettung des Erinnerungslagers zu gewinnen. An den Einbruch wollte er wahrscheinlich nicht mehr denken. Und Lina wagte nicht, ihn darauf anzusprechen. So blieb sie mit ihrer Sorge allein.

Als Lina das nächste Mal Bürodienst machte, kamen Frau Grinter und Frau Lempp. Sie erzählten vom Bodensee, warfen einen Blick auf das Bild ihres Bruders, um dann wie üblich in den Keller zu steigen und seiner zu gedenken. Als sie zurückkamen, wirkte Frau Lempp verstockt, und Frau Grinter war zurückhaltender als sonst, und was das merkwürdigste war: Sie sprachen nicht von ihrem Bruder.

Plötzlich stand Herr Fritze vor Linas Schreibtisch. Ohne lange Umschweife begann er: „Frau Körnermann, Sie haben mir da fünf Personen aus dem Erinnerungsverein genannt, die Ihrer Einschätzung nach sehr gerne bereit sind, über ihre Erinnerungsstücke hier im Keller zu reden." Er nahm sich einen Stuhl und setzte sich Lina gegenüber: „Nun wollte ich Sie fragen, gibt es vielleicht noch weitere Personen in Ihrem Verein, die zu einer Auskunft diesbezüglich bereit wären? Selbstverständlich unter der Bedingung, daß es anonym bleibt." „Ja, haben Sie denn von diesen Fünfen niemanden erreichen können?" fragte Lina. „Schon, aber ...", er knetete an seinen blassen, teigigen Händen herum und schien ein Problem zu haben. Unvermittelt schob er seinen Kopf zu Lina vor, ließ seine Augen hervortreten und fragte schnell: „Meinen Sie, ich bin falsch gekleidet? Nicht ... vertrauenerweckend?" Lina schüttelte den Kopf, lächelte und war kurz gerührt von dieser Frage. „Also, zum Beispiel gerade Frau Müller," meinte Herr Fritze nach kurzer Pause, „sie war am Telefon sehr aufgeschlossen, auch dann, als ich zu ihr kam. Sie sprach über alles Mögliche, aber immer, wenn ich sie konkret zu ihrem Erinnerungsstück befragte ..." Der massige Mann schnappte nach Luft.
„Was war denn nun eigentlich?" fragte Lina. „Sie wich ständig aus", antwortete er düster, „ehrlich gesagt, es war frustrierend." Und bei den anderen war es ihm auch nicht besser ergangen. „Man kann eben niemanden zwingen!" meinte Lina und wunderte sich, denn gerade Frau Müller war besonders mitteilsam. „Die wollen nichts rauslassen. Bitte, Sie müssen mir helfen!" „Ja, wie denn?" fragte Lina. „Sie, Frau Körnermann, haben doch schon etwas erfahren über die verschiedenen Erinnerungsstücke! Sie könnten mir doch einfach das, was man Ihnen erzählt hat, erzählen, oder?"
Jetzt begriff Lina, was er wollte. Und aus persönlicher Überzeugung verneinte sie die Frage. „Frau Körnermann! Sie müssen mir helfen!" entgegnete Herr Fritze mit fester Stimme und erhob sich. „Ich habe in mir die Vision von einer neuen Kulturwissenschaft! Mir schwebt eine Kulturwissenschaft vor, die den Menschen nicht nur zeigt, wie es gewesen ist, sondern wie es sein könnte! Die Lebenshilfe gibt! Orientierung!" – Er begann, trotz

der Enge des Raums neben dem Schreibtisch hin und her zu schreiten, und skizzierte mit glühenden Worten seine Pläne: „Man muß es den Menschen klarmachen: Da, im Keller gibt es noch Nischen, Nischen, in denen ihr eure kleinen Eigenheiten, eure Absonderlichkeiten aufbewahren und pflegen könnt! In die das Licht der rücksichtslosen Aufklärung nicht scheinen kann! Auch nicht die grellen Scheinwerfer des Medienzeitalters! Nischen, in die der Wind des Zeitgeists nicht hineinweht!“ Lina überlegte, ob er betrunken war. „Also sehen Sie! Es geht nicht nur um meine Examensarbeit, es geht um viel, viel mehr!“
Er war ein riesiger Mann, etwas aufgeschwemmt. Das Hemd war ihm aus der Hose gerutscht.

Das Telefon läutete. Lina nahm erleichtert den Hörer ab, und Herr Fritze bremste sein redendes Gesicht. Lina sah aus dem Augenwinkel zu ihm hoch, während sie einer Frau die Bürozeiten durchgab. Er stand da mit halboffenem Mund und vorgestülpter Unterlippe. Als sie auflegte, fuhr er fort, als hätte die Ampel auf Grün geschaltet: „Ein paar meiner Professoren und andere namhafte Leute konnte ich bereits für mein Projekt interessieren! Ein Studienkollege von mir wird demnächst wahrscheinlich Museumsdirektor in Stuttgart, da habe ich gute Chancen.“ Er ließ das Kinn auf die Brust fallen und legte die Stirn in Falten: „Aber Sie wissen ja, ich habe einen Rivalen! Er will mir meine Idee klauen. Deshalb“ – er holte tief Luft, guckte Lina an, und seine Stimme klang beschwörend – „brauche ich die Interviews! Wer soll mir sonst glauben, daß es so etwas gibt!“
Lina schwankte zwischen Mitleid und Ärger und fühlte sich unwohl. Wenn er doch endlich aufhören und gehen würde! Aber er redete weiter und füllte das winzige Büro mit seinem Schweiß, seiner Stimme und seinen Visionen.

Da klopfte es an der Tür und eine junge Frau trat ein. Sie hatte ein offenes Gesicht, trug eine helle Bluse und gefiel Lina auf Anhieb. „Guten Tag! Das ist doch richtig, daß hier Erinnerungsstücke deponiert werden können, damit sie nicht verloren gehen? – Oder störe ich gerade?“
„Nein, nein, gar nicht!“ sagte Lina und zeigte auf den Tisch, wo die Frau ihre schwer beladene Stofftasche abstellte, während Herr Fritze einen verquetschten Brummton von sich gab und einen Schritt zurücktrat. Lina wandte sich der jungen Frau zu. – Blitzartig fiel ihr auch ein, wo sie sie schon einmal gesehen hatte: „Wir kennen uns doch aus dem Arbeitskreis Ältere Mitbürger!“
„Stimmt, Sie sind Frau Körnermann“, sagte die junge Frau, „ich

heiße Andrea Nitsch." Sie sprachen kurz über den Arbeitskreis, wo sie sich getroffen hatten. Herr Fritze stand unschlüssig da, rang sich dann zu einem knappen Abschiedsgruß durch und ging. Lina war es nur recht.
„Und wie geht es Ihnen so in diesem Verein?" fragte Frau Nitsch, als er gegangen war. „Eigentlich gefällt mir die Tätigkeit hier im Verein sehr gut. In letzter Zeit allerdings ..." „Was?" fragte die andere. Lina zögerte. „Mir kommt es gerade so vor, als seien die Leute unzufrieden, wenn sie aus dem Keller kommen, früher waren sie irgendwie erfüllter." – „Warum?" – „Es ist, als ob ihre eigenen Erinnerungen – als ob sie sie nicht mehr überzeugten."

Andrea Nitsch war überrascht von diesem Satz, und Frau Körnermann schien es auch zu sein. „Haben Sie selbst denn auch eine Erinnerung im Keller gelagert?" fragte Andrea. „Ja, natürlich." „Hat die denn auch an Überzeugungskraft für Sie verloren?" „Oh, ich hab sie mir in letzter Zeit gar nicht angeguckt ... Warten Sie! Ich bin gleich wieder da!" Und Frau Körnermann sprang auf, schnappte einen Schlüssel und war schon aus der Türe draußen. Für so schnell und beweglich hätte Andrea diese Frau gar nicht gehalten. Und außerdem: sie mochte diese Frau.

Andrea war jetzt allein. Vor ihr auf dem Tisch stand die Stofftasche und machte Falten wie ein feixendes Gesicht. Was steckte dahinter? Das Handtuch und darin der Topf und darin die kunstvoll verschnürten Papierröllchen – und darin?
Andrea schaute sich in dem Büro um, es war winzig. Ein altes Foto von einem stierköpfigen Mann hing da, und van Goghs provenzalischer Bauer guckte reproduziert von der Wand herunter. Der Aufenthalt in einem mitteleuropäischen Büro hatte ihn etwas blaß werden lassen. Aber den Strohhut trug er noch immer. Unter dem Bild stand ein Regal mit Ordnern, daneben klemmte ein Stuhl in der Ecke. Am meisten Platz nahm ein großer, alter Schreibtisch aus gelb gewordenem Holz ein. Die dunkelgrüne Schreibunterlage sah aus wie ein riesiges mouse pad. Frau Körnermann schrieb sicher ohne jede Maus, mit der Hand. Nicht einmal eine Schreibmaschine schien sie zu haben. Andrea stand auf und ging um das Möbel herum. Da sah sie, daß die Fächer links und rechts am Schreibtisch mit altmodischen Rolläden verschlossen waren.
Ihr Vater hatte auch solche Fächer an seinem Schreibtisch gehabt; und als Kind hatte es ihr diebisches Vergnügen bereitet, den Rolladen durch eine winzige Drehung des Schlüssels rap-

pelnd nach unten fallen zu lassen. Dann fiel ihr Blick auf die angewelkten Rosen, die in einem Glas standen.

Die Tür ging auf, und Frau Körnermann trat ins Zimmer. Ihr Mund war halboffen und mit leeren Augen sah sie Andrea an: „Weg!" „Was ist weg? Ihr Erinnerungsstück?" „Nein – die Erinnerung!" Frau Körnermann setzte sich und ließ Hände und Blick schlaff auf die Schreibunterlage fallen. Andrea war betreten und schwieg. Die Nachmittagssonne schickte einen Lichtstreifen ins Zimmer, Andrea sah den Flusen zu, wie sie darin tanzten. „Ich weiß beim besten Willen nicht mehr, warum ich ... Wenn es den andern auch so gegangen ist ...", sagte Frau Körnermann mit tonloser Stimme und starrte ihre Hände an, als wären es fremde Teile. Ihr Gesicht war traurig und voller Falten. Von einer Rose löste sich ein Blütenblatt und fiel lautlos auf den Sims. Frau Körnermann schüttelte kurz und heftig den Kopf. Dann hielt sie wieder lange still. Schließlich richtete sie sich auf, sah Andrea an und sagte: „Ich werde dieser Sache auf den Grund gehen!" „Kann ich Ihnen dabei irgendwie helfen?" fragte Andrea. „Ja, schon: Aufmerksam sein, suchen, aber bitte reden Sie vorerst mit niemandem darüber!" Andrea versprach es und fühlte sich auf fast verschwörerische Art mit dieser Frau verbunden.
„Wollen Sie unter diesen Umständen Ihr Erinnerungsstück überhaupt hier lagern?" fragte Frau Körnermann und lächelte verlegen. „Ich meine, befürchten Sie nicht, daß ..." „Ich habe keine Angst, wenn nur der Gegenstand sicher aufbewahrt ist", erwiderte Andrea. Daß der Topf gar nicht ihre eigenen Erinnerungen enthielt, erwähnte sie nicht. „Gut", sagte die Frau und räusperte sich, „dann zeig' ich Ihnen unser Lager, kommen Sie!" Andrea nahm ihre Tasche und folgte Frau Körnermann ins Erdgeschoß, dann durch einen dumpf riechenden Gang, eine Treppe hinunter, bis sie in einem kleinen Kellerraum landeten.
Der Raum an sich war schlicht, aber Andrea wunderte sich sofort über das verzierte Tor an der Rückseite des Raumes. Es war eingefaßt mit rötlichen Keramikplatten, und die Reliefs auf den Platten muteten Andrea an wie Irrgärten, wie Pflanzenstengel, wie Vogelgefieder ... Frau Körnermann trat in die dunkle Nische und hantierte an einem Schloß.
„Da ist es!" raunte sie und drückte vor Andrea eine schwere Türe auf. Das Licht ging an, und Andrea staunte. Einen Moment lang fühlte sie sich in eine nächtliche Traumstadt versetzt. Links und rechts von ihr, vor den düstren Wänden des Gewölbekellers standen helle, tempelartige Bauten. Die säumten die Hauptachse des

Kellers wie Häuser einer Prachtstraße und lenkten den Blick auf eine Art Palast, der breit und mit Türmchen bekrönt die Stirnseite des Kellers einnahm. Die phantastischen Bauwerke hatten ungefähr die Größe von Schränken, waren aber fest aus Stein gemauert. Wie Schränke hatten sie zahlreiche Fächer und Nischen, große und kleine, rechteckige und solche in der Form von Bogenfenstern. Die Seitenwände waren mit Blattornamenten versehen, und auf den geschwungenen Dächern wuchsen tönerne Knospen und stilisierte Fruchtkapseln ...
Andrea fühlte sich an ihre Kinderzeit erinnert und an das Puppenhaus, das einst neben dem Christbaum stand, und sie fühlte ein freudiges Prickeln wie damals. Gespannt schaute sie in die Fächer, die damals die Puppenzimmer gewesen waren. Vielleicht würden lichtscheue Zwerge darin hausen? Da! – In einer Nischenreihe saßen dickbäuchige Tonfiguren und grinsten Andrea dümmlich an. ‚Euch mein' ich nicht', dachte Andrea. Ihre Puppenstubenzwerge sahen anders aus als die: kleiner, flinker, durchsichtiger! Und jetzt, wo Licht war, versteckten sie sich natürlich. Vielleicht hockten sie hinter diesen gitterartig durchbrochenen Kacheln, mit denen ein Teil der Fächer verschlossen war? Diese Deckel hatten die Form ineinander verschlungener Bänder. So etwas hatte Andrea schon einmal gesehen! Durch solch ein verschlungenes Gitter, durch solch tropfenförmige Öffnungen hatte sie neulich geguckt! Und zwar beim ersten ihrer Suchgänge, die sie von Frau Scheuers Keller aus gemacht hatte. Gebannt guckte Andrea durch die Zierformen in die Nischen, eine nach der andern überprüfend. Vage Umrißformen ließen allerlei gelagerte Objekte vermuten. Da – hinter einem Gitter war nur schwarzes Nichts! Jetzt wußte sie: dahinter war der Gang!

„Da, wo Sie gerade schauen, sind alle Nischen schon gefüllt!" unterbrach Frau Körnermann diese Gedanken. Andrea drehte sich um. „Sehen Sie, hier! Diese Nischen sind noch leer. Sie dürften von der Größe her richtig sein für ihr Gefäß. Suchen Sie sich eine raus!" sagte die Körnermann wie beiläufig, sie schien mit den Gedanken woanders zu sein. Andrea wählte eine Nische. Sie wickelte den Topf aus dem Tuch und stellte ihn hinein. Er sah aus, als ob er schon immer hier gestanden hätte.
Frau Körnermann machte sich eine Notiz in ein Heft und reichte Andrea eine Kachel zum Schließen der Nische. „Sie können ja bald nochmal herkommen", sagte sie und ging zur Tür. Später im Büro oben wurde Andrea offiziell in den Erinnerungsverein aufgenommen, zum verbilligten Studententarif.

16

Ein paar Tage später packte Andrea also eine neue Taschenlampe und einen alten Anorak in eine Tasche, zog feste Schuhe an und ging ins Büro des Erinnerungsvereins. Frau Körnermann war am Telefonieren und reichte ihr lächelnd den Kellerschlüssel. „Ich werde vielleicht ... etwas länger unten bleiben", sagte Andrea leise, Frau Körnermann nickte ihr zu.

Daß sie so vertrauensvoll war, freute Andrea. Sie stieg wieder nach unten, an den Fahrrädern vorbei, den merkwürdig riechenden Gang entlang, hinunter, durch das geschmückte Tor, und schloß die eiserne Türe auf. Dieses Mal hatte Andrea das Gefühl, in einen unterirdischen Tempel zu treten. Altäre und heilige Schreine erstrahlten vor dumpfem Hintergrund in feierlichem Weiß und Gelb. Welche Gottheit könnte hier verehrt werden?

Gab es eine Religion, die die Schnecke zum Zeichen auserkoren hatte? Das merkwürdigste war ein kleines Relief in der Mitte dessen, was Andrea heute wie ein Hauptaltar anmutete. Da war ein Kopf mit zwei Profilen dargestellt, und links und rechts quollen aus den beiden Mündern lange, ineinander verdrehte Schlingen. Sie erinnerten Andrea an verhedderte Tonbänder. – Und an das Ornament, an die gitterartige Kachel, durch die sie den ersten Blick in diesen Raum geworfen hatte. Sie guckte sich um. Die Kachel war noch da, und ihre tropfenförmigen Löcher verschluckten das Licht der Taschenlampe. Andrea wußte, warum.

Wo ein Durchguck ist, könnte vielleicht auch ein Durchschlupf sein, eine getarnte Öffnung, dachte sie, und ließ ihre Taschenlampe über die Nischenwand gleiten. Dann suchte sie den ganzen Raum ab.

In den Ecken des Kellers stießen die Nischenbauten nicht ganz aneinander, so ergab sich rechts vom Hauptaltar ein toter Winkel. Andrea leuchtete hinein, er war feucht und grau. Trotzdem

reizte es Andrea, in diesen Zwischenraum einzudringen; der Abstand zwischen den Bauten war gerade so breit, daß sie seitlich hindurchpaßte.
Als Andrea in dem Winkel stand, konnte sie sehen, daß die Seitenwände der Nischenbauten aus Backsteinen errichtet und danach verputzt worden waren. Dann merkte sie, daß rechts der Zwickel hinter dem Nischenbau nur mit sorgsam gestapelten Backsteinen – ohne verbindenden Mörtel – zugestellt war.
Andrea steckte die Taschenlampe in den Hosenbund und legte beide Hände an die gestapelten Ziegel, als könnte sie mit den Handflächen fühlen, was sich dahinter befand. Womöglich eine Verbindung zu den anderen Kellern?
Sie faßte zwei der obersten Backsteine, zog sie vorsichtig heraus und legte sie auf den Boden. Sie spickte mit der Taschenlampe in die Lücke: Da war die Rückseite der Nischenbauten und im Abstand von einem halben Meter die Kellerwand, nach oben in die Wölbung übergehend. Nun packte sie jeweils zwei, drei Ziegel auf einmal und legte sie seitlich ab. Die Mauer schwand. Andrea wischte sich die Hände ab und schlupfte in ihren Anorak. Sollte sie die Kellertür von innen abschließen? Lieber nicht! Sie nahm die Taschenlampe und stieg in den Zwickel hinter den Nischenwänden. Nach ein paar Schritten war da wirklich der Gang, den sie vermutet hatte, und der Durchguck. Durch die Löcher konnte sie auf die gegenüberliegende Nischenwand sehen, auf Frau Scheuers alten Sauerkrauttopf. Aber jetzt reizte sie der Gang, durch den sie schon einmal von der anderen Seite her geschlichen war.
Sie mochte vielleicht zwanzig Meter in ihn gedrungen sein, da bemerkte sie den Essiggeruch. Nach einer Abzweigung fiel das Licht ihrer Lampe in Brusthöhe auf eine viereckige Öffnung, die ihr bisher nicht aufgefallen war. Andrea bückte sich, um hineinzusehen: ein Gang, niedriger als der jetzige und durch rötliche Steinschichten geschnitten. Sie zögerte einen Moment lang, dann zog sie den Kopf ein und kroch hinein.
Sie mußte gebückt gehen, es war feucht und lehmig hier und merklich kälter als vorher. Plötzlich fühlte Andreas Brust sich eng an, die Zunge rutschte ihr nach hinten. Wenn der Gang nun nicht mehr weiterführte? Wenn ihr der Rückweg versperrt würde wie vor zwei Wochen? Sie tastete nach dem Schlüssel in ihrer Hosentasche. Er fühlte sich beruhigend hart und zuverlässig an. Sie duckte sich und kroch weiter.
Nach kurzem erschien weiter vorne im Lichtkegel ihrer Lampe eine Wand, als wäre der Gang dort zu Ende. Aber als sie näher

kam, bemerkte Andrea, daß er rechtwinklig auf eine steinerne Treppe mündete. Sie war relativ breit, so breit jedenfalls, daß zwei Personen aneinander vorbeigehen könnten. Auch Bücken war hier nicht mehr nötig, sie konnte aufrecht gehen: eine alte Kellertreppe. Aber wo kam sie her? Links, wo sie eigentlich nach oben gehen müßte, waren Sprieße und Schalbretter angebracht, als wäre die Treppe von oben her zugeschüttet, zubetoniert worden. Warum?

Andrea ging langsam die Kellerstufen hinab, die in einen schön gewölbten Kellerraum führten. Ihre Augen, ihre Füße und Schritte erwarteten einen ebenen, festen Boden am Ende der Treppe. Statt dessen führten die Stufen geradewegs ins Wasser. In einen kleinen überschwemmten Kellerraum. Aber man müßte doch den Boden sehen können. Wie tief mochte der liegen? Das Licht der Taschenlampe brach sich an der Wasseroberfläche, doch die Treppe schien unter Wasser weiterzugehen. Kurz entschlossen zog Andrea Schuh und Strümpfe aus, krempelte die Hosen hoch, so gut es ging, und trat ins kalte Wasser.

Eine Wellenbewegung ging durchs Wasser und schwappte sanft an die Mauersteine. Eine nackte Fußsohle drückte sich fest und warm auf die steinerne Stufe unter dem Wasserspiegel.

Die Mauersteine ruhten schon, so lange sie sich denken konnten, hier unten. Fest zusammengefügt und durch nichts zu erschüttern. Nie waren sie behelligt worden, nie einen Spalt voneinander abgerückt. Sie hielten zusammen seit Ewigkeiten. Das einzige Veränderliche und Bewegliche zwischen ihnen, das, was ihnen Sinn gab, das, was sie ausfüllte, war: das Wasser, das sich in ihrer Mitte sammelte. Dieses Wasser vereinigte sie. Und in den langen Zeiten dumpfer Abgeschiedenheit hatten sie gelernt, auf die Schwingungen dieses Wassers zu achten. Sie fühlten es in ihrer Mitte. Das Wasser berührte sie. Wo es näßte, waren sie empfindsam.

Ein Fuß! Endlich wieder ein lebendiger, nackter Fuß in ihrer Mitte! Er berührte die Stufe unterm Wasser erst nur sanft, dann lastete er immer stärker auf ihr und wurde schwer. Unter der Ferse gab er einen festen, fast bohrenden Druck ab, auf der anderen Seite war er breit, die Last war auf einer größeren Fläche verteilt, fünf Druckpunkte waren der Größe nach aufgereiht und zeigten zur Mitte des Wasserlochs: die Zehen. Gleich würde ein zweiter Fuß ins Wasser treten, das wußten die Steine aus Erfahrung, auch wenn die Erfahrung schon sehr, sehr alt war. Auch

der zweite Fuß würde auf die steinerne Stufe drücken, schwerer werden, dem andern das Gewicht abnehmen, bis beide gleich schwer auf ihr lasten würden. So waren es die Steine vor langer Zeit gewohnt gewesen: Und da kam er auch, der zweite Fuß, warm, fleischig und fest wie der erste. Beide sonderten diesen leicht säuerlichen Geschmack ab, genau wie früher. Die Steine regten sich nicht, aber sie waren berührt.
Lange, lange hatte sich inmitten der Steine nur das Wasser selbst verändert, war manchmal dürftig, dann wieder im Überschwall aus dem Boden gedrungen, mal von oben aus den Ritzen geronnen, war mal in Massen geflossen, mal kläglich versickert, aber nie ganz versiegt.
Und lange Zeit gab es hier nichts als das langsame Steigen und Sinken des Wasserpegels. Und jetzt standen da zwei stramme Füße im Wasser. Plötzlich! Mit dieser aufregenden Nacktheit hatten die Steine nicht mehr gerechnet.
Bald würden die Füße weitergehen, bald könnte das Wasser die Waden umschließen, der Wasserspiegel und die Empfindsamkeit der Steine würde steigen. Das Wasser würde die Schenkel umfangen und zwischen den Schenkeln hochdringen bis zu der Stelle, wo es haarig und verwinkelt war, wo das Wasser von noch mehr Leib verdrängt wurde. Dann würde es die Hinterbacken umspielen. Da hielt der Leib meistens einen Moment inne, um nach kurzer Pause weiter einzudringen, tiefer. Die Arme wedelten meist schon im Wasser, wenn der Bauch eintauchte, der sich immer warm und weich anfühlte. Anschließend tunkten die Brüste ein, wenn sie groß waren, schwammen sie auf. In den Achseln schmeckte es salzig. Der Rücken glitt herein, das Wasser floß über den Schultern zusammen. Dann reichte das Wasser bis zum Hals. Da zögerte so ein Leib wieder, um dann mit einem kurzen Ruck auch den Kopf unterzutauchen. Weich schwingend wallte das offene Haar.
(Und wenn das Wasser niedrig war, duckte sich der Leib und machte sich klein, um trotzdem ganz eintauchen.) Da schwappte das Wasser und mit ihm die Empfindsamkeit der Steine hoch, und für einen kurzen, innigen Moment umfingen sie mit ihrem Wasser den warmen Leib voll und ganz. Rasch, viel zu rasch tauchte er dann jeweils wieder auf und verließ hastig das Wasser. Es kitzelte, wenn Tropfen auf die trockenen oberen Stufen fielen. So war es jedenfalls früher gewesen, früher, vormals. In Stoßzeiten waren viele gekommen. Manchmal hatte der Wasserspiegel, nachdem ein Leib aus dem Wasser gewichen war, kaum Zeit, sich zu glätten, da war schon wieder ein neuer Fuß

eingetreten, ein neuer Leib eingetaucht. Aber das lag lange, lange zurück. Plötzlich waren sie weggeblieben.
Zwei oder dreimal in jüngster Zeit war ein eiserner Stab ins Wasser gestoßen, hatte herumgerührt und zwischen den Steinen Lehm aufgewirbelt Doch die festen Teilchen waren wieder zu Boden gesunken, und die meiste Zeit bewegte sich das Wasser kaum. Die Steine dösten und erlebten nichts.
Jetzt! Ein Fuß tat einen weiteren Schritt in die Tiefe. Der andere auch! Schon war der Ansatz der Waden zu spüren! Da blieben sie stehen. – Weiter! So kommt doch! Die Waden wichen zurück nach oben, schade. Schade für die Steine. Wieder einmal einen nackten Leib völlig mit Wasser zu umschlingen, wäre wunderbar gewesen. Da hob sich schon tropfend der zweite Fuß und ließ das Wasser bewegt zurück.

Andrea Nitsch hätte es keinen Moment länger ausgehalten. Ihre Füße schmerzten vor Kälte. Sie legte die Taschenlampe in eine Mauernische, rieb sich die Füße mit den Socken trocken und schnürte energisch die Schuhe zu.
Dann leuchtete sie erneut ins Wasser, aber wie tief es war, blieb im Dunkeln. Sie ließ den Lampenschein über die Mauern gleiten – da, hinten, auf der andern Seite des Wasserschachts entdeckte sie eine Nische in der Wand, etwa in der Größe einer Tür. Andrea tastete sich auf einem schmalen Absatz am Wasser vorbei zur Rückseite des Raums und besah sich die Nische aus der Nähe: Das war kein Stein, das war Holz. Andrea erschrak – hier war tatsächlich eine Tür!
Aufgeregt faßte sie den rostigen, kalten Riegel und versuchte, ihn aufzuschieben, aber er bewegte sich nicht. Sie ruckelte mehrmals daran hin und her: Da kroch der Riegel langsam mit einem kratzenden Geräusch aus dem Mauerschlitz, in dem er geruht hatte.
Sie hielt die Luft an, dann drückte sie die schwere Tür einen Spalt weit auf und spähte in das anschließende Halbdunkel. Von links kam aus unbestimmter Entfernung ein matter Lichtschein. Gegenüber der Türe, kaum einen Meter von ihr entfernt, standen Plastikfässer aufgereiht an einer langen Wand. Andrea war also rechtwinklig auf einen Gang gestoßen. Es roch nach Essig. Sie schlüpfte durch den Türspalt. Die Tür schwang ächzend zurück und Andrea erschrak. An der Rückseite der Tür war ein Regal angebracht! Wer nicht Bescheid wußte, würde hier keine Türe vermuten. Ließ sie sich von hier aus überhaupt öffnen? Vielleicht

würde man über den Gang, wo Andrea jetzt war, schneller ans Tageslicht gelangen. Er war schmal, und durch die aufgereihten Plastikbehälter blieb kaum Platz zum Gehen. Aber man konnte aufrecht stehen. Andrea klappte den Deckel eines Containers hoch und leuchtete hinein: Er war bis zur Hälfte gefüllt mit Kronenkorken. Der Gang hier hatte ein richtiges Tonnengewölbe, sorgsam aus Ziegeln gemauert. Der Boden war mit Steinplatten belegt, die mußten schon sehr alt sein. Rechts war der Gang nach knapp zwei Metern zugebaut, sie konnte aber deutlich sehen, daß er früher weiter geführt hatte. Wohin?
Andrea drehte sich um und folgte dem Gang in die Richtung, aus der der Lichtschimmer kam. Nach wenigen Schritten gelangte sie in einen gewöhnlichen Vorratskeller. Er war vollgestellt mit Wein- und Sprudelkisten und mit Gefäßen aus Edelstahl. Das matte Licht kam von der Kellertreppe, vermutlich stand oben eine Türe offen.
Als Andrea sich vorsichtig umsah, ging plötzlich das Licht an, und der Keller war hell erleuchtet. Sie konnte sich gerade noch hinter einen Stapel Sprudelkästen ducken, da kamen schon ein paar nackte junge Beine die Kellertreppe heruntergesprungen. „Bring auch noch von dem Strümpfelbacher!" rief eine Männerstimme von oben. Eine dunkelhaarige Frau langte hier und dort in eine Kiste, holte Flaschen und stellte sie in einen kleinen Korb und war schon wieder schnellen Schritts nach oben verschwunden, das Licht ging aus. Andrea war erleichtert und lachte leise, denn sie hatte einen großen, dicken Mann erwartet, der sie mit Donnerstimme zur Rede stellen würde.
Unentschieden blieb sie hinter dem Stapel hocken. Die Zeit verging, sie fror. Auf was wartete sie? Auf Erinnerungen? Ein dünnes Licht floß milchig über die Kellerstufen hinab und weckte die Sehnsucht nach Sonne in ihren kalten Gliedern.
Sie schlich zur Treppe, horchte und versuchte, die Stimmen und Schritte von oben zu orten. Und als der Moment ihr günstig schien, sprang sie die Treppe hoch, knapp hinter einer Theke vorbei, öffnete eine grüne Tür und trat ins Freie.

Da stand sie im flirrenden Licht auf der Gasse. Geblendet kniff sie die Augen zusammen. Vom nahen Plätzchen winkten Schirme und bunt gedeckte Tische, an denen vergnügte Menschen saßen. Andrea fühlte sich hingezogen. Sie zog den beschmutzten Anorak aus, strich sich die Haare aus dem Gesicht und setzte sich an einen freien Tisch. Sie streckte die Beine in die Sonne und sog genüßlich die Wärme auf.

Die Häuser guckten mit ihren Giebelgesichtern auf den kleinen Platz, auf den Kanal und auf die Leute, deren Wege sich hier kreuzten. Manche Menschen hetzten, andere blieben stehen und unterhielten sich. Kinder schleckten Eis und verschmierten sich die Gesichter.
Eine Frau stand plötzlich an Andreas Tisch: „Was darf's sein?" „Strümpfelbacher", sagte Andrea prompt. Und als die Serviererin mit kurzem Rock und wippendem Schritt zur Lokaltür eilte, erkannte sie die nackten Beine von der Kellertreppe. Rasch kamen sie wieder, die Dunkelhaarige brachte ihr ein Glas Wein und kassierte gleich. Andrea trank in großen Schlücken.
In der Platane bei der Brücke hingen runde, stachelige Früchte und schaukelten sacht. Andrea war das Weintrinken nicht gewohnt, und die Sonnensprenkel im Laub fingen an sich zu drehen. Glitzernd fielen sie ins seichte Wasser. Man konnte auf den Grund sehen, er war mit Steinplatten ausgekleidet, und auf einer Seite hatte sich Lehm und Schmutz abgelagert.
Sie fühlte ein leichtes Prickeln in den Füßen. Irgendwo hatte sie in letzter Zeit gehört, Eintauchen könne eine rituelle Bedeutung haben. Es hatte unfreundlich geklungen und hatte etwas mit der Altstadt zu tun.
Erinnern – der Erinnerungsverein! – Frau Körnermann würde sie noch immer im Erinnerungslager vermuten! Andrea stand auf und lief zurück. Im Keller unten waren ihr die Entfernungen weit vorgekommen, aber hier oben lag der Erinnerungsverein in der übernächsten Gasse.

Die Haustür war offen, und Andrea wollte schon die Treppen hochspringen, da fielen ihr die Backsteine, ihr Durchschlupf, ein. Also eilte sie zu der Kellertür hinter den Fahrrädern und stieg hinunter ins Erinnerungslager. Sie kroch in die Ecke und machte sich daran, zwischen den Nischenbauten die Backsteine wieder aufzuschichten. Plötzlich hörte sie ganz in der Nähe ein Klopfen. Sie erschrak.
Es kam von der eisernen Kellertür. „Ich bin's, Frau Körnermann!" „Ja", sagte Andrea, und Frau Körnermann steckte zaghaft den Kopf zur Tür herein: „Sie müssen entschuldigen, aber Sie waren so lange hier unten, ich begann mir schon Sorgen zu machen. Sie müssen doch vollkommen durchgefroren sein!" sagte sie und machte ein erleichtertes, aber auch etwas verwundertes Gesicht.
„Was ist? Und was machen Sie da in der Ecke?" fragte sie – es klang sanft und neugierig zugleich. „Ich habe nachgeforscht!"

antwortete Andrea. „Und, haben Sie etwas gefunden?" „Ein tiefes Wasser!" „Wissen Sie, was das bedeutet?" „Es hat mich an irgend etwas erinnert. Und ich wußte nicht, an was. Aber jetzt, wo ich's Ihnen erzählen will, fällt's mir ein: Neulich hat jemand das Judenbad erwähnt, das es hier vor langer Zeit gegeben haben soll. Darin einzutauchen war anscheinend ein Ritual." „Aha!" Frau Körnermann nickte. „... Jetzt, wo Sie's mir erzählen, fällt's Ihnen ein ..." sagte sie halblaut. Plötzlich veränderte sich ihr Gesichtsausdruck, und sie machte große Augen.
Andrea schob die letzten Backsteine in die Lücke. Frau Körnermann sah es, aber sie schien sich nicht darüber zu wundern. Die neu errichtete Wand sah fast so ordentlich aus wie die alte. Andrea wischte sich die Hände ab, kroch aus der Ecke heraus, und die beiden stiegen wieder hinauf ans Tageslicht. An der Haustür gab die Körnermann ihr die Hand: „Vielen Dank!" „Für was?" fragte Andrea. Frau Körnermann neigte den Kopf zur Seite und zwinkerte ihr zu.

17

Drei Tage später bekam Andrea einen Brief:

Liebe Frau Nitsch!
Bitte kommen Sie am Mittwoch um 18 Uhr. Es ist dringend, es geht um die Wiederentdeckung der verlorenen Erinnerungen.

Mit herzlichem Gruß
Lina Körnermann

PS: Bitte warm anziehen!

Andrea folgte der Aufforderung und fühlte ein Prickeln als sie am Mittwochabend zum Erinnerungsverein ging. Auf der schmalen Treppe, die zum Vereinsbüro führte, standen ein paar Frauen und warteten schweigend. Andrea ging an ihnen vorbei, oben trat eine zierliche Frau scheu lächelnd zur Seite. Sie hatte die Haare zurückgebunden und wirkte sonderbar nackt an der Stirn. (Vielleicht, weil sie sich die Augenbrauen weggezupft hatte?) Andrea konnte ins Büro sehen: Auch da standen drei, nein vier Menschen, irgendwie eingeklemmt zwischen den vergilbten Möbeln. „Guten Tag! Warten Sie auch auf Frau Körnermann?" fragte Andrea. Ein schmaler Mann nickte düster, keiner sagte etwas. Andrea drückte sich in eine Ecke an der Türe und wartete ebenfalls.
Sie guckte dem Mann in seine düster verkniffene Stirn. Die vier senkrechten Falten über der Nase verliefen akkurat parallel und erinnerten Andrea an ein eisernes Gartentor. Die zwei älteren Frauen, die an der Tür standen, schienen zusammenzugehören. Die eine war dünn, reckte den Kopf hoch und blickte angestrengt in den Raum, als müsse sie alles überprüfen. Die andere war mollig, hielt den Kopf schräg geduckt und lächelte verbindlich,

als wolle sie unbedingt gute Laune verbreiten. Am Fenster stand ein blasses, langhaariges Mädchen. Da erkannte Andrea die Stimme von Frau Körnermann auf der Treppe. „Kommt Herr Rüttger heute nicht?" fragte die Dame mit dem hochgereckten Kopf, als Frau Körnermann außer Atem ins Büro trat. „Nein, heute nicht", sagte Frau Körnermann und drückte der Fragenden die Hand. Dann begrüßte sie die übrigen mit einem freundlichen Nicken. „Gut, gehen wir!" sagte sie zu allen, und die Umstehenden folgten ihr die Treppe hinab, an den Fahrrädern vorbei, den umständlichen Weg in den Keller hinunter. Vor dem verzierten Tor, dem Eingang in das Erinnerungslager, stockte der Zug. Erst als alle da waren, steckte Frau Körnermann den Schlüssel ins Schloß und öffnete die eiserne Türe. Andrea hörte ein kleines Raunen, als vorne die ersten in den Gewölbekeller stiegen, und als sie selbst über die Schwelle trat, raunte sie auch: Der Raum war feierlich erhellt von Dutzenden von Kerzen. Die leuchteten von den Aufbauten herunter und aus den Nischen heraus und spendeten ein flackerndes Licht.

Es ist, als wollten wir uns anschicken, heimlich mitten im Sommer Weihnachten zu feiern, dachte Andrea. Gemessenen Schrittes verteilten sich die Menschen vor den schimmernden Nischenwänden. Eine Frau mit wilden dunklen Knopfaugen fiel Andrea auf, und sie bemerkte auch noch einen zweiten Mann in der Gruppe – der war fast kahl und räusperte sich immerzu.

Frau Körnermann kam als letzte, sie schloß die Türe und stellte sich in die Mitte des Kellers. Ihr Gesicht war vor Aufregung gerötet. „Ja also ...", begann sie – und ihre Finger verhakten sich vor der Brust – „ich freue mich, daß sie gekommen sind." Und mit kurzen Seufzern fuhr sie fort: „Sie alle sind in den letzten Wochen hier gewesen, um ihre Erinnerung zu besuchen, aber als sie wieder hochkamen, ... da war etwas Flaues in Ihren Gesichtern. – Ich habe es auch bei mir selbst bemerkt: Es ist etwas verlorengegangen. Diese Erfahrung vereint uns. Deshalb habe ich Sie, gerade Sie, hierher gebeten. Vielleicht können wir uns, vielleicht können Sie mir helfen, es wiederzufinden ..."

Die Körnermann ging an eine Nische. „Was da drin ist, das habe ich bisher niemandem gezeigt", sie holte einen Gegenstand von der Form und Größe eines Apfels heraus und hielt ihn in die Höhe. War es ein dunkel gefärbter Tennisball? „Das hier hat mir einmal sehr viel bedeutet. Aber jetzt, jetzt weiß ich überhaupt nicht mehr was! Es ist mir – äh – entflutscht. Ich weiß schon, das ist Wolle, sie kommt von Schafen, ich weiß, was man damit

machen kann. Aber ...“, sie nahm das Knäuel nervös von einer Hand in die andere und zupfte daran. „Aber warum ich diese Wolle aufbewahrt habe ... der Grund dafür ... ist mir gänzlich entfallen.“ Bei diesen Worten glitt ihr das Knäuel aus der Hand und rollte nach hinten, und wie sie noch nach Luft schnappte, war es schon – plitsch – in den Wasserschacht an der hinteren Wand gerollt. Die Anwesenden guckten ihm alle verdutzt hinterher, nur der Mann neben Frau Körnermann tat einen heftigen Schritt – es war der mit dem Gartentörchen auf der Stirn – bückte sich und holte das eine Fadenende unter seiner Schuhsohle hervor. „Für Sie, Frau Körnermann!“, sagte er leise und überreichte ihr den Faden.
„Danke“, sagte die Körnermann und betrachtete den blauen Wollfaden in ihrer Hand, als sehe sie ihn zum ersten Mal. Sie rieb ihn ein bißchen in ihren Fingern, wie um die Qualität zu prüfen, und wickelte das Fadenende um die Finger. „Jetzt kommt es mir ...“, sagte sie leise mit veränderter Stimme. Alle schauten sie an. – „Aber – wollen Sie sich nicht setzen?“ Frau Körnermann zeigte auf die Klappstühle, die zwischen den Nischen lehnten. Und nach kurzem Rumpeln saßen alle ausgerichtet auf den Schacht und auf die Körnermann, die als einzige stehen geblieben war: „Mir kommt etwas ...“. – „Was denn?“ fragte Andrea, „Was denn?“ fragten die andern.

„Dieser dunkelblaue Wollfaden, jetzt wo ich ihn betaste, jetzt wo ich ihn mir um den Zeigefinger schlinge, jetzt spüre ich, wie er mir jahrelang durch die Hand geglitten ist ...“ Und indem sie langsam den Faden aufwickelte, begann sie zu erzählen: „Ich habe mich immer für Kunst und Kultur interessiert, nur habe ich eben nichts Entsprechendes gelernt. Und als meine Kinder groß waren und mein Mann gestorben, nahm ich eine Stelle bei den Städtischen Sammlungen an, als Aufsicht. Die Sammlungen waren in einem ehemaligen Wohnhaus am Neckar untergebracht. Dort gab es Ansichten von Tübingen aus vier Jahrhunderten, Portraits der bedeutendsten Professoren, Dichter und Bürgermeister. Zeichnungen, Stiche und verzierte Bierseidel, aus denen vielleicht einmal Hegel oder Hölderlin getrunken hatten! Es gefiel mir, daß ich über diese Schätze wachen durfte. Anfangs ging ich täglich durch die Räume und schaute mir jedes Bild und jedes Objekt an und prägte mir alles ein. Allerdings war ich ziemlich allein mit meinem Interesse, Publikum kam selten. Um mögliche Besucher begrüßen zu können, saß ich die meiste Zeit in einem Flur im Hochparterre, der zum Treppenhaus hin offen

war. Ich liebte die mächtige hölzerne Treppe, die die drei Stockwerke miteinander verband. Sie war ein riesiges Musikinstrument, dem jeder Mensch besondere Töne entlockte. Es gab schwer und leicht tönende Besucher, Fersengänger und Zehenspitzler, Schleicher und Stampfer. Meinen Chef erkannte ich schon bald an seinem flachen, kurzen Schlurfen. Die Schritte älterer Besucher, die früher einmal hier studiert hatten, klangen nach Sehnsucht und Erinnerung. Stöckelschuhe ergaben ein forsches Staccato, und das weiche, zähe Quietschen der Kreppsohlengänger ist meinen Ohren – unvergeßlich.
Am eindrucksvollsten war die Musik der Treppe, wenn eine Schulklasse kam. Ihr Aufsteigen ließ alle Töne hintereinander anschwellen wie bei einer Orgel. Und am Schluß des Besuchs ergoß sich ein Sturzbach knarzender Töne in wechselnden Rhythmen über die Stufen hinab und hinaus. Noch Stunden danach knackte die Treppe vor Erregung. – Aber so eine Klasse kam höchstens einmal im Monat. Ich saß zwischen meinen Katalogen und Broschüren und lauschte, lauschte auf die Treppe und hoffte auf ihre Töne. Manchmal blieb sie den ganzen Nachmittag über stumm. Zähflüssig schleppte sich die graue Zeit dahin und ich fühlte mich nutzlos. Da begann ich zu stricken. Mein Chef sah es nicht gern, aber er kam nur selten.
Ich stieß auf eine Zeitungsanzeige: Sockenwolle superbillig – der Preis war wirklich günstig, ich glaube drei Mark pro Kilo – es war Wolle aus der Konkursmasse einer Strickwarenfabrik – und ich schlug zu! Allerdings mußte ich gleich einen halben Zentner davon nehmen. Aber ich hatte ja noch viele Nachmittage vor mir. Es war eben diese dunkelblaue Wolle. Ich strickte Socken. Man mußte doch etwas Nützliches tun! Ich brachte die Schuhgrößen aller Freunde und Verwandten in Erfahrung und bestrickte sie. Wenn ich abends einen fertigen Socken mit nach Hause nahm, hatte ich einfach das Gefühl, etwas Sinnvolles getan zu haben. Ich habe unzählige Socken gestrickt: Die dunkelblaue Wolle glitt durch meine Finger, und sie strickten wie von selbst.
Dann war immer die Rede von unserem neuen Museum im ehemaligen Getreidespeicher. Dort würde alles interessanter werden, ansprechender und besser gestaltet, meinte mein Chef. Endlich zogen wir in das nagelneue Museum in dem uralten Haus mitten in der Altstadt. Es gefiel mir gut, und anfangs kamen die Besucher scharenweise. Das hölzerne Modell vom alten Tübingen, das man auch durch das große Fenster von der Straße aus sehen konnte, zog viele Menschen an. Noch attraktiver war eine Glasscheibe, die den Blick in den wäßrigen Untergrund des Ge-

bäudes erlaubte. Ob das da unten wirklich Wasser sei, wurde ich immer wieder gefragt – und wie das denn möglich sei: Wasser unter einem Haus. Aber dann ebbte das Interesse wieder ab. An den Fenstern strömten die Leute vorbei, kauflüstern, aber nicht museumslüstern. Manchmal stellten sich Straßenmusikanten vor den Getreidespeicher und sie drückten auf ihre Stimme, um mehr Lautstärke oder mehr Gefühl zu erzeugen. Ich sehnte mich nach der alten Treppe zurück und begann, wieder zu stricken.

Dann, es war kurz nach Weihnachten, kam ein Brief von meinem Neffen, er bedankte sich für die Socken, es sei lieb, daß ich an ihn denke und mir so viel Mühe gegeben hätte, aber er müsse mir gestehen, daß ihm diese Art von Socken einfach zu kratzig seien, auch würden sie bei ihm den Fußschweiß eher fördern als aufsaugen und in Zusammenwirkung mit dem Schweiß auch noch abfärben. Auch andere aus der Familie hätten schon über blaugefärbte Füße geklagt. Ich solle ihm nicht bös sein, aber es sei die Wahrheit. – Ich fand es undankbar! So etwas hatte mir noch nie jemand gesagt oder geschrieben! Ich zerknüllte den Brief! Dieser junge Kerl! Andrerseits bewunderte ich seine Aufrichtigkeit. Sie hatte natürlich auch etwas Niederschmetterndes an sich: Schließlich sagte er mir, daß meine 'sinnvolle Beschäftigung' sinnlos war, meine Geschenke lästig! Das sollte mir nicht noch einmal passieren! Ich beschloß also, mit dem Verstricken dieser Wolle aufzuhören.
Mir waren vielleicht noch 100 Gramm davon geblieben, ich hatte sie bereits früher zu einem letzten strammen Knäuel gewickelt. Ich wollte sie nach diesem Brief noch einmal kritisch betasten, doch kaum hatte ich die Schranktüre zu der Wolle geöffnet – da bebten meine Händen, die Finger spitzten sich und hatten schon einen Strang erwischt und um sich geschlungen. Und ehe ich mich versah, zauberten sie aus der nächstbesten Schachtel Stricknadeln hervor, um in das typische rhythmische Zucken zu verfallen ... in ihrer Mitte begann das Bündchen eines Socken zu wachsen. Ich bat meine Hände, dieses Spiel sofort zu beenden, aber sie wollten mir nicht gehorchen. Ich hatte sie schließlich jahrelang darauf getrimmt. Ich mußte sie mit Gewalt wegzerren und schloß schnell die Schranktür ab.
Immer wenn ich den Schrank öffnete und mit den Fingern in die Nähe des Knäuels geriet, wurden sie spitz und wollten erneut ihr wollüstiges Geschäft beginnen. Wegwerfen konnte ich den letzten Knäuel natürlich nicht, er sollte mich ja an den Brief meines Neffen erinnern. Ich wollte daran erinnert sein, daß – nun ja,

daß ich mich erst nach den Wünschen der Menschen erkundigen muß, bevor ich sie beschenke. Aber wohin mit dem Bobbel, damit er mir nicht erneut verführerisch die Finger umgarnte? Zufällig erwähnte eine Bekannte einen anderen verführerischen Gegenstand: das selbstgefertigte Geschenk eines Kindes, eine originelle Vase mit einem einzigen Fehler, sie leckte. Immer wieder füllte sie jemand mit Blumen und Wasser, um sich dann später über die Pfütze auf dem Tisch zu ärgern. Meine Freundin hat sie dann glücklich in den Erinnerungsverein gebracht.
Diese famose Lösung empfahl sie mir auch. Mit Fausthandschuhen holte ich den Wollknäuel aus dem Schrank, ließ ihn in eine Tasche plumpsen und brachte ihn schnurstracks in den Erinnerungsverein. Und als ich das erste Mal hier war – Frau Grinter war es, die mich damals herunterführte –, empfand ich gleich, daß hier lauter Gegenstände versammelt waren, die für bestimmte Menschen eine persönliche Bedeutung hatten, die gewissermaßen echt waren – und ich verspürte den dringenden Wunsch, diese Gegenstände zu betreuen! Es traf sich gut, denn tatsächlich wollten Frau Lempp und Frau Grinter die Verwaltung damals gerne abgeben. Das heißt also, dieser Wollfaden führte mich ... zum Erinnerungsverein." Frau Körnermann hatte das Ende des Fadens erreicht, sie hielt das stramm gewickelte, nasse Knäuel fest in beiden Händen. „Danke, daß Sie mir zugehört haben!" sagte sie und guckte in die Runde.

Die anderen saßen reglos da. Andrea reckte den Hals und schaute in den Schacht, und es schien ihr, als ob sich noch immer Fäden schlingpflanzenartig im Wasser bewegten. „Und aus diesem Wasser ist es wieder aufgetaucht?" fragte die zierliche Frau ohne Augenbrauen, die neben Andrea saß. „Das möchte ich auch einmal probieren", fügte sie leise hinzu, steuerte eine Nische an und zog mit einem kratzenden Geräusch eine der hockenden Tonfiguren heraus. Es war ein dickbäuchiger Kerl mit schlappen Gliedern und ängstlich dummem Gesichtsausdruck.
Andrea meinte, einen kleinen Widerwillen im Gesicht der Frau zu entdecken, als sie den Gnom auf den Arm nahm und ihn zum Pumpensumpf hinübertrug. Dort setzte die Frau ihn ab, und zog zu Andreas großer Verwunderung eine Art Plastikschlauch aus ihrer Umhängetasche. Den fädelte sie geschickt der Figur durch die Ohren. Dann faßte sie den Schlauch an beiden Enden und ließ den Gnom langsam ins Wasser gleiten. Unter Wasser, fand Andrea, sah sein Kopf harmlos aus wie ein weicher Käse. Die Frau ohne Augenbrauen setzte sich und begann zu sprechen:

„Diese Tonfigur erinnert mich an ...“ – „An was?“ fragte Frau Körnermann.

„Diese Tonfigur erinnert mich an Erlebnisse, die mit Wolfgang, meinem Mann, zusammenhängen. Er hat Dutzende dieser Figuren hergestellt, und ich hab sie alle hier in den Keller getragen.
In den ersten Jahren seiner Berufstätigkeit war Wolfgang noch voller Ideale. Er wollte die Schüler anregen, zu ihrer Emanzipation beitragen, ihr Freund sein. Er organisierte Studienfahrten und Projektwochen für sie, er war immer ansprechbar, und mit manchen saß er nach dem Unterricht noch stundenlang zusammen. Aber das ist schon lange her.
Später gab es Mißgunst und Ärger, und es kamen andere Schüler. Die wollten keine Diskussionen mehr führen, sondern allenfalls um ihre Noten feilschen. Sie begeisterten Wolfgang nicht mehr, sie strengten ihn an. Jeden Abend nach dem Essen verschwand er in sein Arbeitszimmer, weil er noch Unterricht vorbereiten oder – was schlimmer war – Aufsätze korrigieren mußte. Wenn ich ihm Stunden später Gute Nacht sagen wollte, traf ich ihn oft mit sturem Blick vor sich hin brütend und an seinem grau gewordenen Vollbart kauend. Vor ihm der Tisch war meist bedeckt mit ungelenk beschriebenen Blättern, die er mit kleinen roten Zeichen übersät hatte. ‚Krankhaft!‘ ächzte er dann und ich sah: Die roten Zeichen waren Pusteln eines Ausschlags, der auf alle herumliegenden Papiere übergriff, der alle Gegenstände auf dem Schreibtisch ansteckte, um sich von dort aus weiter zu verbreiten. Und mit ungutem Gefühl zog ich mich zurück. Er brauchte immer länger für die Korrekturen. Er brachte Nachmittage, Abende, Nächte und Wochenenden damit zu. Wenn ich ihn darauf ansprach, meinte er bisweilen, man würde ihm eben immer dümmere Schüler schicken. Aber meistens guckte er mich nur schweigend an mit einem seltsamen Blick zwischen Überdruß und Trauer, den ich früher nicht an ihm gekannt hatte.
Einmal, als ich wieder spätabends in sein Arbeitszimmer trat, blieb mir fast das Herz stehen vor Schreck, denn er saß da und war an Bart, Hand und Brust mit frischem Blut befleckt. Er blutete aber nicht aus dem eigenen Körper, sondern aus einem roten Filzstift, den er vor lauter Mißmut durchgebissen hatte. Auch die Hefte vor ihm waren bespritzt. Er machte keine Anstalten, die Flecken zu beseitigen, sondern verharrte mit verkniffenem Gesicht, den demolierten Filzstift noch immer im Mundwinkel. Ich sprach ihn an. Da zog er gequält die Augen zusammen und

begann zögernd mit tonloser Stimme zu berichten: ‚Mir ist heute etwas passiert – Bärbel, ich habe heute einen Schüler – zurechtgewiesen. Er blödelte unaufhörlich mit zwei Mädchen, die hinter ihm sitzen, und brachte sie zum Kichern. Durch meine Ermahnungen ließ er sich nicht beirren.' Wolfgang atmete tief. ‚Ich habe heute einen Schüler angeschrien, er solle endlich mit dem Imponiergehabe aufhören und seinen Kaugummi herausnehmen. Er kümmerte sich überhaupt nicht darum, stand dann aber plötzlich auf, ging langsam zum Papierkorb und zog dort mit großer Geste seinen Kaugummi aus dem Mund, um ihn an langem Faden bambeln zu lassen – einmal in der linken Hand, dann in der rechten – er klebte an seinen Fingern fest, und alle Schüler guckten verzückt auf das Kaugummipendel. ‚Bitte!' sagte ich unwillig. – ‚Sie wollten doch, daß ich ihn rausnehme!' erwiderte er mit höhnischer Stimme ... da bin ich zu ihm hingegangen und ...' Wolfgang stockte und holte Luft: ‚Bärbel, ich habe heute einen Schüler geschlagen. Ich, ich hab ihm eine gescheuert.' Und er sank auf den Tisch und weinte vor Scham.
Natürlich versuchte ich, ihn zu trösten, aber es wollte mir nicht gelingen, nicht in dieser Nacht und nicht in den darauffolgenden Tagen oder Nächten. Daß weder der Schüler noch seine Eltern noch sonst irgend jemand von dem Vorfall Notiz nahm, spielte keine Rolle für ihn. Er war zerknirscht und fühlte sich schlecht. Wortkarg, scheu und blaß schlich er durch die Wochen. Es war so öde. Das Essen schmeckte ihm nicht, mit Freunden wollte er sich nicht treffen und zu Sonntagsausflügen hatte er keine Lust. Er verrichtete seine Arbeit pünktlich, pflichtgemäß, aber ohne die geringste Freude. ‚Abnutzungserscheinungen', meinte er, ‚das gibt es in jedem Beruf.'

Ich machte mir Sorgen um ihn, und ich guckte mir eine Zeitlang alle Leute mit der Frage an: Wer von ihnen ist bei seiner Tätigkeit innerlich mit sich selbst identisch, glücklich? – In meiner Umgebung schien es solche Menschen nicht zu geben. Aber der sizilianische Pizzabäcker fiel mir ein, dem wir vor Jahren einmal in den Osterferien begegnet waren. An einem kalten Tag hatten wir auf einem windumfegten Berg in der Nähe von Palermo eine mächtige Kirche besichtigt. Ausgekühlt schlüpften wir danach in eine kleine Pizzeria. Es war noch früh am Tag, und wir saßen als einzige Gäste an einem der vielen Tische, die mit grell karierten Tüchern bedeckt waren. An der Theke stand der Wirt, groß, dick und kräftig. Mit nackten Armen langte er in einen prall gefüllten Trog neben sich und hob eine schwere Teignudel heraus, legte sie sorgsam vor sich auf die Theke, um sie sogleich ruckzuck mit federnder Klinge in etwa ein Dutzend Stücke zu zerhacken. Dann nahm er mit jeder Hand ein Stück Teig und begann links und rechts gleichzeitig, die zwei Portionen mit kraftvollen, rhythmischen, Bewegungen zu mehlen, zu kneten, zu wargeln und zu rollen, bis er sie in zwei glänzende Bälle verwandelt hatte, die er dann hinter sich auf ein weißes Tuch legte. Diesen Vorgang wiederholte er mehrmals, und alle zehn Finger, die Arme, der Oberkörper, der ganze Mann waren mit so viel Lust und Sinn bei der Arbeit, daß wir gar nicht anders konnten, als ihm in schweigender Begeisterung zuzuschauen.

Dieser Pizzaiolo brachte mich auf eine Idee: Ich meldete mich zu einem Kurs in der Volkshochschule an, Thema: Freies Gestalten in Ton. Als dann der Kurs beginnen sollte, hatte ich einen Vorwand und forderte Wolfgang auf, an meiner Statt hinzugehen, was er auch widerspruchslos tat. Als er zurückkam, erzählte er nicht viel, aber ich hatte sofort den Eindruck, der Kurs hatte ihm gut getan. Er nahm auch weiterhin daran teil. Nach einiger Zeit brachte er die ersten gebrannten Ergebnisse nach Hause: keine Teetassen, keine Müslischälchen, sondern merkwürdig hockende Figuren, innen hohl. Es seien Räuchermännchen, sagte Wolfgang, man müsse noch einen rauchenden Duftkegel hineinstellen. Das eine sei für seine Cousine, das andere für einen Bekannten, beide hätten ohnehin bald Geburtstag. Dieser Eifer bezüglich Geschenken war mir neu. Seltsam war auch, daß die Räuchermännchen durch die Ohren rauchen sollten, statt durch Mund oder Pfeife. – Immerhin, das Arbeiten in Ton schien ihm zu liegen, das freute mich.

Nach zwölf Wochen war der Kurs zu Ende, und Wolfgang brachte seine restlichen gebrannten Werke mit: wieder Räuchermännchen mit diesen riesigen Ohrlöchern. Ich bewunderte sein unerwartetes Geschick, nur der Gesichtsausdruck der Figuren und ihre seltsame Nacktheit befremdeten mich. Trotzdem hätte ich gerne eines davon auf den Sims gestellt, um es einmal rauchen zu lassen. Aber Wolfgang verstaute sie schnell irgendwo in seinen Fächern.

Ein paar Tage später trat ich wie üblich spätabends in sein Arbeitszimmer, um ihm Gute Nacht zu sagen, aber sein Platz war leer. Ich rief nach ihm und suchte, bis ich ihn schließlich in der Waschküche entdeckte. Er saß bei schlechtem Licht an dem schäbigen, alten Tisch und hatte alle zehn Finger in einem braunen Tongebilde stecken. Er lächelte. ‚Machst du wieder ein – Räuchermännchen?‘ fragte ich. ‚Ach was! Räuchermännchen!‘ Er grinste fast spitzbübisch. ‚So hab ich die Dinger nur genannt, weil die anderen Kursteilnehmer immer wissen wollten: ‚Was gibt das?‘ erklärte er. ‚Kaum hatte ich das Wort ‘Räuchermännchen’ ausgesprochen, waren alle zufrieden. – In Wirklichkeit ist das hier meine Wirklichkeit, sind das hier meine täglichen Begegnungen, sagen wir, es sind Schlummis. Schau, dieser Schlummi sitzt auf einem großen, dicken Kissen, damit er es immer schön bequem hat.‘ Er deutete auf die vor ihm liegende Figur. ‚Seine Ärmchen und Beinchen sind so dünn wie bei einer Brezel, denn er gebraucht sie nicht. Die Augen macht er weit auf. Er erkennt nichts, aber er sitzt immer da und glotzt.‘ – ‚Wolfgang, warum hat er denn so große Ohrlöcher?‘ ‚Damit alles, was *in* ist, immer gleich drin ist, und alles, was *out* ist, immer gleich draußen. Du verstehst, der Trend kann ungehindert hindurchfließen. Das brauchen die Schlummis. – Dieser hier geht in die zehnte Klasse.‘

Häufig saß Wolfgang nun abends statt am Schreibtisch in der Waschküche und formte genüßlich seine Figuren. Wer ihn vormittags nervte, mußte abends dran glauben, abends bekam er sie alle in den Griff. So die Schülerin, die immer in züchtiger Haltung, die Hände aneinandergelegt, dasaß und ihn anhimmelte. Ihr unbedarft ergebener Augenaufschlag brachte ihn fast um den Verstand, er formte sie in Ton, und sie wurde gebannt. Später auch gebryannt. Eine Zeitlang nahm ich lebhaft Anteil an seiner Produktion, denn so erfuhr ich, wie es ihm in der Schule ging.

Ob der jemals zu irgendeiner geistigen oder sonstigen Regung imstande wäre? fragte sich Wolfgang in Bezug auf einen besonders lahmen Schüler. Und abends formte er für ihn einen bettartigen Rahmen. Da lag er dann als Schlummi darin, hingegossen aus Ton, abgeschlafft in sämtlichen Gliedern, nur nicht in dem einen, das ihm von unten über den Bauch wuchs. Das starrte er an in müdem Entzücken.

Seine Tonarbeiten stimmten Wolfgang geradezu heiter, und er wurde mit der Zeit wieder lockerer, umgänglicher. Der Leiterin des Keramikkurses schenkte er ab und zu eine Flasche Wein, und sie brannte ihm weiter seine Figuren. Zuhause ließ er die gebrannten Figuren sofort mit einer gewissen Genugtuung ‘im Karzer’, das heißt in den Regalen des Abstellraums verschwinden. Als diese allesamt voll waren, verstaute er sie dann in anderen Schränken. Wollte ich Handtücher ins Wäschefach legen, erschrak ich, denn ein tönerner Gnom hatte ihren Platz ergattert. Wollte ich Geschirr aus dem Buffet holen, grinste mir hin-

ter dem Tellerstapel ein verbannter Schüler entgegen. Beim Putzen stieß ich hinter Möbeln und Treppen unverhofft auf blöd glotzende Figuren. Daß Wolfgang den einen oder anderen unangenehmen Schüler hatte, konnte ich mir ja vorstellen – aber so viele? Manchmal scheute ich mich fast, an einen Schrank zu gehen. Wenn ich ohne Vorbedacht ein Fach öffnete, schien es mir, als hätten sich die Figuren gerade noch bewegt und seien erst, als ich hereinschaute, in typischer Schülermanier züchtig erstarrt. Kurz zuvor hatten sie noch gequiekt, gezuckt und geraschelt. Mir wurde es unangenehm. Mehr als einmal war ich knapp davor, einen dieser Schlummis in den Mülleimer zu schmeißen. Andererseits waren es doch Wolfgangs Werke! Eines Nachts hörte ich sie flüstern und kichern. Worte konnte ich nicht verstehen, aber ich spürte, daß sie nur Knatsch, nur flauen Blödsinn ergaben. Ich fühlte mich verfolgt!

Da hörte ich vom Tübinger Verein für private Erinnerungen. Dieses unterirdische Lager mit seinen Nischen kam meinen speziellen Bedürfnissen aufs glücklichste entgegen. Ich konnte die Figuren beseitigen, ohne sie zu zerstören! Ich machte es dann so: Wenn mich ein tönerner Unhold erschreckte, packte ich ihn, steckte ihn rasch in eine extra ausgepolsterte Tasche und brachte ihn bei der nächstbesten Gelegenheit in den Erinnerungskeller. Nach und nach füllten sich hier die Nischen mit Schlummis, und zu Hause wurden es weniger – Wolfgang schien es merkwürdigerweise gar nicht zu merken. Er war anderweitig beschäftigt, er hatte sich um eine neue Stelle in der Erwachsenenbildung beworben – und war hocherfreut, als er sie tatsächlich bekam.
Seit anderthalb Jahren organisiert er jetzt Fortbildungsveranstaltungen für Lehrer und Sozialarbeiter. Und neulich sagte er zu mir: ‚Du, ich mach' da demnächst einen Wochenendkurs zum Thema Kreativität und Frustbewältigung – weißt du noch, meine Phase mit den Tonfiguren? Wo sind sie eigentlich hingekommen?' – ‚Ich glaub' in den Keller!' sagte ich. In welchen, sagte ich nicht. Und um mal wieder nach ihnen zu sehen, kam ich vorletzte Woche hierher. Aber als ich dann hier unten diese Gnome in den Fächern sitzen sah, wußte ich überhaupt nicht mehr, was das sollte, was ich hier wollte. Jetzt weiß ich's wieder! Danke fürs Zuhören."

Die Frau ohne Augenbrauen hob den tropfenden Kerl aus dem Wasser. Andrea sah ihn sich an. Er hatte natürlich gar nichts begriffen und guckte so dumm wie zuvor. Die Frau zog ihm den

Schlauch aus den Ohren. „Stellen Sie die Figur jetzt doch ins Wohnzimmer?" fragte jemand. „Das nicht", meinte die Frau, „aber ich nehme ihn mit nach Hause, damit ich ihn griffbereit habe" und sie verstaute den Gnom in einer Plastiktüte. „Noch eine Bitte", fügte sie nach einer Weile hinzu und legte ihren Zeigefinger auf die geschlossenen Lippen. Die anderen nickten, und schauten schweigend in den Schacht.

„Ob da ... noch mehr auftaucht?" fragte die rundliche Frau unsicher. „Wir könnten uns heute in einer Woche um die selbe Zeit wieder treffen", schlug Frau Körnermann vor. „Einverstanden!" sagten die andern, dann brachen sie leise auf.
Andrea stellte noch die Stühle zusammen. Frau Körnermann legte ihr Knäuel zurück und löschte die Kerzen. Als sie vor Andrea die Treppe hochstieg, kam sie ihr schneller vor als sonst. Erst im Hausflur blieb Frau Körnermann stehen. „Vielen Dank!" sagte sie strahlend und gab Andrea die Hand. – Sie hatte dunkelblaue Flecken an den Fingern.

18

Draußen war ein milder Sommerabend, die Leute strömten durch die Altstadt und suchten ihr Vergnügen. Andrea ließ sich durch die Gassen treiben und genoß die Wärme, die sich tagsüber in ihnen gesammelt hatte. Wohin wollte sie eigentlich? Unversehens meinte sie ein kleines Wollknäuel in der Hand zu halten, und indem sie es langsam aufwickelte, folgte sie einem unsichtbaren Faden, der durch die Altstadtgassen führte. Sie kam an ein schäbiges, rötliches Haus, von dem der Putz herunterbröselte, es war das Haus von Frau Scheuer. Andrea klingelte mehrmals. Zehn- oder zwölfmal. Dann ging das Fenster auf. Ein Mann schaute heraus: „Was wollen Sie?" fragte er. „Guten Tag," sagte Andrea, „ich möchte Frau Scheuer besuchen!" „Frau Scheuer kann man hier nicht besuchen!" erwiderte der Mann und zuckte mit dem Kinn. „Weshalb? Was ist mit ihr? Geht es ihr schlecht?" „Darüber brauche ich Ihnen keine Auskunft geben!" meinte der Mann und schloß prompt das Fenster.

Ihr Sohn, dachte Andrea und wickelte weiter an ihrem unsichtbaren Knäuel. Sie landete auf dem Marktplatz, der von Menschen wimmelte; sie saßen beieinander in Gruppen, schwatzten und lachten. Am Brunnen warf ein Jongleur Keulen in die Luft und bekam Applaus. Andrea dachte sich ihren Faden zwischen den Tischen hindurchführend und zwischen den Leuten, die mit ihrem Bierglas am Boden hockten.
Er leitete sie zu einer Kneipe am Eck. Dort vermutete sie Tobias mit seinen Gleitschirmfliegern, die er heute treffen wollte. – Tatsächlich saß eine angeregte Runde junger Männer am hinteren Tisch der verqualmten Kneipe. Sie trugen farbenfrohe T-Shirts und schwärmten vom freien Fliegen durch die Luft. Unter ihnen, eingeklemmt auf der Eckbank, Tobias. Als er sie entdeckte, warf sie ihm das imaginäre Knäuel zu. Er fing es geschickt mit einer Hand. „Meine Freundin spielt nämlich lieber

Ball!" sagte er und lachte. Bis sie einen Stuhl ergattert hatte, lauschte er schon wieder den Erläuterungen des eifrigen Trainers: „Aufschwingen – Umschwenken – Thermik – Abschmieren – Drehen." und: „Das muß man im Urin haben!" Mit dem letzten Stichwort konnte Andrea etwas anfangen; sie ging aufs Klo. Als sie wieder zurückkam, waren die Hobbysportler noch immer bei ihren Höhenflügen, und Andrea hatte gute Lust, sich zu verabschieden. Da beugte sich ein Mann mit großer Nase und wichtigem Gesicht vom Nebentisch zu ihr und meinte: „Wenn Sie wirklich ganz wunderschöne Gleitschirmflieger sehen wollen, müssen Sie mal an einem warmen Sommerabend wie heute so um halb zehn, zehn an die Rückseite des Schlosses gehen. Da, an der großen Mauer – da können Sie Gleitschirmflieger sehen!" Andrea guckte den Mann von der Seite an. Was wollte der? Da drehte er noch einmal seine große Nase zu ihr: „Achten Sie auf die drei Kerkerfenster!"

Kurz darauf fanden die Sportler doch ein Ende und verließen das Lokal. Tobias rückte zu Andrea und gab ihr einen Kuß. „Was ist das genau, was dich an diesem Gleitschirmfliegen interessiert?" fragte sie. „Der Spaß!" „Der Spaß? Und das ist alles?" „Ja!" sagte Tobias.
„Komm laß uns noch ein bißchen hinausgehen!" meinte er nach einem kurzen Schweigen. Als sie die Wirtschaft verließen, dunkelte es bereits, und Andrea schaute auf die Uhr. Es war kurz vor halb zehn. „Laß uns über's Schloß gehen", schlug sie vor. Sie wählten den Fußweg, an der Nordseite des Schloßbergs, gingen hinter Scheuers Haus vorbei – kein Licht im Fenster – und unter hohen, dunklen Bäumen den Hang hinauf. Andrea war hier vor etwa zehn Tagen aus der Erde gekrochen, aber sie erwähnte es nicht.
Oben angelangt wich Andrea vom Weg ab und bewegte sich auf die Rückseite des Schlosses zu. Der Wehrturm überragte die Bäume und wirkte bei Nacht noch wuchtiger als sonst. „Was willst du?" fragte Tobias. Sie winkte ihn zu sich und bedeutete ihm, leise zu sein. Sie schlichen an der großen Mauer entlang bis zum dunklen Nordflügel des Schlosses. In seinem unteren Bereich war er abweisend und fensterlos, drei schmale Luken in fünf Meter Höhe waren die einzigen Öffnungen. Mit senkrechten Eisenstäben versperrt sahen sie aus wie Kerkerfenster. Tobias machte eine fragende Geste.
Da huschte etwas Dunkles aus einem Kerkerfenster heraus. Und noch etwas, und noch eins, und noch eins aus der andern Luke

und weitere – alle sehr schnell. Sie glitten heraus und hatten bereits die Flügel ausgebreitet. Manche schwirrten gleich in die Nacht davon, andere drehten erst elegante Kurven. Waren das die häßlichen Wesen, die neulich an den Kellerwänden gehangen hatten? überlegte Andrea. Und wie kamen sie so schnell durch die engstehenden Stäbe? Im Fluge sich drehend? Der Abstand war zu schmal für die ausgebreiteten Flügel. Andrea versuchte, sehr aufmerksam zu sein, behielt die Luken genau im Auge. Der Moment, wenn eines herauskam, war wie ein kurzes, lustvolles Kitzeln. Sie witschten hindurch, ungebremst, als ob es keine Stäbe gäbe.

„Fledermäuse!“ flüsterte Tobias. „So viele habe ich noch nie gesehen!“ – „Sind es jetzt die Männchen oder die Weibchen?“ fragte er nach einer Weile. „Weiß nicht“, sagte Andrea und schaute mit ihm in die Nacht.

19

Bei der nächsten Besprechung in der Altenberatungsstelle berichtete Andrea, daß Frau Scheuer nicht mehr zuhause war, und fragte, wie sie sie erreichen könnte. Man sagte ihr, es gehe nicht an, daß sie deshalb in Kliniken und Heimen rumtelefoniere. Der formal richtige Weg sei vielmehr, dem Sohn von Frau Scheuer zu schreiben und ihn um Auskunft zu bitten.

Das tat Andrea nicht. Den Sohn einmal zu treffen, hatte ihr gereicht. Auch in einem anderen Punkt befolgte sie Regeln der Altenberatungsstelle nicht: Nachdem die alte zittrige Frau Schrull sie immer wieder darum gebeten hatte, stieg sie auf eine wacklige Haushaltsleiter, um ihr die Vorhänge für die Reinigung abzunehmen. So etwas tat eine angehende Sozialpädagogin nicht, erstens überhaupt und zweitens wegen der Versicherung!
Andreas Sorge galt vor allem den Vorhängen: Die waren so alt und mürb, daß sie befürchtete, sie könnten ihr jeden Moment in den Händen zerreißen. Und Wolken von Staub flogen auf, als sie von der Gardinenstange heruntterglitten. Frau Schrull guckte zu Andrea hoch und mußte husten.
Beim Heruntersteigen streifte der Vorhang über den kleinen Nähtisch und fegte ein gerahmtes Bild um. „Mein Mann! Er ist gefallen“, sagte Frau Schrull und stellte das Bild wieder auf. Es zeigte einen jungen Mann in Uniform. „Wie war denn Ihr Mann?“ fragte Andrea, als sie wieder von der Leiter unten war.
„Tja: – Er hat immer alles recht machen wollen. Er hat sich gleich an die Front gemeldet. Er war noch so jung ...“ Andrea meinte kurz, Frau Schrull würde schluchzen, aber sie lutschte und sog an ihrem Taschentuch. Sie machte ein schmatzendes Geräusch und plötzlich stach sie Andrea mit einem bitteren Blick. – „Ich hab ihn gemocht. Da war nichts zu machen“, meinte Frau Schrull und begann, die Vorhänge in eine Einkaufstasche zu stopfen. Andrea schämte sich manchmal, ohne recht zu wissen warum.

Am Mittwochabend zog es sie wieder in die Altstadt. – Auf der Gasse sah sie die Frau ohne Augenbrauen und den Mann mit dem Gartentörchen auf der Stirn. Aber sie begrüßten einander nicht. Erst als sie wieder im kerzenbeschienenen Keller standen, nickten sie einander zu.
„Wollen Sie es heute probieren, Herr Maus?" fragte Frau Körnermann den großen, breitschultrigen Mann, der nur noch wenig Haare hatte. Der Mann guckte sie von der Seite an, machte ein bekümmertes Gesicht und gab wieder diesen kurzen Ton zwischen Husten und Räuspern von sich, der Andrea schon das letzte Mal an ihm aufgefallen war. Er ging zögernd zu einer der Nischenwände und öffnete ein Fach. Holte er etwas heraus? Er kam zurück zum Pumpensumpf – auch als er sich niedergekniet hatte, wirkte er noch groß. Langsam öffnete er seine mächtige Hand, da lag etwas Kleines, Zackiges darin; er nahm es zwischen Daumen und Zeigefinger und hob es in die Höhe: ein Backenzahn. Der Mann verzerrte sein Gesicht, als hätte er Schmerzen an dem Zahn. Dann zog er ein mächtiges Schnupftuch aus der Hosentasche, legte den Zahn darauf und knotete das Tuch zu einem Bündel. Er nahm es an einem Zipfel, ließ es langsam ins Wasser gleiten. „Ja!" sagte er nach einer Weile, „ich erinnere mich!" – „An was?" fragte Frau Körnermann. Er räusperte sich und begann leise zu erzählen:

„Vor ein paar Jahren mußte ich die Wohnung meiner Eltern auflösen. Nur mit größter Mühe konnte ich meinen Sohn dazu bewegen, mir zu helfen. Der hätte sich viel lieber mit seinen Kameraden getroffen, um wie üblich irgendwelchen Blödsinn auszuhecken. Wir schleppten einen schweren, großen Schreibtisch, ein Erbstück aus der Familie, und als wir ihn etwas neigten, hörten wir im Innern des Möbels etwas kullern. Als wir den Tisch anders hielten, wieder. Ich wollte wissen, was es war, öffnete das größte Fach und fand diesen alten Backenzahn! ‚Ich glaub', ich spinne!' sagte ich. ‚Was ist das für ein Zahn?' fragte mein Sohn. Aber ich wollte ihm nichts erzählen. Ich steckte den Zahn schnell weg und brachte ihn hierher zur Verwahrung.
Vor zehn Tagen kam ich her und versuchte vergeblich, mich an die Herkunft des Zahns zu erinnern, aber jetzt kommt mir alles wieder: Bei mir zuhause war es eng. Und die Eltern hatten ständig etwas an mir auszusetzen oder spannten mich ein: Schuhe putzen, Hausflur fegen, Rasen mähen! Ich haute ab, wann immer es möglich war. Ich streifte gerne mit meinen Freunden, bei deren Eltern es ähnlich ungemütlich war, durch die Gegend. Ein-

mal kraxelten wir im zeitigen Frühjahr an einem steilen Hang entlang. Über uns war der Wald, unter uns der Neckar. ‚Guckt mal da vorne! Wißt ihr vielleicht, was das ist?' fragte Rolf und zeigte auf das Hangstück vor uns, von dem uns nur noch eine kleine Senke trennte. Dort schimmerten merkwürdige runde Teile im Dickicht. Sie sahen aus wie Kürbisse oder wie verbeulte Bälle. Irgend etwas Fortgeworfenes mußte es wohl sein, so wie es im Geäst hing. Aber was?

Die Stelle, die uns so neugierig machte, war schlecht zugänglich, dichtes Schlehengestrüpp versperrte uns den Weg, wir mußten es von unten her über eine halb zerfallene Mauer versuchen. Ich stieg voraus, es begann bereits zu dämmern, ich schaute nach oben und da: Ein Totenkopf hing über mir in den schwarzen Zweigen. ‚Hei! Kommt schnell mal her!' rief ich. Es war wirklich ein Totenkopf, Dreck klebte in seinen Augenhöhlen, der Unterkiefer fehlte. Die andern kamen herbei, schrien vor Schreck und Begeisterung, und schon entdeckten wir weitere verschmutzte Schädel im Gestrüpp. ‚Na, Kerle! Wie kommt ihr denn hierher?' fragte Rolf. Da fiel es mir ein, ich hatte davon in der Zeitung gelesen: ein oder zwei Wochen zuvor war nach Regen und Schneeschmelze an der oben stehenden Kapelle die Friedhofsmauer geborsten. Mit den Steinen und Erdmassen waren auch einige Gräber herabgestürzt. Dabei mußten die Schädel den Hang heruntergerollt sein. Die Erklärung schien auch den andern plausibel, und irgendwie spornte sie uns an.

‚Kommt, die pflücken wir!' rief Oskar. ‚Solche Früchte finden wir nicht jeden Tag!' und er langte nach einem Schädel, an dem sogar noch Haut und Haare klebten. Da streckten wir andern uns auch nach den Köpfen und zogen sie aus den Ästen heraus. Einer verlor den Unterkiefer, als Franz ihn zu sich zog. Ein anderer hatte sich mit den Haaren verfangen, aber wir stocherten so lange mit Stangen im Gebüsch herum, bis er herunterfiel. Wir bebten vor Aufregung und stopften die Köpfe in die Sporttasche von Franz. Fünf Stück konnten wir ergattern! Das war einfach irre! Diese phantastische Beute mußten wir natürlich feiern! Es war schon fast dunkel, wir stiegen vom Hang hinunter und suchten im Dorf unten eine Wirtschaft auf. Dort tranken wir auf unser Abenteuer und auf unsere Kühnheit. Es blieb nicht bei einem Bier, auch nicht bei zweien ...

‚Ach, das ist doch unfair!' meinte schließlich Oskar. ‚Wir saufen hier, und die armen Kerle, über die wir uns freuen, hocken unterm Tisch und kriegen nichts!' Er zog die Tasche zwischen den Stühlen hervor, öffnete den Reißverschluß, und mit einem laut vernehmlichen Prost goß er einen Schwapp aus seinem Bierglas hinein. Wir grölten vor Vergnügen! Wie es danach weiterging, weiß ich nicht mehr genau, wir müssen wohl im Laufe des Abends das Mißtrauen der anderen Gäste – Männer aus dem Dorf – erregt haben. Jedenfalls hatten wir es plötzlich sehr eilig, das Lokal zu verlassen. Von der Nacht umhüllt rannten wir den struppigen Hängen zu und entwischten den aufgebrachten Dorfbewohnern. Nach einem nächtlichen Marsch durch den Wald erreichten wir den Stadtteil, wo wir alle wohnten. Und bevor wir auseinandergingen, beschlossen wir, bei mir seien die Schädel am besten aufgehoben. In meinem Zimmer stand ein mächtiger, dunkler Schreibtisch, ein Erbstück, mit einem großen seitlichen Fach. Da schob ich die fünf Schädel hinein und schloß ab. Den Schlüssel verwahrte ich in meinem Zirkelkasten.

‚Du mußt einfach öfter die Socken wechseln!' sagte meine Mutter, wenn sie zu mir ins Zimmer kam, oder: ‚Bubenmuff! Mach doch mal das Fenster auf!' Aber das Fenster war schon auf, es war praktisch immer offen. Trotzdem lag immer dieser Geruch im Zimmer. Als dann der Sommer und die Hitze kam, häuften sich die Beschwerden, und manchmal erschrak ich auch selbst über den scharfen Duft.
Ich beriet mich mit meinen Freunden, und da keiner von ihnen bereit war, die Schädel bei sich aufzunehmen, beschlossen wir, uns in einem Festakt von den Schädeln zu verabschieden. An dem vereinbarten Abend schloß ich also das Schreibtischfach, das ich die ganze Zeit nicht geöffnet hatte, wieder auf – die Schädel waren in einem ekelerregenden Zustand. Ich mußte den Atem anhalten, und mit meinem Lineal schubste ich sie in einen Sack! Dann schlich ich von den Eltern unbemerkt zu unserem Treffpunkt. Mit Spaten und Sack zogen wir in den Schönbuch; dort hatten wir uns eine kleine Lichtung mit jungen Fichten und zwei großen, markanten Buchen ausgesucht. Zwischen diesen beiden schaufelten wir ein knietiefes, rundes Grab. Wir legten die fünf Schädel im Kreis in den Boden und setzten uns drumherum. Gemeinsam und im Freien waren die Totenköpfe wieder besser zu ertragen. Franz hatte Wein organisiert, und beim Trinken hielten wir große Reden auf die Verstorbenen. Der Mond ging auf, und warf die Schatten der Bäume auf den kleinen Platz. Wir legten die geleerten Flaschen zu den fünf Schädeln, bevor wir sie mit Erde bedeckten. Wir schworen, die Toten nie zu vergessen und ihr Grab jedes Jahr zu besuchen. Doch wir waren seitdem nicht mehr dort.

Fünf Jahre später lernte ich zwei Kunststudenten kennen, die gerne Schädel zeichnen wollten, und ich versprach ihnen welche. Einen ganzen Tag lang führte ich sie im Wald herum, und wir hoben mehrere tiefe Gruben aus – aber die Schädel waren unauffindbar. Das ganze endete damit, daß die zwei mich furchtbar beschimpften und am Straßenrand stehen ließen.
Nach den fünf Schädeln hab ich seitdem nie mehr gesucht. Aber als unerwartet dieser Backenzahn aus dem dunklen Schreibtisch kam, erschrak ich. Und neben mir stand ausgerechnet mein halbwüchsiger Sohn." Herr Maus räusperte sich „Zum Glück fand ich wenigstens einen würdigen Platz für den Zahn. – Danke."

Er zog sein nasses Schnupftuch aus dem Pumpensumpf. Das tropfende Bündel erinnerte Lina an ein totes Tier. Herrn Maus löste behutsam die Knoten und holte den Backenzahn heraus. Alle starrten gebannt auf den Zahn. Lina spürte eine leichte Abscheu. „Entschuldigung", sagte eine helle Stimme – es war Anna Schiller, das junge Mädchen – „aber mich würde interessieren: Ist er geflickt oder gesund?" – „Makellos!" brummte der Mann und legte den Zahn zurück.
Wie er das Schnupftuch auswrang, mußte Lina aufstehen. „Bis nächsten Mittwoch dann", sagte sie und eilte nach oben. Im Hausflur war die Luft besser, und sie atmete durch. Sie wartete, bis die andern hochkamen, und verabschiedete sich dann doch von jedem persönlich. Auch von Herrn Maus, der früher einmal – Schädel gepflückt hatte.

20

Lina steht in einem verwilderten Garten, hat einen dunkelblauen Wollknäuel in der Hand und wickelt und wickelt. Da geht es nicht weiter, die Wolle spannt – sie hat sich in Brombeerranken verheddert.
Lina horcht, denn hinter den Sträuchern raschelt es. Sie hört Stimmen. Sie schaut durch das Laub und sieht ein paar Menschen, ein Kind ist dabei. Sie gehen nackt auf einem Pfad und unterhalten sich in einem unverständlichen Dialekt voller Kehllaute. Ihre Gesichter sind rund und breit. Sie lesen etwas vom Boden auf, legen es in Körbe aus Ästen und Blättern. Oder führen es zum Mund, um es knackend aufzubeißen, dann saugen sie es aus und schlürfen dabei.
Plötzlich sind sie weg. Die junge Frau Nitsch geht vorbei, nickt und lächelt Lina zu. Lina dreht sich um und bemerkt neben sich eine viereckige Öffnung in der Erde: Sie sieht mächtige steinerne Stufen und steigt hinunter in die Tiefe. Sie gelangt in einen kühlen Raum, er ist halbdunkel, und durch Löcher in der Decke ist der Himmel zu sehen. Direkt vor ihr wachsen Ranken über Nischenwände. Lina hält noch immer das Wollknäuel in der Hand und wickelt. Dabei lösen sich die Ranken vor den Nischen mühelos, als würde sie etwas Gestricktes aufziehen.
In den befreiten Nischen stehen riesige Zähne, nein: es sind Elfenbeinschnitzereien. Und eine Nische öffnet sich zu einem riesigen, dunklen Maul. Es wird größer, so groß wie ein Tor. Lina geht hindurch – und erwachte in ihrem Bett. Es war Sonntag und Lina fühlte sich heiter und aufgeräumt.

Als sie am Nachmittag mit ihrer Freundin Gertrud im Schönbuch spazierenging, traf sie auf Frau Nitsch. Die war mit einem jungen Mann unterwegs, lächelte Lina zu und begrüßte sie im Vorübergehen.

So ein Zufall, dachte Andrea, und bog mit Tobias vom Hauptweg ab. Sie gingen auf Trampelpfaden durchs Gebüsch, und als sie an eine Lichtung kamen, fand Andrea das hellgrüne Gras so verlockend, daß sie sich hinlegen mußte. Sie drückte die Handflächen auf den Boden und stellte sich vor, sie könne damit den Puls der Erde spüren. Tobias ließ sich neben ihr nieder, nicht zu nah. Der Himmel war bedeckt, aber die Wärme der Sonne drang sanft durch die Wolkendecke. Sie sogen sich voll damit. Als wären sie zwei Früchte, die in der Sonne reiften.
Später kamen sie an ein Brombeergestrüpp, das voll mit dicken, schwarzen Beeren hing. Sie pflückten und mampften, bis ihnen der Saft aus den Mundwinkeln troff. Andrea legte sich eine besonders schöne Brombeere auf die Hand und schaute sie an. „Weißt du, an was mich die erinnert?" fragte sie. Tobias schüttelte den Kopf. „An die Atom- oder Molekularmodelle, die sie mir in der Schule, ich weiß nicht mehr ob in Physik oder in Chemie, vorgeführt haben. Sehen diese Dinger eigentlich wirklich so aus?" „Ein Modell und als solches mit Mängeln behaftet", sagte Tobias und grinste. „So ein Atom ist ja nichts Festes wie eine Brombeerfrucht, sondern ein weiter Raum, in dem extrem kleine Teilchen, Elektronen, um einen Kern herumwirbeln. Sie sind rasend schnell, aber ohne Masse."
Andrea seufzte. „Und wie sehen diese Elektronen aus?" „Man kann sie nicht einfach so fassen und angucken. Je nach Art der Beobachtung erscheinen sie als Welle oder Teilchen. Die Vorgänge innerhalb der Mikrophysik entziehen sich unserer Vorstellungskraft. Es sei denn ... aber man kann sie berechnen." „Berechnen!" Andrea stöhnte. „Warum befaßt du dich nicht mit etwas Anschaulichem innerhalb der Physik? Ich würde einen Teilbereich bevorzugen, wo es kracht und bumst, wo etwas los ist, wo die Sinne angesprochen sind!" „Bei den Physikstudenten gibt es immer solche, die sich mehr zu den Experimenten, und solche, die sich mehr zur Mathematik hingezogen fühlen."
Sie fanden eine Stelle mit noch dickeren Brombeeren, und als sie satt waren, zog Tobias eine Plastiktüte aus seinem Rucksack. Und sie füllten die Tüte.

Andrea war froh, daß die ganze Wohngemeinschaft ausgeflogen war, als sie zwei Stunden später bei ihr zuhause ankamen. Sie schlüpften mit ihrer Beute in die winzige Küche. Tobias holte die Plastiktüte aus dem Rucksack, und sie guckten hinein: Ein breiiger roter Klumpen. „Laß uns Saft daraus machen!" schlug Tobias vor, ohne die Miene zu verziehen. Und als Andrea die Stirn runzelte, fügte er hinzu: „Nimm es als physikalisches Experiment!“ Das klang verlockend. Zum WG-Haushalt hatte einmal eine Flotte Lotte gehört. Sie suchte danach in den Tiefen des Küchenschranks und fand allerlei ineinander verkeilte Kurbeln und scheppernde Einzelteile, die irgendwie nach Mixer, Schaumschläger und Schnipsler aussahen.

Tobias hatte Freude an der Technik und versuchte, Metallringe, Haken und Scheibchen aneinanderzufügen. Er entwirrte ein Kabel und zog eine kleine vorsintflutliche Küchenmaschine hervor – sie war mit einem Klebstreifen umgürtet, damit ihr der Elektromotor nicht aus dem Bauch hüpfen konnte. Tobias koppelte sie mit einer kringelig gebogenen Metallstange. Kaum hatte Andrea die zerdatschten Beeren notdürftig verlesen und in einen Topf gegeben, da steckte er die gekringelte Stange in die Beeren und drückte auf den Knopf – es summte: und die Fruchtfetzen flogen in hohem Bogen durch die Küche. – Andrea lachte los, denn Tobias machte ein wunderbar verdattertes Gesicht, und bevor er ausschalten konnte, hatte der Quirl schon eine wilde, rote Spur quer durch die Küche gespritzt. „Jetzt kann ich mir die Vorgänge im Innern eines Atoms viel besser vorstellen!“ sagte Andrea. Tobias verzog das Gesicht und brach ebenfalls in schallendes Gelächter aus.

Sein Lachen war tief und wiehernd, es klang nach Lust und Schmerz und Hingabe. Er bog sich nach vorne und hinten, und Andrea mußte sich am Türrahmen halten: „Bei den Physikstudenten gibt es immer solche, die mehr für Experimente und solche, die mehr für die Mathematik geeignet sind“, keuchte sie. „Spotte nicht!“ erwiderte er. „Schließlich habe ich gerade eine Erfindung gemacht! Das Beerenkarussell!“ Er nahm noch immer glucksend einen Lappen und begann, die Schleuderspur wegzuwischen.

„Und ich dachte, es sei ein geflochtenes Rührgerät!“ kicherte Andrea. „Das verwechselst du! Das gehört doch zur Bierproduktion!“ „Beim Heiligen Gambrinus! Ja, ich weiß.“

Nachdem sie geputzt hatten, befand Tobias: „Kochen und durch ein feines Sieb geben.“ Er machte die Herdplatte an. Und während die Beeren heiß wurden; baute er eine neue Vorrichtung: In Andreas Zimmer drehte er einen Stuhl um, stellte eine Schüssel darauf und band ein Tuch an seine vier Füße. Gemeinsam ließen sie dann die heiße rote Masse hineinrutschen – und plumps ergab sich ein prall gefüllter Sack, eine riesige Frauenbrust, aus der der Saft floß ... tropfte ... tröpfelte ... Es tröpfelte die ganze Nacht in langsam erlahmendem Tempo.

„Nicht ohne mich probieren!“ verlangte Tobias, als er Andrea am Morgen verließ.

Und er kam am Abend wieder. Andrea hatte Strohhalme gefunden und spritzte Zitrone in den Saft. Sie schob den umgedrehten Stuhl mit den Beerenresten zur Seite und öffnete die Fensterflügel weit. Sie setzten sich direkt ins Abendlicht und schöpften den Saft mit einer Kelle in die Gläser und stießen an.
Der Saft roch nach ... früher. Es kostete Andrea eine winzige Überwindung, den Halm in das Glas zu stecken. Es war wie der kleine Schmerz und die große Lust, wenn die sonnengewärmten Beine ins kalte Wasser stiegen ... Die Wellen schwappen in der Plastikwanne, der Po berührt das Wasser, dann geht er auf den Grund ... Sie sog den Saft ein, er schmeckte nach Sommer und Garten, er schmeckte nach Kindheit:

Sonnensprenkel fallen durchs Haselnußlaub herunter auf den Rasen, sie tanzen auf dem Wasser, hüpfen ihr auf die Arme und über die Streifen ihres Badanzugs. Und ein Pferdeschwanz aus Wasser spritzt aus der kleinen Gießkanne, es schimmert wie im Regenbogen. Schritte auf dem Gartenweg. Da kommt eine Frau, sie hat einen Gartenschlauch bei sich und legt sein eines Ende in Andreas Wanne. Der Schlauch hat vorne eine Plastikschnute und zuckt, als suche er etwas – er reißt ein Stück Wasserspiegel weg und beginnt zu glucksen – Andrea erschrickt. Ihr wird das Wasser abgesaugt! Schon sinkt der Wasserspiegel und legt ihren gestreiften Kinderbauch frei. Der Schlauch macht ein häßliches Schmatzgeräusch. Andrea findet ihn widerlich und versucht, ihn mit dem Fuß rauszuschmeißen, aber er plumpst immer wieder zurück und läßt sich nicht beirren. Er grunzt und röhrt und zieht ihr das Wasser weg. Andrea fröstelt und klammert sich am Wannenrand fest.
Das Sauggeräusch rupft ihr in den Ohren, alles tut ihr weh. Es scheint ihr, die Wanne sei ihr wunder, offengelegter Bauch und die Gliedmaßen ihre Eingeweide. Die sind dünnhäutig und zart und schwimmen im eigenen Saft. Die Plastikschnute des Gartenschlauchs nähert sich schlürfend und wird sie gleich verletzen! Andrea will schreien, da sieht sie direkt vor sich das runde, grinsende Frauengesicht: Andrea kneift Mund und Augen zusammen, zieht schnell Arme und Beine an. Sie erstarrt, macht ihre Glieder hart wie Stein. Der gierige Schlauch soll daran abrutschen. Aber er saugt noch immer: er schlürft geräuschvoll das letzte Wasser aus ihren Zehen, schluckt die Lache zwischen ihren Beinen weg und nimmt dem Badanzug die letzte Feuchtigkeit.

Und giert noch immer nach mehr! Wehe, wenn er sie hinter der steinernen Haut noch spürt! Andrea drückt sich jetzt flach an die Wannenwand und versucht, die blaßgelbe Farbe der Plastikwanne anzunehmen, sie atmet kaum. Aber der Schlauch kommt und zapft sie an. Das Frauengesicht ist dick wie ein Sack, hat den Schlauch im Mund und saugt. Andrea ringt nach Luft, will schreien ...

Tobias Arnold konnte Andrea gerade noch halten, fast wäre sie von dem Stuhl gefallen, mit dem sie sich halb kippend zwischen Tisch und Wand geklemmt hatte. „Was ist los?“ fragte er, als er sie am Boden im Arm hielt.
Sie zuckte mit dem Kopf und japste. Tobias verstand überhaupt nichts. Sie öffnete kurz die Augen, schaute ihn merkwürdig an und verzog das Gesicht. „Tut dir was weh?“
Andrea keuchte und gab ein paar unverständliche Laute von sich. Er wollte sie streicheln, aber sie wehrte ihn unwillig ab und drehte sich auf den Boden. Er fühlte sich hilflos. Was hatte sie gegen ihn?
„Soll ich einen Sanka holen?“ fragte er schließlich Sie schüttelte den Kopf und stöhnte. „Kannst du mir jetzt bitte sagen, was du eigentlich hast!“ Andrea atmete etwas ruhiger und rappelte sich soweit auf, daß sie den Rücken an die Bettkante lehnen konnte. Mit halb zugekniffenen Augen schaute sie im Zimmer umher. „Tu bitte diesen Sack weg!“ sagte sie schließlich und zeigte auf die Saftpressenkonstruktion, für die sie ihn tags zuvor so gelobt hatte.

21

Tobias selbst hatte zwar keinerlei Beschwerden, aber er brachte den Rest des selbtgebrauten Saftes einem Pharmaziestudenten aus seinem Wohnheim und bat ihn um eine Analyse. Der fand keine bedenklichen Stoffe in dem Saft. – Frauen waren irgendwie schwierig, fand Tobias. Denn auch Tage nach dem merkwürdigen Schwächeanfall wollte Andrea keine klare Auskunft darüber geben, was da mit ihr los gewesen war. Das nervte ihn einfach. Vielleicht war es irgendwas mit den Hormonen.

Prompt hatte er auch noch Ärger mit seinem Computer, der führte seine Befehle nicht mehr aus. Tobias saß vor dem Bildschirm und versuchte es mit allen erdenklichen Tricks und dann – stürzte auch noch das Programm ab. Er hätte heulen können! Wenn jetzt die ganze Arbeit weg war? Aber der Computer mußte ihn verstehen! Dazu war er da! Die nächsten Tage widmete er sich ihm fast ausschließlich. Er ließ alle Kurse und Verabredungen saußen und saß nur noch vor ihm. Er gab sich große Mühe mit ihm, fütterte ihn häppchenweise mit Daten und wartete geduldig, bis er sie verschafft hatte. Er schaute ihm aufmerksam in den Monitor. Nur zum Schlafen ging er heim. – Es war viel Arbeit, aber es ging: Am Abend des dritten Tages hatte der Computer ihn verstanden, das Programm war neu installiert. Tobias war froh – und ihm schwirrten die Zahlen vor den Augen. Er verließ das Institut und schwang sich auf sein Fahrrad.

Nach Hause fahren? Zu Andrea fahren? Aber heute war Mittwoch, da konnte sie nicht. Warum eigentlich nicht? Manchmal hatte sie so ein komisches Geheimnisgetue. So wie neulich, als sie diesen seltsamen Sauerkrauttopf vor ihm versteckte. – Und während er so herumdachte, radelte das Fahrrad, auf dem Tobias saß, auf den Berg, auf dem Andrea wohnte. Er sah das Haus, in dem sie wohnte, er wußte, daß sie Mittwoch abends nicht da

war, und radelte weiter. Die Straße endete in einer Sackgasse, er mußte umdrehen und näherte sich wieder dem Haus. Er war vielleicht noch dreißig Meter davon entfernt, da sah er jemanden aus der Haustür heraustreten. Es war Andrea.
Und plötzlich interessierte ihn nur noch eines: „Was hat sie vor?" Er fuhr ihr langsam nach. So daß sie ihn nicht sehen konnte. Als sie die Staffeln nahm, fuhr er den Bogen der Straße aus und wartete hinter einem parkenden Kleinbus. Er sah, wie sie vorbeiging, weitere Staffeln hinunterstieg und unten um das Eckhaus bog. Mit einem Schlag fühlte er sich mies. Er war doch kein Spion! Er trat in die Pedale und radelte hinunter. Unten stand Andrea an der Ampel: „Hallo Andrea!" rief er kurz und winkte im Vorbeifahren.

„Hei, Tobias!" Andrea Nitsch war verblüfft, plötzlich ihren Freund vorbeiradeln zu sehen. Gestern hatte er sie versetzt.

Andrea war gerade auf dem Weg zur nächsten Tunksitzung. Wieder trafen sie sich um sechs Uhr beim Erinnerungsverein, und die Art, wie sie sich schweigend begrüßten, war von einer speziellen Vertrautheit. Aber als Frau Körnermann am Pumpensumpf fragte, wer heute tunken wolle, meldete sich niemand. Andrea senkte den Kopf. Das Zögern war ihr unangenehm.
Da ging laut und schwungvoll die Kellertüre auf, alle blickten sich um: eine kleine Frau mit kurzen Haaren kam forschen Schritts auf die Gruppe zu. „Darf ich?" fragte sie, als sie am Pumpensumpf stand. „Ja bitte!" meinte Frau Körnermann. „Ja!" sagten die anderen. Da hockte sich die Frau direkt an den Rand des Schachts und zog ein weinrotes Buch unter ihrer Achsel hervor. Sie strich mit der Hand über das Buch und sprach:
„Es hat mein Lieblingsformat, DIN A4; meine Finger freuen sich, wenn sie den gewebten Einband spüren. Es gibt noch mehr solche Bücher, auch solche mit glattem Einband, der sich beim Darüberstreichen eher kühl anfühlt. Blaue Bücher, grüne Bücher, Bücher in den gedämpften Rottönen, die mir besonders gefallen." Sie faßte mit der Hand ins Wasser. Bedächtig benetzte sie damit den Einband des Buches. Frau Körnermann reichte ihr ein Stück dunkelblauen Faden, und die Frau legte ihn in das Buch wie ein Lesezeichen. Links und rechts zog sie die beiden Schnurenden heraus, und ließ das hängende Buch hinunter, bis es die Wasseroberfläche berührte und sprach: „Das Buch öffnet langsam seine Blätter. Ha! Jetzt saugen sich die Seiten voll mit ..."
„Mit was?" fragte Frau Körnermann.

„... mit dem Saft! Mit dem unterirdischen Saft! Ohne ihn taugen die Texte nichts! Ich habe die Bücher vollgeschrieben stunden-, wochen-, monatelang. Ich fülle Bücher und Kladden. Jedes weiße Papier scheint dazu da zu sein, daß ich es mit meiner Bleistiftspur bedecke. Links von mir auf dem Arbeitstisch steht der Computer, dem gebe ich das Handgeschriebene zu fressen. Ohne zu murren, schluckt er alles und brummt.
Ich denke an den Mann, der Tag für Tag in den Keller hinunterstieg, während draußen der Sommer lachte. ‚Ich baue', sagte er und schleppte Zementsäcke hinunter. Er brachte riesige Mengen von Ziegeln und Backsteinen daher und ließ sie portiönchenweise die lange Kellertreppe hinunterrutschen. Er formte Gebilde aus Ton, ließ sie brennen und brachte auch sie in den Keller. ‚Eines Tages wirst du es verstehen', sagte er. Und ich wartete. Wartete, daß er mich an der Hand nehmen würde, um mit mir hinunterzugehen und mir alles zu erklären. Wartete, daß er seine Freunde einladen würde, um ihnen seine unterirdischen Werke vorzustellen. – Ich wartete.
‚Man muß etwas darüber schreiben', sagte er eines Tages, ‚sonst glaubt niemand, daß es diesen Keller wirklich gibt. Sonst meinen die Leute, er sei nur ein Versehen.' Das war eine Aufforderung. Und ich schrieb ohne die Erklärung bekommen zu haben, schrieb, was mir selber einfiel, was sein könnte.
Ich fülle die Seiten, erfinde Figuren, schicke sie in den Keller, jage sie aufeinander, lasse sie sich mögen, sich nicht mögen, bis ich mich hoffnungslos in meinen Ideen und in ihrem Beziehungsgeflecht verlaufen habe.
Dann schaue ich auf, schaue durch das Fenster nach unten auf die Straßenecke. Ich sehe den Eingang und das Schaufenster des kleinen Lebensmittelladens. Die Menschen kommen und gehen, denn in dem Laden gibt es nicht nur Gemüse und Milch und Suppenwürfel, sondern auch Hallo und Unterhaltung. Oft werden die Gespräche, die im Laden begannen, auf der Straße weitergeführt. Man kann Butter und Rosinen verkaufen. Und wie kam *ich* darauf, über Keller zu schreiben? Und wie kam der Mann darauf, Nischen in den Keller zu bauen? ‚Ich will darin merkwürdige Dinge aufbewahren', sagte er einmal, als wir zusammensaßen, ‚selbstgemachte und gefundene.'
Was für eine abstruse Idee, denke ich, verwirrt zwischen vollgeschriebenen Seiten sitzend, und schaue wieder durch das Fenster. Ich sehe das Ehepaar vom Lebensmittelladen, er schleppt Apfelkisten, sie steht an der Kasse. Was sie anbieten, wird gebraucht, wird gegessen, getrunken. – Sprudel, Bier und Saft. Saft!

Der unterirdische Saft tränkt meine Seiten. Ich schreibe die Geschichten und wünsche mir, daß sie als Nahrung taugen."

Die Frau zog ihr tropfendes Buch wieder hoch, verstummte und schaute in die Runde. „Ja, wären wir dann die Esser oder die Kartoffeln?" fragte die gutriechende Frau. „Eigentlich beides!" sagte die Frau am Schacht und mußte lachen. „Wenn Sie es erlauben", fügte sie hinzu. „Gerne!" sagte Frau Körnermann, und die anderen nickten. „Okay, okay! Und vielen Dank!" Die Frau drückte das weinrote Buch an sich, sprang freudig auf – und schon war die Kellertüre knallend hinter ihr zugefallen.

„Hat's die aber eilig!" kicherte jemand. Und der Mann mit dem Gartentörchen über der Nase meinte: „In dem, was die Frau erzählt hat, vermisse ich ... die Ordnung." „Möchte jemand noch etwas hinzufügen?" fragte Frau Körnermann nach einer Weile. „Ja, ich!" sagte eine Frau und streckte kokett den Finger hoch. Sie war klein und beweglich und hatte eine merkwürdige Frisur. Nur ihr faltiges Gesicht verriet, daß sie älter sein mußte als die anderen. Sie hatte lebhaft flackernde braune Augen.
Da die anderen ihr zunickten und – endlich – Platz nahmen, ging sie rasch zu ihrem Fach und holte etwas sehr Kleines heraus, das sie, wie um es zu beschützen, in ihren Händen barg. Als sie am Schacht stand, öffnete sie die Hände; Andrea sah etwas Flaumiges und meinte zuerst, es sei ein Küken, aber es war der Schwanz eines Hasen. Die Frau mit den flackernden Augen knüpfte es fix an Frau Körnermanns Faden. Dann streckte sie ihren Arm aus und während sie sich langsam auf den Boden hockte, ließ sie das neckisch baumelnde Ding ins Wasser gleiten. Es schwamm.
„Dieses Hasenschwänzchen erinnert mich an ..." „An was?" fragte die Körnermann.

„Es erinnert mich an die Besuche, die ich nach dem Krieg als Kind mit meinen Eltern in der Tübinger Altstadt gemacht habe. Wir gingen da regelmäßig zu einer Kriegerwitwe namens Maas, der sich meine Eltern verbunden fühlten. An Frau Maas selbst erinnere ich mich kaum noch, aber an das Haus: ein schmales, spitzgiebeliges Fachwerkhaus, so schief, daß es eigentlich hätte umkippen müssen – wäre nicht ein anderes ebenso schiefes Haus daneben gestanden, an das es sich schmiegte.
Nachdem ich viele Jahre weit weg und unterwegs war, zog ich vor ein paar Jahren hierher nach Tübingen. Und immer, wenn

ich in die Altstadt komme, suche ich innerlich das Haus der Frau Maas. Ich meine, es müßte hinter dem Rathaus gewesen sein, aber ich kann es nicht mehr finden. Es ist wie vom Erdboden verschwunden.
Einmal war der Nachbarjunge bei Frau Maas, als wir sie besuchten. Er war vielleicht vierzehn und wurde aufgefordert, mir seine Hasen zu zeigen. Von der Straße aus öffnete er ein großes Tor, das zu meiner Verwunderung weder in einen Flur noch in einen Stall führte – sondern in einen tiefen Keller! Ängstlich folgte ich dem Buben eine breite Treppe hinab in einen riesigen Gewölbekeller. Unter spärlichem Licht, in engen Kojen hockten mehrere Dutzend verschüchterte Hasen. Sie dauerten mich, sie schienen zu frieren. Ich half, sie zu füttern: es gab helle und dunkle, kurzohrige und langohrige. Und Hasen mit langen weißen Haaren und rotfunkelnden Augen – solche hatte ich noch nie gesehen. ‚Angorahasen!' sagte der Junge stolz. ‚Ihre Wolle gibt 1A Unterwäsche, die trugen im Krieg die deutschen Piloten!' fügte er hinzu und nickte mit seinem eckigen Schädel. Er sprach von der Zukunft der Angorawolle. Er werde eine Maschine entwickeln, mit der sich die Angorawolle besser verspinnen lasse. Wenn sich die Vorteile dieser Wolle erst herumgesprochen hätten, werde er damit sehr viel Geld verdienen. Das wüßte er sicher.
Ich beobachtete die Hasen und guckte ihnen in die Augen. Ein Geheimnis schien ihnen anzuhaften. Die weißen waren vielleicht verwunschene Feen? – Ich schaute sie lange an und fragte sie schweigend nach ihrem Schicksal. Der Junge prahlte weiter, er wolle Erfinder oder Textilfabrikant werden. ‚Dürfen sie kein Licht sehen?' fragte ich. ‚Doch', sagte der Junge und stieg die steile Treppe wieder hoch, um geräuschvoll das große zweiflügelige Kellertor zu öffnen: da floß eine freundliche Flut von Licht und Wärme in den Keller, die Hasen regten sich, begannen zu wispern und zu schrappen. Ich stand da, war geblendet und überrascht. Der Junge schwieg. Ich horchte auf das leise Gickern der Hasen. Von was erzählten sie? Ich hätte sie so gerne verstanden!
Ich lauschte. Sie scharrten. Sie scharrten nach dem, was verschüttet war. Ja, ich verstand: Es war wunderbar, Löcher zu buddeln und krümelige Erde nach hinten zu spritzen! Mit der Nase hineinzuschnuppern. Sie gluckten: es war wie das Knacken von Zweigen, wie das Rascheln im Gebüsch, sie erzählten vom fasrigen Gras, vom schimmernden Licht im Laub, vom Versteck in der Kuhle. Vom Lehmgeruch der Erde, von den frischen, hell-

grünen Blättern, die sie einem üppig entgegenstreckt. Die tätscheln einem feucht die Nase und knacken, wenn man hineinbeißt. Beim Kauen entfalten sie ihren zarten, bitteren und scharfen Geschmack. Zu würzigem Brei zermalmt rutschen sie köstlich die Kehle hinunter. Erfreuen den Bauch, den Leib, die Beine. Die vier kraftvollen Beine! Sie hüpfen los in freudigen Sätzen, durchs Gestrüpp, durch den Wald, über abgeerntete Felder. Ein Vergnügen! Das Herz rast, die Beine rasen: hinauf und hinunter, kreuz und quer über hügelige Wiesen. Wild sein! Hopsen! Die Erde ist da, damit wir auf ihr herumspringen!
‚Was ist los? Träumst du?' rief jemand. Das Tor knarrte, der Lichtschein wurde schwächer, und ich fand mich allein in dem düsteren Gewölbekeller wieder. Der Junge stand schon auf der Treppe und wartete. Die Hasen waren verstummt. Schade. Zum Abschied schenkte der Junge mir diesen wuscheligen Bobbel, das Hasenschwänzchen.
Und meine Eltern haben sogar einmal Angorawolle gekauft – ungesponnen. Wir versuchten, sie zu verspinnen. Aber das war furchtbar mühsam, die Haare waren so fein und dünn, flutschten uns durch die Finger und flogen im Zimmer umher. Ich erinnere mich auch an eine braune Felldecke, die meine Mutter in mühsamer Arbeit aus allerlei Hasenfellen zusammengenäht hatte. Ob sie von den Kellerhasen stammten? Die Decke sah schön aus und fühlte sich wunderbar an. Aber wer immer sich nachts damit zudeckte, erwachte nach kurzer Zeit an einem furchtbaren Hustenreiz. Man konnte unter ihr keine Ruhe finden.
Den Nachbarjungen habe ich nie mehr wiedergesehen. Irgendwann erzählte Frau Maas, die Hasen seien alle an Schnupfen eingegangen, und der Plan mit der Seidenhasenzucht sei gescheitert. Auch sind wir später nach Stuttgart gezogen, und der Kontakt verlor sich.
Daß mich das Schwänzchen so lange begleitet hat, wundert mich selbst – und jetzt, wo ich das erzähle, mutet mich der Gewölbekeller wie der Hasenstall von damals an ..."

Die Frau mit den flackernden Augen zog das triefende Schwänzchen heraus und drückte es kräftig. „Danke!" sagte sie und zupfte daran, um es wieder in Form zu bringen. Links und rechts hatte sie die Beine angewinkelt wie ein hockendes Tier. Plötzlich drückte sie sich mit den Händen vom Boden ab und sprang mit einem Satz auf und zu ihrer Nische, wo sie das Erinnerungsstück verstaute.

Auch Frau Körnermann schnellte in die Höhe, daß ihr Klappstuhl fast umfiel: “Wir treffen uns wieder!“ rief sie freudig.
Und auf dem Nachhauseweg versuchte sich Andrea die flackernden Augen der Hasenfreundin einzuprägen. Sie machten ihr Mut.

22

In einem Aufsatz über Aufklärung und Romantik war Andrea auf einen Gedanken gestoßen, den sie aufregend fand, deshalb stellte sie ihn den Kommilitoninnen von der Lerngruppe dar: „Für die Aufklärung ist Gott keine Größe mehr, sie entdeckt das Prinzip L'art pour l'art und baut Tempel für die Kunst. Soweit ist die Sache bekannt. Aber hier stellt ein Autor auch noch den Zusammenhang zum Geld dar und meint, der ursprüngliche Sinn des Geldes, den Warentausch zu vereinfachen, wäre gerade im Zuge der Aufklärung in Vergessenheit geraten – zugunsten einer Einstellung, die im Geld etwas Absolutes sieht, sozusagen L'argent pour l'argent. Wie findet ihr das?" „Meinst du, daß der Meier danach fragt?" „Kannst du das bitte in einen markanten Satz bringen, damit ich es gut für die Prüfung lernen kann!" Andrea verstummte. Und fluchte innerlich auf die Kommilitoninnen, die offenbar in ihrer selbstverschuldeten Unmündigkeit bleiben wollten.

Als am Abend Tobias zu ihr kam, wollte sie wenigstens mit ihm darüber diskutieren, was es mit der Überbewertung des Geldes seit zweihundert Jahren auf sich hatte. Er ließ sich alles über Aufklärung und Wandel der Geldfunktion berichten und guckte wie ein Auto, als sie zum springenden Punkt kam.
„Was ist mit dir?" fragte Andrea, „Ich merke genau, daß du an was anderes denkst!" „Ja, es stimmt, aber du verstehst es wahrscheinlich nicht! Stichwort Lorentz-Transformation. – Es betrifft meine Arbeit. Gestern war ich sehr vergnügt, weil ich endlich die Misere mit dem abgestürzten Programm in den Griff bekommen hatte. Da hätte ich mich gern mit dir getroffen. Und heute habe ich gemerkt, daß der eine Fehler, den ich meinte, vor zwei Wochen ausgemerzt zu haben, immer noch in meiner Arbeit steckt – aber heute ..."

Aber heute war er ja mit seiner Freundin verabredet, dachte Tobias Arnold weiter, die gestern keine Zeit hatte. Gestern, wo es ihm gepaßt hätte. Er dachte an Weiß, den beeindruckenden Physikprofessor, der jahrelang zäh an seinen Interferenzstreifen experimentiert hatte: Wenn Sie es als Wissenschaftler zu etwas bringen wollen, müssen Sie Ihr ganzes Leben darauf einrichten. – Damit war gemeint: auch das Privatleben, also keine Frau oder eine Frau, die den Vorrang der Wissenschaft akzeptiert. Tobias versuchte, sich die Frau vorzustellen, mit der der Weiß verheiratet war, – er fand sie gar nicht anziehend.
Eine Frau, die sich über Aufklärung aufregte, eine Frau wie Andrea würde zu so einem Forscherleben vermutlich nicht passen. – Sie schaute ihn noch immer fragend an.
„Meine Ergebnisse stimmen nicht mit denen in der Literatur überein," brummte er mißmutig, „aber ich kann den Fehler absolut nicht finden!" „Ja, möchtest du lieber weiterrechnen?" Andreas Frage klang sachlich.
„Ach was, ich hab' mich sowieso verrannt! Ich könnte mit dem Kopf durch den Bildschirm knallen!" sagte er kleinlaut.
Er schwieg und guckte vor sich auf Andreas Schreibtisch. Dort lagen allerlei Papiere. Auf einem Prospekt las er in fetter Schrift ‚Kreativität und Frustbewältigung'. „Das wär's vielleicht!" sagte er halblaut und zog das Heftchen zu sich. Das Fettgedruckte war der Titel eines Wochenendkurses. Aber 200 DM? Ihm fiel der Umschlag ein, den ihm Onkel Heinz zum Geburtstag geschickt hatte. Zwei blaue Scheine. „Nicht für Miete oder Mensamarken! Gönn' Dir was Feines!" hatte er dazu geschrieben.

Andrea guckte ihn von der Seite an, fast etwas zu besorgt. „Ist so ein Kurs etwas Feines?" fragte er sie. „Etwas sehr Feines!" sagte sie, „Vor allem für Leute, die zu viel Berechnungen gemacht haben und keine anderen Gedanken mehr ertragen können", fügte sie leise hinzu und gab ihm einen Nasenstüber. Kurz darauf hatte sie den Telefonhörer in der Hand und meldete ihn an. Manchmal war sie wirklich schnell.

Am Samstagmorgen überlegte Tobias, ob er hingehen sollte. Zu einem Kurs, der eigentlich für Lehrer und Sozialpädagogen gedacht war? Er lümmelte auf seinem Bett, nebenan ließ sein Zimmernachbar zum hundertsten Mal den selben Song laufen. Tobias guckte mißmutig an die Decke seines kleinen Zimmers. Die Ecken waren grau und schmuddelig. Sie zu säubern, wäre sicher mühsam. Mühsam wäre es auch, Andrea zu erklären, warum man doch nicht zu diesem Kurs ging. – Und das Institut war zu. Wenn er an seine Arbeit gewollt hätte, hätte er sich früher darum kümmern müssen. Also machte er sich auf den Weg zur Kreativität. Der Kurs fand im Hinterhaus eines ehemaligen Fabrikgebäudes statt. Handgeschriebene Schilder lenkten Tobias eine schmale Treppe hinauf. Er öffnete vorsichtig eine Tür, und ein süßsaurer Geruch nach Gummimatten und verschwitzten Turnschuhen schlug ihm entgegen. Zögernd trat er in einen großen kahlen Raum.

Auf dem gelben Dielenboden saßen drei Frauen und unterhielten sich lebhaft. Zwei andere reckten munter ihre buntbehosten Beine und waren mit etwas befaßt, das wie gymnastische Übungen aussah. Als sie ihn bemerkten, hielten sie inne und begrüßten ihn mit freundlichem Hallo. Ein stämmiger Mann mit Vollbart trat aus einem Nebenraum, gab Tobias die Hand: „Guten Tag, ich heiße Wolfgang!" und zeigte ihm die Garderobe. Es war der Kursleiter, er mochte vielleicht fünfzig sein und war Tobias spontan sympathisch. Tobias spähte zur Tür, während er sich umzog, und war froh, daß nach mehreren Frauen auch noch ein Mann eintrat.

Als alle versammelt waren, forderte Wolfgang sie auf, quer durch den Raum zu gehen. Durcheinander, schneller, langsamer. Als Riesen, als Zwerge. „Was machst du da eigentlich für ein seltsames Gehampel?" fragte sich Tobias und begann auf Wolfgangs Geheiß mit den Armen zu flattern. – Der ließ sie auch vor einem Löwen davon- und einem Zug hinterherrennen und als lodernde Flammen umherzüngeln. Zum Glück waren die Vorhänge geschlossen. Endlich sollten sie als schmelzendes Wachs zu Boden gehen. Das fiel Tobias leicht, denn er troff vor Schweiß.

Es folgten Entspannungsübungen. Er wurde schwer und schlief fast, als ihn von fern eine Männerstimme aufforderte, die Augen geschlossen zu halten und mit den Fingerspitzen den Boden zu betasten. „Wenn die Finger die Ebene erforscht haben, werden wir sie auf eine Exkursion in ein Bergmassiv namens Kopf schicken", sagte Wolfgang. Tobias ließ die Finger anrücken und mußte fast lachen über die merkwürdigen knorpeligen Gebilde links und rechts an seinem Schädel, Eingänge zu Höhlen, die in die Tiefe führten, aber die Finger waren zu dick, um hineinzukriechen. Sie kletterten links und rechts an den haarigen Steilwänden hoch und gelangten auf eine breite Hochebene, dann stiegen sie über eine kleine Hecke und wunderten sich über zwei Höhlen, in denen, von weichem Stoff bedeckt, zwei bewegliche Kugeln lagen. Jetzt wollten die Finger über einen Grat auf den spitzen Berg in der Mitte steigen, aber sie hatten nicht alle Platz darauf. Auch wirkte der Gipfel etwas nachgiebig, wackelig. Die Finger rutschten den Buckel hinunter, und es kitzelte, als sie an zwei dicht beieinanderliegende Löcher gerieten. Unterhalb davon wuchs dichtes Gestrüpp, die Fingerkuppen streiften an seinem Rand entlang. Tobias spürte gleichzeitig das borstige Barthaar und die weiche Haut der Backen und stellte erfreut fest, daß beides er selbst war. Merkwürdig, dieser Bewuchs im Gesicht. Wozu? Brauen und Wimpern schützten die Augen. Schützte der Bart den Mund? Wenn ja, vor was? Tobias lachte.

Später folgten Gruppenübungen und Malereien auf Packpapier. Die Teilnehmer experimentierten mit Geräuschen und unterhielten sich in einer frisch erfundenen Sprache. Nach einem merkwürdigen Tanz lagen sie wieder wildschnaufend auf dem Rücken – Ruhe. Und als sie sich aufrichteten, war in ihrer Mitte ein umgedrehtes Rhabarberblatt, das irgend etwas verdeckte. „Wir werden gleich auf ein kleines Wesen treffen, schaut es euch bitte an und laßt eure Einfälle dazu kommen!“ sagte Wolfgang „Vielleicht gibt es eine Geschichte.“ Eine Kursteilnehmerin hob schwungvoll das Rhabarberblatt hoch.
Eine hockende Figur aus blassem Ton kam zum Vorschein. Durch ihre Ohren führte ein Stück abgeschnittener Gartenschlauch. Sie gingen um die Figur herum und beguckten sie von allen Selten. Obwohl sie sorgsam ausgeformt war, sah sie schlapp aus, kraftlos. Die Ärmchen und Beinchen waren sehr dünn. Und von hinten wirkte sie wie ein hockendes Tier. Vorne irritierte der unsagbar blöde Gesichtsausdruck.
Tobias assoziierte, wie ihm geheißen war. Wegen des Schlauchs und der kauernden Haltung mußte er an Hähnchen am Spieß denken. Oder vielleicht würden Menschen so dahocken, wenn man sie züchten und in Konserven stopfen würde? – Diesen Einfall fand Tobias widerlich. Er versuchte, woanders hinzudenken: Diese Figur hatte zwar nicht die Proportionen, aber doch ungefähr die Größe eines Neugeborenen. Tobias erschrak. Schon wieder etwas Unangenehmes: Andrea und er waren neulich leichtsinnig gewesen, und nun wartete sie seit Tagen auf ihre Periode.

Wer will seine Assoziationen erzählen?“ fragte Wolfgang und schaute im Kreis herum. Zum Glück meldete sich eine eifrige Frau und legte los:

„Die ersten Menschen waren sehr ungeformt und noch nicht gut auf die Erde eingestellt, als sie hier herkamen. Sie hatten nir-

gends ein Loch in ihrem Körper, und ihre Köpfe waren einfach nur Kugeln. Aber sie spürten eine Sehnsucht in sich. Da hatte die Luft Mitleid mit Ihnen, und blies jedem von ihnen vorne in den Kopf zwei Löcher hinein und wehte ihnen in die Brust, und seitdem atmen die Menschen ein und aus und sind mit der Luft verbunden.
Aber nach einer Weile war wieder Sehnsucht in den Menschen. Da hatte das Wasser Mitleid mit ihnen und wusch jedem von ihnen ein Loch in den Kopf und von da aus eine Höhle in den Bauch; und die Menschen lernten trinken. Und das Wasser spülte eine kleine Öffnung in die Menschenunterseite, so kann also jeder Mensch nach dem Trinken wieder Wasser in die Erde zurückfließen lassen. Und wir sind mit dem Wasser verbunden.
Nach einiger Zeit war abermals eine Sehnsucht in den Menschen. Da hatten die Pflanzen und Tiere Mitleid mit ihnen, wuchsen den Menschen entgegen und schmiegten sich in die Öffnung, die das Wasser in ihre Köpfe gespült hatte, sie krochen in die Menschen hinein, und die Menschen lernten essen. Und das Gegessene formte einen langen Gang im Menschenbauch und drückte an der Menschenrückseite ein Loch, da kann es wieder herausdringen, und die Menschen können der Erde wieder etwas zurückgeben. Seitdem sind die Menschen verbunden mit der Luft, mit dem Wasser und mit den Pflanzen und Tieren. Und die Luft brachte den Menschen den Duft. Und die Erde ist rauh und glatt an ihrer Oberfläche, da können sie sie spüren. Und die Pflanzen und Tiere sind süß und bitter, und die Menschen können sie schmecken. Und der Ton formte den Menschen links und rechts an der Seite ihres Kopfes zwei Löcher, so daß sie ihn hören können. Und das Licht machte ihnen vorne am Kopf noch zwei Löcher, so daß sie es sehen können.
Aber es brennt immer noch Sehnsucht in den Menschen. Und niemand kommt, um weitere Löcher in ihrem Körper zu bilden. Und sie selbst schaffen es nicht. Da benutzen sie einfach die bereits vorhandenen Löcher und legen sich gegenseitig Leitungen in die Öffnungen. Und schicken sich Meldungen. Und wenn immer jemand eine weitere unerfüllte Sehnsucht hat, braucht er nur eine weitere Leitung anzuschließen. Das ist sehr praktisch, und das Sehnsuchtsproblem ist ein für alle mal gelöst."

Hier endete die Frau, und ein Schweigen breitete sich im Raum aus. Tobias wurde der Schneidersitz unbequem. „Allenfalls in Workshops kann man gelegentlich noch echte Spinner treffen, die sich danach sehnen, den eignen Körper zu bewegen, oder die selbst spüren wollen, wie Erde sich anfühlt", sagte eine Frau und nickte bedächtig. – Oder die mit ihrem eigenen Körper über die Landschaft fliegen wollen, statt nur mit den Fingern über ihr Gesicht, dachte Tobias. Er hatte das Bedürfnis, Wasser zu lassen, und sobald Wolfgang ein paar abschließenden Worte gesprochen hatte, ging er hinaus. Vom Klofenster aus konnte man den Himmel sehen. Wenn das Wetter gut bliebe, würden sich die Sportsfreunde morgen zum Gleitschirmfliegen treffen.

Am nächsten Morgen ging Tobias nicht zum Kreativitäts-Workshop. Aber um zwei Uhr stand er auf einem Hang am Albtrauf. Es war ein wunderbarer, warmer Sommertag, und der Himmel lockte mit seinem schönsten Blau. Die Gleitschirmfahrer rannten freudig auf der großen Wiese umher, breiteten ihre bunten Kunststoff-Flügel aus und zurrten die Leinen zurecht. Und heute war Tobias dran!
Er bekam einen Helm auf den Kopf und einen Sitz unter den Po geschnallt. Tobias wiederholte im Geiste die Grundregeln. Dann kam der Trainer, kontrollierte seinen Sitz und gab ihm das Funkgerät. Gleich würde es losgehen!
Er tat einen Schritt nach vorne, die Stoffmassen knatterten, und über ihm entfaltete sich ein gewaltiger Schirm. Der zog an seinen Armen und war jetzt ein Teil von ihm. Und sie stemmten sich gemeinsam gegen den Wind. „Lauf!" schrie der Trainer, und Tobias rannte auf die Kuppe zu, rannte und rannte, bis er keinen Boden mehr berührte ...
Er fühlte ein Flattern im Bauch, der Berghang huschte unter ihm weg: Er flog! Er flog! Zwischen seinen Füßen sah er Wälder vorbeigleiten, Felsen mit Löchern und Gestrüpp, weiter unten Obstwiesen. Winzig war das Dorf am Fuß des Hanges, das Wasserwerk, die Straßen, die Fabrikanlagen. Zum Horizont hin Ortschaften, sanfte Hügel, die zu milchigem Blau verschwammen. Er hatte den Überblick, und das alles war die wirkliche Welt, und über allem schwebte er, Tobias, mit einem herrlichen blaugelben Schirm. Er flog, er flog! Ihm war schwindlig vor Schreck und vor Glück ...

23

Als Tobias zwei Tage später mit Andrea durch die Stadt ging, fiel sein Blick auf ein anderes – ein ungleiches – Paar. Ein großer, junger Mann mit weiten Hosen und buntem T-Shirt führte eine wacklige, alte Frau, die unsicher blinzelte. Der Mann war etwas jünger als Tobias, hatte eine Sonnenbrille im Gesicht und einen Walkman auf den Ohren.
Andrea schienen die beiden auch aufzufallen, denn sie verlangsamten ihren Schritt und scheute sich nicht, die zwei geradewegs anzuschauen. Sie ging auf sie zu und sagte: „Hallo, Frau Scheuer!" Die alte Frau zuckte mit dem Kopf. „Erinnern Sie sich nicht?" fragte Andrea. Der junge Mann, der die Alte führte, blieb stehen und wandte den Blick ab.
Tobias betrachtete ihn. Warum hatte der sich für den Zivildienst entschieden? Der war doch mit seinen Gedanken irgendwo, bloß nicht bei der kleinen alten Frau, die er an der Hand hielt. Tobias und Andrea hielten sich auch die Hand, während Andrea der alten Frau zusprach, die sich hartnäckig weigerte, sie zu kennen. Und plötzlich kam Tobias das Bild von zwei Hundebesitzern in den Sinn, die geduldig abwarten, wie sich ihre beiden Hunde beschnüffeln. „Was ist eigentlich?" fragte er ärgerlich und löste sich von Andrea.
„Ja genau!" kreischte da die alte Frau und faßte Andrea am Arm. „Sie waren es! Sie haben Karl verscheucht!" flüsterte sie mit aufgerissenen Augen, aber so laut, daß Tobias es hören konnte. „Seit Sie da waren, traut er sich nimmer rauf!" Andrea machte ein verdutztes Gesicht und schien trotzdem irgendwas zu begreifen. Im Gegensatz zu Tobias.
„Vor Ihnen hat er Respekt gehabt", fuhr die Alte fort. „Das habe ich gleich gemerkt. Wie Sie da runtergegangen sind! Da ist er abgehauen! Aber schnell!" Ein kleiner Triumph huschte über ihr Gesicht. Dem Zivi schien die Situation nicht zu behagen. „Kommen Sie jetzt", murmelte er und wollte sie weiterzerren.

„Moment mal!“ sagte Andrea Nitsch und ließ sich blitzschnell vor Frau Scheuer auf die Knie nieder. „Ihr Schuh ist ja offen“, und sie band ihr die Schleife neu. Der Zivi trat zurück.
„Ich war immer ordentlich!“ krähte die Scheuer, als Andrea sich wieder erhoben hatte. „Ich habe immer getan, was man von mir wollte. Immer. Aber da gibt's andere,“ sie stocherte mit dem Zeigefinger in der Luft herum, „die machen grad, was ihnen paßt! – Zu denen hab ich nie gehört.“ Jetzt ging sie näher an Andrea heran und flüsterte: „Aber dem Karl war' s nicht recht. Der Karl hat immer nur gebruddelt!“
Der Zivi fummelte Tabak aus seiner Hosentasche und begann, sich eine Zigarette zu drehen. Frau Scheuer geriet in Fahrt: „Ich dachte manchmal: Es braucht nur den Daumen, um das Bruddeln loszuwerden. Wenn er mal im Keller ist. Es braucht nur den Daumen, um den Riegel zu bewegen, der die Falltür an der Wand hält. Rums! Gefangen! Ausgebruddelt! Einmal hab ich es getan. Und abgesperrt. Er hat getobt und gerappelt. Er rief mit Ihrer Stimme, aber ich hab ihn erkannt, ich ließ ihn nicht raus. Ha!“ Die Augen der Scheuer blitzten. „Der andere war groß und klar. Mit Vornamen hieß er Heinrich. – Haben Sie den Topf in Sicherheit gebracht?“ Sie guckte Andrea sehnsüchtig, fast flehend an, und holte tief Luft: „Ich weiß nicht, was drin ist. Aber es ist wichtig, selbst wenn der Topf leer ist. Schauen Sie ruhig rein. Es ist wichtig und süß. – Ich war damals jung. So jung wie Sie. Sagen Sie Grüße, sagen Sie Grüße an das Süße!“ Sie hielt inne. Andrea wollte etwas sagen, aber die Scheuer fuhr mit veränderter Stimme fort: „Karl bruddelt jetzt im leeren Haus rum. Mich findet er da nicht mehr! Der weiß doch gar nicht, wo ich bin. Und unser Hansjörg sagt nix. Der hat seinem Vater noch nie was gesagt. Außerdem werd' ich jetzt beschützt! Mein neues Haus ist voller Leibwächter. Immer ist einer da. Oder ich hab die Klingel in der Hand. Da traut er sich nicht. So viele Helfer, wie ich hab.“ Frau Scheuer grinste, der Zivi verzog keine Miene.
„Jetzt bruddelt er im leeren Haus rum. Jetzt kann er alles überprüfen! In alle Schubladen gucken! Der Topf ist in Sicherheit. Den Topf haben Sie!“ Andrea nickte. Die Scheuer schaute sich nach dem Zivi um und langte nach seiner Hand. Leise sagte sie noch: „Und Monk ist woanders hin gegangen. Ich geh auch bald nach woanders.“ „Ja, ja“, murmelte der Zivi und führte sie ab.
„Wer war das? Und was für einen Karl hast du da verscheucht?“ fragte Tobias. „Um ehrlich zu sein, ich habe ihn nie gesehen.“
„Aus dir soll einer schlau werden“, sagte Tobias und schüttelte langsam den Kopf.

Abends trafen sich wieder die Mitglieder des Erinnerungsvereins. „Wer ist heute dran?“ fragte Frau Körnermann. Nach einer Pause rührte sich der Mann mit dem Gartentörchen auf der Stirn. „Kann ich?“ fragte er vorsichtig.
Frau Körnermann nickte und er zog etwas Dünnes, Längliches aus seinem Fach, es sah aus wie ein langer Finger. Erst als er es an Frau Körnermanns Wollschnur band, bemerkte Andrea, daß seine Finger zitterten. Dann ließ er eine verbogene, braune Kerze nach unten gleiten. Als sie auf dem Wasser schwamm, verzog er sein Gesicht, als ob er Schmerzen hätte. „Was ist?“ fragte Frau Körnermann. Und stockend begann er zu sprechen:

„Sirenengeheul in der Nacht, Schreie, rennende Menschen, ich wurde aus dem Bett gerissen, die Treppe hinuntergezerrt. Ich wußte nicht, wie mir geschah. In den Keller. Dort saßen wir. In klamme, kratzige Wolldecken gepackt, dicht aneinander gedrängt. Meine Mutter mit den zwei Kleinen, Nachbarinnen, Frauen und Kinder. In mir war nur Zittern. Ich drückte mich an meine Cousine, die war schon groß. Ich spürte ihre weichen Schenkel durch die Schürze hindurch. Sie roch dumpf nach Kartoffelschalen.
Dann kam der tiefe Brummton. Der Brummton kam näher, das Licht ging aus, er wurde lauter, war über uns in der Luft, es bebte im Boden. Es bebte in uns. Ich hatte Angst. Ich hielt etwas in der Hand, es war glatt und ölig, ich klammerte mich daran. Und das Brummen. Das Brummen wurde leiser und entfernte sich. Sie flogen weiter. – Eine stinkende Kerze wurde angezündet. Stille. Alle blieben sitzen, als warteten sie noch auf ein Zeichen.
Dann hörte ich die Stimme der Nachbarin. Sie fragte: ‚Hast du etwas von deinem Mann gehört?‘ Ich lauschte der Frage nach. Ich hatte Angst und drückte mich an meine Cousine. Niemand beantwortete die Frage. Ich hielt das Ding noch immer in der Hand. Es war weich und schmiegsam. Ich hielt es, so fest ich konnte. Aber die Frage ging nicht weg. Ich spürte, wie sie im Raum hängen blieb, sich ausbreitete, die Gesichter erstarren ließ. Ich wußte, daß sie an meine Mutter gerichtet war. Das Entwarnungssignal kam, aber das Schweigen blieb. Als wir wieder hinaufgingen, hatte ich diese gelbe, ölige Kerze in der Hand. Sie war ganz krumm geworden. Sie roch nicht gut, aber sie fühlte sich gut an. – Mein Vater kam nicht aus dem Krieg zurück.“

Der Mann wollte die Kerze schon wieder hochziehen, doch da zögerte er und sprach weiter: „Später kam dann ein anderer, der hatte den Krieg überlebt und wurde mein Stiefvater. Er war nett zu meinen Geschwistern und mir. Doch auch er hatte dieses – Schweigen. Meine Mutter und er arbeiteten immerzu, und zwischen ihrer Tüchtigkeit gab es keinen Platz für meine Fragen. – Ich habe nie erfahren, was mein Vater im Krieg wirklich getan hat. Auch nicht, was mein Stiefvater getan hat. Ich fragte nicht. Ich hatte Angst, belogen zu werden, und ich hatte Angst vor der Wahrheit."

Der Mann zog den braungelben Wurm wieder heraus. Er schaukelte an der Schnur, bis er ihn schnappte. Und der Mann fuhr fort:

„Meine Mutter ist gestorben, mein Stiefvater ist alt und verwirrt. Er brabbelt und sabbelt und spricht in unsortierten Fetzen. – Sind das Antworten auf meine ungestellten Fragen? – Erst gestern war ich bei ihm und habe ihm den Speichel abgewischt mit meinem Taschentuch." Der Mann hielt inne, und zog tatsächlich ein Taschentuch aus seiner Hosentasche. „Was, wenn er sich erinnern könnte?" fragte er und band das Taschentuch statt der Kerze an den blauen Faden. Dann ließ er es langsam in den Pumpensumpf hinab. Er sprach mit rauher Stimme:

„Schmerz, Verletzung, Geschrei – und Wut. Wut auf die Welt! Wut auf die andern! Wut auf die Minderwertigen! – Ha! Gut zu wissen, wir sind besser als sie! Man muß alles Geringe zurückdrängen, niedermachen! Damit wieder Ordnung herrscht und wegen der großen Idee! Man muß sie abfackeln, vernichten! Das ist Befehl. Die oben werden schon wissen, was sie uns befehlen! Und es ist Krieg! Krieg gegen die Minderwertigen. – Wir trieben sie hinten im Steinbruch zusammen und knallten sie ab, aber anstatt gleich zu verrecken, haben sie jämmerlich geschrien ..." „Aber an so etwas erinnert man sich doch nicht!" unterbrach ihn der große Mann mit dem kleinen Räuspern. Der andere hielt inne. – „Eben ...", sagte er leise und zog das Taschentuch heraus. Die andern rührten sich nicht. „Danke!" seufzte der Mann mit dem Gartentörchen auf der Stirn und legte die krumme Kerze in seine Nische zurück. In das triefende Taschentuch knüpfte er einen unförmigen Knoten.

Die Zuhörer lösten sich langsam von den Stühlen und schlichen schweigend hinaus. Auch der Mann, der gesprochen hatte, und Frau Körnermann, zuletzt Andrea.

24

Andrea mochte Tobias. Da war nichts zu machen. Eines allerdings irritierte sie immer noch: die Vorstellung, daß er sich in seinem Studium Wochen, Monate und noch länger mit Themen beschäftigte, die für sie nicht faßbar waren. Andrerseits: Ihr Fach leuchtete auch nicht immer ein. Aber daran darf man nicht denken, solange man sich auf die Prüfung vorbereitet. Andrea saß jetzt täglich in der Bibliothek und lernte: Grundlagen der Sozial- und Verhaltenswissenschaften, Rahmenbedingungen sozialer Arbeit, Interventionsmethoden. Links und rechts standen die stählernen Bücherregale. Sie gingen vom Boden bis zur Decke. Die Studenten saßen in Reihen an den schmalen Tischen. Texte durcharbeiten, anstreichen, lernen.
Unter dem Tisch fand Andrea kaum Platz für ihre langen Beine. Sie probierte, was besser ging: das linke Bein über das rechte oder das rechte Bein über das linke. Aber die Beine wollten gar nicht übereinander gelegt werden. Sie wollten los! Und mit einer Viertelstunde Radfahren am Tag ließen sie sich nur ungern abspeisen.

Am Wochenende spürte Andrea dann eine unbändige Lust, sich zu verausgaben, zu tanzen. Zum Glück gab es ein großes Fest in der Mensa. Die Scheinwerfer knallten grüne und rote Lichtstreifen auf die Tanzenden, dann ein Violett, das Tobias Hemd und alle weißen Kleidungsstücke aufblitzen ließ. Zwei Männer spielten Keyboard und Gitarre, eine Frau schlug die Trommel, die Trommel dröhnte, die Trommel zog. Andrea sprang auf die Tanzfläche und hüpfte los. Sie zuckte mit den Hüften, sie schleuderte die Arme nach vorn und schloß die Augen. Sie stampfte im Rhythmus der Trommel. Sie spürte die andern in ihrer Nähe und fühlte sich mit ihnen verbunden. Sie öffnete die Augen, schaute auf ihre Beine. Sie stampften mühelos auf den Boden. Gehorchten der Trommel und stampften. Sie kannten den Boden. Und ihr Körper kannte den Raum. Er war gut in ihm aufgehoben. Ihr Zwerchfell schwang mit der Trommel, alles war Bewegung. Dann wurde die Trommel größer, der Holzboden unter Andrea vibrierte, er war das Trommelfell, und statt Fingern erzeugten jetzt tanzende Menschen die Töne. Die Töne waren Bewegung. Alles war eins. Die wedelnden Arme der Tanzenden wurden länger, dünner, elastischer. Sie wedelten im Takt und schimmerten grünlich wie Pflanzen unter Wasser.

Andrea löst sich von ihnen und gleitet durchs Wasser. Sie sieht den Raum unter Wasser, ein gekacheltes Schwimmbecken. Die Kacheln haben verschlungene Muster in Weiß und in Gelb. Bei genauerem Hinsehen sind die Wände gar nicht flach, sondern haben Vor- und Rücksprünge; an einigen Stellen wachsen Türmchen, ihre Spitzen haben die Form von Ananasfrüchten und Schnecken. Andrea entdeckt eine große Kachel, die aussieht wie geflochten, sie schwimmt hin und will sie sich näher ansehen, da ist die Kachel plötzlich von einer grünen schwabbeligen Masse verdeckt. Andrea dreht sich um, da bemerkt sie direkt über sich eine Frau, die mit rundem Gesicht über den Beckenrand grinst. Andrea schüttelt den Kopf, schwimmt weg und wendet sich den Kacheln zu. Manche haben geheimnisvolle Löcher, durch die sie durchgucken möchte. Aber sie kommt nur langsam an sie heran, etwas behindert sie. Und als sie gerade eine besonders verlockende Kachel erreicht hat, da schwebt die Schwabbelmasse wie ein großer Sack daher und schiebt sich vor Andreas Augen. Andrea will den Sack mit der Hand wegschieben. Aber er schlingt sich um ihren Arm und fühlt sich an wie glitschiger Knet. Andrea macht eine ruckartige Bewegung, der Knet löst sich und sinkt träge nach unten. Als sie zu den Ananastürmchen strebt, kommt erneut der glitschige Sack daher, und wie sie ihn wegstoßen will, streckt er Saugarme aus, die fingern nach ihr. Unwillig schüttelt sie die Saugarme ab, sie weichen zurück, aber sobald sie ihr Augenmerk auf etwas Neues richtet, kommt der glitschige Sack wieder mit seinen Saugarmen und will sich an sie schmiegen. So geht es wieder und wieder. Andrea fühlt sich elend, und ist schon dabei, lahm zu Boden zu sinken, da hat sie plötzlich Sand in der Hand. Sie denkt daran, daß man Brösel in die Blechform streut, damit der Kuchen nicht hängen bleibt, und beschmeißt den grünlichen Sack mit Sand. Der Schwabbelsack zieht sich zusammen, klumpt und sieht jetzt aus wie ein panierter Knödel. Andrea nimmt ihn mit beiden Händen und wirft ihn im hohem Bogen aus dem Becken hinaus.

Sie gleitet ins tiefere Wasser zurück. An den Kachelwänden schimmern Schnecken, und die gelben Schnörkel scheinen zu lächeln. Andrea breitet die Arme aus und wedelt mit den Beinen: das Schwimmbecken gehört ihr allein. Sie schwimmt an den Kacheln entlang, kurvt um die Ziertürmchen und fühlt ein freudiges Prickeln. Sie schaut in die Nischenbauten und weiß, daß kleine Wesen darin hausen. Und sie spürt den Rhythmus einer dumpf schlagenden Trommel, denn aus einer Nische dringt Musik – vielleicht klang sie schon die ganze Zeit? Andrea findet die Nische, aus der die Töne kommen, und lugt hinein: Tanzende Menschen, ein Fest – Lichter in wechselnden Farben durchstreifen den Raum ...
Andrea spürte den Holzboden unter ihren Füßen, fühlte die anderen Tänzer neben sich, hörte Schritte, roch ihren Schweiß, sah vertraute Gesichter ... Tobias!

„Andrea, was ist mit dir?“ fragte Tobias Arnold aufgeregt, denn er sah, daß Andrea ihn erkannt hatte. Da senkte sie wieder die Lider und antwortete nicht. Schweißperlen standen auf ihrer roten Stirn. Tobias hätte sie gerne abgewischt. Aber er scheute sich, denn Andreas Gesicht hatte einen Ausdruck, den er noch nie gesehen hatte: Sie lächelte mit den Nasenflügeln. Da öffnete sie die Augen. „Es ist in Ordnung“, sagte sie leise und richtete sich auf.
Tobias ging und holte ihr ein großes Glas Wasser, sie nahm es und trank. Und die anderen ließen sie los und bewegten sich wieder mit wiegenden Schritten zur Musik. Die Trommel war verstummt, aber jemand hatte Schmuserock aufgelegt. Andrea streckte ihm bittend das leere Glas entgegen.
„Bist du müde?“ fragte Tobias, nachdem sie das zweite Glas geleert hatte. „Nein!“ sagte Andrea und schaute ihn an, groß und breit. Als wäre er ganz neu. Als gäbe es keine Zeit.

25

Tobias hat große Flügel und schwebt über Wäldern und weiten Wiesen. Er sieht unter sich ein hellblaues Viereck – ein Schwimmbecken. Er nähert sich und sinkt, um es besser sehen zu können. Im Becken ist eine Frau, die schwimmt – nein, sie taucht, sie dreht sich und schwingt nach vorne und hinten. Es ist Andrea. Sie sieht ihn nicht. Das Viereck wird immer heller und schwebt plötzlich neben Tobias. Es leuchtet.
Durch das Viereck drang Morgenlicht, er mußte jetzt irgendwo anders sein. Tobias drehte sich auf die Seite und war zufrieden: er war in Andreas Zimmer, sie lag neben ihm und schlief. Nach einer Weile wachte sie auf und langte zu ihm herüber ...
Es wäre schön, wenn ihm diese Frau erhalten bliebe, dachte er später, als sie im Bad verschwand. Nicht nur jetzt, sondern überhaupt. Seine Augen streiften über ihre Fotos an der Wand und über ihre herumliegenden Kleider. Er mochte ihren Geruch und meinte, ihn in allen Gegenständen anzutreffen.
„Du hast ja diesen Steinguttopf gar nicht mehr in deinem Bücherregal stehen!“ bemerkte er, als sie an ihrem Tischchen saßen und frühstückten. – „Nein.“ – „Ich wollte dich schon neulich fragen, was war da eigentlich drin!?“ – „Äh, was Spezielles.“
Warum konnte sie nicht einfach sagen: Rahmbonbons oder Schachfiguren?

Warum mußte er an einem samtigen Morgen so scharfe Fragen stellen? überlegte Andrea Nitsch. Sie rieb den Kopf an seinem Arm und brummelte ihm in die Ellenbeuge: „Laß gut sein!“

Und am nächsten Mittwochabend ging Andrea wieder zum Erinnerungsverein und gab Tobias keine Erklärung. Als alle wieder unten am Pumpensumpf versammelt waren, meinte die Hasenfreundin: „Lassen wir doch der Jugend den Vortritt!“ und wandte sich an Andrea.

„Ich bin gar nicht die jüngste!“ erwiderte Andrea und schaute das schmale, langhaarige Mädchen an. Die guckte erst verwundert mit großen Augen, nickte dann aber „Also gut!“ und ging entschlossen zu einem Fach in der Nischenwand. Dort holte sie mit Mühe etwas Schweres heraus, trug es mit beiden Händen und stellte es vor dem Wasserschacht ab. Es war ein etwas unförmig geratener Pflasterstein, der an einer Seite mit Gips oder etwas ähnlichem verklebt war. Das Mädchen kauerte vor dem Stein und zögerte plötzlich: „Ja und wie mach ich das jetzt mit dem Brocken?“ „Hier, Anna!“ Frau Körnermann faßte in ihre Jackentasche und reichte ihr ein gelbes Einkaufsnetz. Das Mädchen lachte kurz und packte den merkwürdigen Stein umständlich in das Netz: „Dieser Stein ist mir wichtig, aber ich weiß nicht mehr weshalb!“ Die fahlen Haare fielen ihr nach vorne, als sie das Netz mit dem Stein in die Tiefe sinken ließ.
Sie mußte sich weit vorbeugen, bis er am Grund unten ankam. Sie kauerte direkt an der Kante, richtete aber den Kopf wieder auf und schloß die Augen. Andrea sah ihr Gesicht im Kerzenlicht. Es war absolut reglos bis auf eine einzige Stelle: die spitz zulaufende Mitte ihrer Oberlippe zitterte. „Ich erinnere mich!“ sagte das Mädchen. „An was?“ fragte Frau Körnermann.

„Es war etwa vor zehn Jahren. Wir lebten damals schon in der Altstadt. Ich war vielleicht acht, und meine Schwester sechs, da wurde eines Tages die Straße vor unserem Haus aufgerissen. Meine Mutter ärgerte sich über den Dreck und den Lärm, aber wir Kinder freuten uns. Wir beobachteten die schwitzenden Arbeiter und guckten neugierig in die Löcher, die sie gruben. Wir konnten einige Zeit nur über Bretterstege aus dem Haus kommen. Schließlich wurde die Straße wieder zugeschüttet und mit Pflastersteinen belegt. Der Pflasterer war ein älterer, breitschultriger Mann mit dichtem, weißgelbem Haar. Der Gehilfe, der mit ihm kam, war schon seiner langen, hageren Gestalt wegen ein Ereignis. Mit seinen riesigen Händen faßte er die Pflastersteine, als wären sie Würfelzucker. Statt Motorenlärm tönte nun das helle Blingbling ihrer Setzhämmer in unserer Gasse. Wir schauten vom Küchenfenster aus zu, wie sie die Schnüre spannten, die Steine ausrichteten, Rinnen bildeten, in denen das Wasser entlanglaufen konnte. Besonders bewunderten wir die beiden, wenn sie die Steine in der Mitte der Straße zu halbkreisförmigen Bögen zusammenfügten. War dann der Sand in die Ritzen gefegt, gaben sie jeweils ein frisch belegtes Stück der Straße frei. Als wir beide so eine neue Fläche gerade mit feierlichem Gefühl

betraten und behüpften, rief Miriam plötzlich: ‚Guck mal! Ein Auge von unten!' – Auf einen der neu verlegten Pflastersteine war groß und klar ein schön geschwungenes Auge geritzt. Wir waren beglückt über diese Entdeckung, zeigten sie allen und zu unserem großen Erstaunen entdeckten wir in den nächsten Tagen auf den neu verlegten Steinen noch weitere Zeichen: Pfeile, Kreuze und Sterne, auch einen Mund.
Zu gerne hätten wir einmal gesehen, wie die Pflasterer diese Ritzzeichnungen anbringen und ich sprach schließlich den älteren der beiden darauf an. ‚Ich mach keine Zeichen auf die Steine. Dafür werd' ich nicht bezahlt!' meinte er und zuckte mit den Achseln.
Miriam und ich kletterten dann manchmal auf dem Haufen der noch nicht verlegten Steine herum und suchten die eckigen, harten Schädel nach Ritzzeichen ab, doch wir fanden nichts. Auf dem frisch verlegten Steinen aber entdeckten wir weitere Zeichen: Dreiecke, Zahlen, Kreise. Auf einem stand sogar *du*.
Als es einmal an einem Sonntag regnerisch und langweilig war, die Eltern hatten irgendwelchen Besuch, da meinte Mama, wir sollten doch etwas basteln. Das sagte sie immer, wenn sie uns beschäftigen wollte. Aber ich hatte keinen Bock auf Buntpapier und guckte mißmutig in den Regen. Da lagen die Pflastersteine auf der Straße, und plötzlich kam mir eine Idee. Ich schlüpfte hinaus und holte mir einen von ihnen. Mühsam schleppte ich ihn in die Hobbywerkstatt unten im Haus. Vaters Werkzeug durften wir benutzen. Ich suchte nach Hammer und Meißel. Ich hatte sie noch nicht in der Hand, da kam natürlich Miriam daher: ‚Was machst du da?' Ich antwortete nicht, aber das machte ihr nichts. Sie holte sich eben auch einen Stein – wahrscheinlich hat ihn Papa für sie reingetragen! Und sie begann, sich mit mir um das Werkzeug zu streiten. Papa kam und gab ihr prompt den besseren Meißel. Ich spürte eine Wut in mir. Grrr! ‚Also ich ritz ein Auge auf meinen Pflasterstein!' verkündete sie stolz. ‚Eine gute Idee!' lobte Papa. Ich hätte sie treten können; ein Auge, das hatte ich doch schon vor! Trotz Miriam meißelte ich los: Blingbling! Ab und zu sprang ein Stückchen Stein ab, immerhin – aber die Spur, die sich auf dem Pflasterstein ergab, konnte nicht als Linie gelten, allenfalls als Macke. Miriam klopfte sich dauernd auf die Finger und verlor bald die Lust. – Mir taten auch die Hände weh, aber ich wollte nicht aufgeben. Den Stein konnte ich ja nicht einfach verknüllen und wegwerfen wie ein mißlungenes Bild. Und wieder raustragen wollte ich ihn auch nicht. Er sah so verhauen, so zerstört aus.

Da merkte ich: Das war ja ein riesiger Backenzahn! Die Macken waren die kantige Oberfläche, und meine Ausrutscher waren die Löcher! Ha! – Schon fühlte ich mich als Zahnärztin. Karies bekämpfen! Löcher flicken! Leider gelangte ich nicht an unsere Knetvorräte, ohne von Miriam bemerkt zu werden: ‚Was machst du da?' ‚Füllungen,' zischte ich, und schon wackelte sie wieder hinter mir drein. Sie begriff sofort, was ich vorhatte, und während ich nun die Löcher in meinem Stein mit weißem Knet zuschmierte, nahm sie gelben für ihren.
‚Ich schenk meinen Zahn dem Onkel Hans, weil der Zahnarzt ist!' rief sie nach einer Weile triumphierend. ‚Aber das war meine Idee!' schrie ich sie an. Ich hätte ihr am liebsten den Stein an den Kopf geschmissen! Es ist immer dasselbe mit ihr! Alles, macht sie mir nach! Und dann gelingt es ihr auch noch, mit meinen Ideen Aufsehen zu erregen! Mit ihrem Augenklimpern und ihrem blonden Lächeln! Wir schrien uns an und begannen uns zu schlagen. Da kamen die Eltern und sagten, ich hätte zwar die Idee mit dem Zahn gehabt, aber sie sei zuerst darauf gekommen, ihn dem Onkel Hans zu schenken. Ich könnte meinen ja dem Opa verehren. Ich fand es gemein, aber ich willigte ein, denn sein Geburtstag stand vor der Tür, und ich hatte keine Lust mehr, etwas anderes zu basteln, was sie mir womöglich wieder nachmachen würde!
Voriges Jahr ist Opa gestorben. Bei seinen Sachen befand sich eine kleine Kiste, auf der stand: *von Anna*. Später hatte er hinzugefügt: *für Anna*. Es enthielt allerlei von mir gefertigte Geschenke. Die Papierarbeiten, sorgsam ausgeschnittene Schmetterlinge und ähnliches waren vergilbt und zerknittert. Aber der kantige Stein mit der Knetfüllung war hart und schwer und unverändert. Er ist heute noch unverändert! Hihi! Irgendwie gefällt mir der. Das ist nämlich der Beweis! Der Beweis, daß ich die Idee zuerst hatte. Überhaupt, daß ich Ideen habe! Solche, die sich nicht verdatschen lassen wie die Papierblumen. Deshalb bewahre ich ihn auf! Hier im Erinnerungslager. Ja! Jetzt weiß ich's wieder."

Wie Anna Schiller nun schwieg und am Rand des Schachts sitzenblieb, spürte Lina Körnermann eine große Zuneigung. Im Kerzenlicht wirkte das Mädchen sehr blaß, fast wie eine steinerne Brunnenfigur, dachte Lina. Jemand seufzte tief – es war Frau Lempp.
„Danke!" sagte Anna und zog das Netz hoch. Der Stein hing darin wie ein schwerer, viereckiger Fisch. Sie hatte etwas Mühe, ihn

aus dem gelben Netz zu befreien. Und als sie den großen Stein schließlich nahm, standen ihre Zuhörer mit ihr auf, wie um Ihr zu helfen. Anna trug ihn alleine, aber die andern begleiteten sie zu ihrem Fach. Als sie den Stein in die Nische schob, gab es ein kratzendes Geräusch. Lina hörte noch mal ein Kratzen, eine Art Echo aus der andern Ecke des Raums.

Als sie sich wieder dem Pumpensumpf zuwandten, kauerte da am Schachtrand ein kleiner, grauer Mann, der vorher nicht dagewesen war. Linas Herz klopfte bis zum Hals. „Hallo?" fragte sie leise – der Unbekannte senkte den Kopf und der tiefsitzende Hut verdeckte sein Gesicht. Lina faßte nach ihrem Stuhl und mußte sich schnell setzen. Da setzten sich die andern auch; der graue Mann hatte plötzlich eine Eisenstange in der Hand und tauchte sie prompt ins Wasser. Er rührte darin herum und machte ein kratzendes Geräusch.
„Dieser Schürhaken ..." sagte er schließlich halblaut, „dieser Schürhaken erinnert mich ..." „An was?" fragte Lina vorsichtig. Da begann der Mann zu reden:

„Dieser Schürhaken. Er sieht aus wie mein alter von früher. Mit einem Schürhaken war ich schon als Zwölf-Dreizehnjähriger immer unterwegs. Ich angelte mit ihm. Ich angelte auf Müllplätzen und Schutthalden. Dort gab es Überraschungen. Da und nur da konnte ich Neues finden. Einzukaufen gab es nichts, so wie ich aufgewachsen bin. Wir kamen aus Schlesien, wir waren Flüchtlinge. Wir hatten nichts. Auch kaum was zu essen. Alles, was man brauchte, mußte man suchen und zusammenklauben. Pilze, Beeren, die Ähren auf dem Feld nach der Getreideernte. Und wir buddelten die Kartoffeln aus, die die Bauern übersehen hatten. Ich mit dem Schürhaken. Da merkte ich, wie praktisch er war.
Nach dem Krieg wurden wir irgendwo einquartiert. In engen Wohnungen, die wir mit andern Familien teilen mußten. In Küchen, in denen ewig der Dampf von Kohl und Wäsche hing. Ich war viel draußen, schlug mich in die Wälder, suchte Schutthalden auf und wilde Müllkippen. Mit meinem Schürhaken zog ich mir die interessantesten Sachen heran; Lampenschirme, Handtuchhalter und amerikanische Zeitungen mit vielen bunten Bildern. Auch Waffen, ja, und Munition war manchmal dabei. Einmal ein faszinierendes Gerät, das ich überhaupt nicht verstand und von dem ich später herausbekam, daß es ein Toaster war.

Nur selten brachte ich meine Fundstücke mit nach Hause. Das hätte bloß Ärger gegeben. Meistens versteckte ich sie in einem meiner Lager, in kleinen gut getarnten Erdhöhlen, die ich mir gebuddelt hatte. Die waren angenehm, weil sie dunkel und friedlich waren. Wenn die oberste Schicht einer Müllkippe nicht interessant schien, spielte ich Überraschungsangeln. Ich führte den Schürhaken, da wo es dunkel und verlockend schien, in einen Spalt zwischen den oben liegenden Gegenständen in die Tiefe. Mein eiserner Fühler stieß an Eckiges, an Weiches, an Hartes, und wenn er sich irgendwo festhakte, zog ich ihn langsam wieder heraus: sieh da, ein alter Topf, ein Koffer, ein Seil. Manchmal sträubte sich die Masse der hingeworfenen Gegenstände, wenn ich so zog, ich mußte zerren und hebeln, verhakte Teile vorsichtig auseinandernehmen, und wieder zerren – dann purzelten die oben liegenden Teile übereinander und dazwischen erschien etwas Großes: ein Bettgestell oder ein verdrückter Kinderwagen, keineswegs unbrauchbar.
Aber dann wieder die Umzüge. Von einer Einquartierung zur andern. Einquartiert, ausquartiert, umquartiert. Meine Schätze mußte ich dann zurücklassen. Leider. Nur den Schürhaken nahm ich immer mit, um anderswo neue Schätze angeln zu können. Schulwechsel. Wieder eine neue Klasse, mit rohen Jungs, die nur darauf warteten, einen Neuen, der noch dazu schmächtig war wie ich, zu verprügeln. Ich war das schon gewohnt. Sie mochten mich nie. Einmal haben mich ein paar Burschen, die mich nicht leiden konnten, verfolgt. Und als ich aus meinem Lager herauskroch, fielen sie über mich her und johlten. Ich drohte mit meinem Schürhaken, aber ich schlug nicht zu. Der Anführer, ein grober Kerl mit breiter Nase, riß ihn mir aus der Hand und warf mich zu Boden. Dann rupften sie die Astwände meines Lagers auseinander und zerrten meine Gerätschaften unter wildem Hallo ans Licht, lachten triumphierend und warfen sie ins Gebüsch. Die zerfledderten Schätze habe ich später wieder eingesammelt, aber den Schürhaken hatten sie mir geklaut.
Auf die Dinge ist mehr Verlaß als auf die Menschen, das habe ich gelernt. Bei einer Arbeitsstelle war ich acht Jahre lang, als Nachtwächter in einer Fabrik. Das Werksgelände war mir bestens vertraut, ich kannte jeden Winkel, ich streifte gern dort umher. Aber mit den Kollegen ging es nicht gut. Sie haben getrunken und Karten gespielt. Sie waren mir zu laut. Ich ging meine Runde. Und wenn ich hinter dem Bau um die Ecke bog und die dahinterliegenden Lagerschuppen sah, erfaßte ich mit einem Blick, ob sie in Ordnung waren, oder ob jemand eine

Schuppentüre schlecht verschlossen oder gar offengelassen hatte, und ob der Wind eine Plane von den Containern gerissen hatte. An der Art, wie die Klappe zu den Schaltknöpfen beim Bau A verschlossen war, erkannte ich, welcher Meister die letzte Schicht gefahren hatte.
Die riesigen Container, in denen die Metallreste lagerten, verströmten einen intensiven Geruch nach öligem Eisen. Die Restbleche, aus denen runde Teile herausgestanzt worden waren, rochen anders als die Metallspäne, diese dicken, steifen Kringellocken, die sich nur widerwillig in die Container hatten stampfen lassen. Auch vom Wetter hing der Geruch ab, Regen machte ihn rostig und scharf, daß man ihn bis hinter der Nase riechen konnte. Dienstags und freitags wurden die Container abgeholt, und an der Anzahl der herumstehenden Container konnte ich die Auftragslage ablesen.
Ich hatte ein Gespür für jede Tür, für jedes offen gebliebene Fenster, für jede Unregelmäßigkeit. Ich untersuchte alles, ich wußte alles. Ich wußte, welche Arbeiter die Gewerkschaftszeitung und welche lieber Pornoheftchen lasen. Ohne sie je gesehen zu haben, kannte ich sie alle. Mir entging nichts, weil ich ihre Zigarettenkippen, ihre leeren Bierdosen, ihre Bonbonpapierchen, die Verpackungen ihrer Schmerztabletten, die gebrauchten Ohrenstöpsel sah. Ich kannte sie, aber sie wußten nichts von mir.
Die anderen Kollegen vom Wachdienst waren anders. Wir paßten nicht zusammen. Ich habe nie ein Bier mit ihnen getrunken. Sie mochten mich nicht. Sie nahmen ihre Aufgabe nicht ernst. Sie gingen einmal um die jeweiligen Gebäude herum und sparten sich den Blick in die Gebäude hinein. Sie schauten oft nicht einmal in die dazwischenliegenden Höfe und auf die Abstellplätze. Aber sie trafen sich sommers wie winters in der Aufwärmstube, wo sie Karten spielten und tranken. ‚Hast du auch die Zaunpfosten nachgezählt? Fehlt auch keiner?‘ fragten sie manchmal, wenn ich kurz zu ihnen hereinkam, und ihr Gelächter schepperte mir im Ohr.
Dann kam die Rezession, und sie bangten, man könne jemanden entlassen. Die Geschäftsleitung könnte zu der Auffassung kommen, daß drei Wachleute pro Schicht genügen würden. Da legten sie mich rein. Das ist eine böse Geschichte, und ich denke nicht gerne daran zurück. Eine Lagerhalle brannte ab. Es muß Sekunden, nachdem ich dort vorbei war, losgegangen sein. Es ist mir unerklärlich. Als wir es bemerkten, war alles zu spät. Wir konnten nur noch die Feuerwehr alarmieren. Die Lagerhalle brannte ab bis auf ein paar stinkende Balken. Der Sachschaden

ging in die Hunderttausend. Ich weiß bis heute nicht, wie es passieren konnte. Natürlich, die Versicherung zahlte. Aber alle redeten so, als ob es meine Schuld gewesen wäre. Wo ich der einzige war in unsrer Wachmannschaft, der wirklich immer die vollständigen Kontrollgänge gemacht hat, der einzige, der nicht geschummelt hat.
Ich konnte es nicht mehr ertragen und kündigte. Ich hatte nicht mehr die Kraft, mich um eine neue Arbeit zu bemühen. Ich brauche nicht viel. Und das meiste, was ich brauche, finde ich irgendwo. Ich schau mir gerne an, was andere Menschen liegenlassen. Was andere nicht mehr brauchen, ist für mich noch lange brauchbar. So dieser Schürhaken. Er ist genauso geformt wie mein alter von damals. Ein alter Mann hat ihn fallenlassen, kurz bevor er selber fiel.
Dieser Schürhaken, zwei, drei Jahre ist das her ... Unten im Keller ist das gewesen. Am Ende eines Kriechgangs war mattes Licht. Da kroch ich hin. Das Licht drang durch die Ritzen eines alten hölzernen Ladens, mit dem der Gang an dieser Stelle abgesperrt war. Durch ein Loch erkannte ich umrißhaft das Faß und das Regal. – Sonst nichts. Keine Bewegung. Kein Mensch. Also hatte jemand das Licht brennen lassen. Schade. An der Stelle ist der Gang so schmal, daß man sich nicht umdrehen kann. Ich war schon einige Meter rückwärts gerobbt: Da! Schritte? Sagte jemand was? Ich kroch wieder nach vorne zu dem Licht. Durch die Luke war noch immer niemand zu sehen. Plötzlich ganz aus der Nähe in dringendem Ton die Worte: „Ich will nicht ins Krankenhaus! Ich will nicht ins Krankenhaus!“ Gefahr im Verzug! Der Laden ließ sich bewegen, und ich schob ihn zur Seite. Der Mann lag jetzt bewußtlos am Fuße der Treppe. Er war nicht besonders schwer. Ich zog ihn weg. Weiter hinten, da wo es niedrig und finster war, wo durch gestapelte Kisten ein Winkel abgetrennt war, wo eine Kuhle mit Sand und Stroh mit ein paar wenigen Gelben Rüben war, da ließ ich ihn nieder. Da war er sicher. Da würden die Häscher ihn nicht gleich beleuchten! In der Mitte des Kellers lag dieser Schürhaken; ein gutes Gerät. Er ist vielseitig verwendbar. Der Haken vorne ist schmal und gebogen und dadurch elastisch. Man kann sehr gut damit grubeln.“

Indem er das sagte, nahm der kleine Mann den Schürhaken, mit dem er fortwährend in dem Wasserloch herumgerührt hatte, wieder heraus, und sah ihn sich an, dann ließ er einen kurzen, scheuen Blick unter seiner Kappe heraus über die Anwesenden flattern. „Danke!“ brummte er und Lina fragte sich, ob er damit

den Schürhaken oder die Zuhörer meinte. Der Mann erhob sich aus seiner kauernden Haltung und drehte sich zu den Nischenwänden. Er schritt auf die Ecke zu, wo zwei Nischenbauten fast aneinanderstießen. Und dann schlupfte er durch den Spalt und verschwand.
Alle schauten ihm nach. Er war jetzt nicht mehr gut zu sehen, aber er hantierte irgendwie in dem Winkel herum, wahrscheinlich verstaute er seinen Schürhaken. (Obwohl da eigentlich keine Nischen waren.) Man hörte ihn rumoren, es klang nach Stein. Dann nichts mehr. Was machte der Mann so lange? Er kam und kam nicht aus dem Winkel heraus. „Hallo?" fragte Lina schließlich. Keine Antwort. Die andern schwiegen. Lina stand auf und ging zu der Ecke, sie schaute durch den Spalt zwischen den zwei Nischenbauten hindurch und erschrak: Der Mann war verschwunden. Sie erstarrte, blieb einfach reglos stehen. Was sollte sie tun? Sie spürte die gespannten Blicke der anderen in ihrem Rücken. Sie drehte sich langsam um, ging zu ihnen zurück, und zu ihrer eigenen Überraschung sagte sie: „Der Mann bittet um Entschuldigung, er möchte seine Anonymität wahren." Dann fügte sie eilig hinzu: „Ich freue mich, wenn wir nächste Woche wieder zusammenkommen!"

Die andern akzeptierten ihre Worte. Und alle vermieden es, einen Blick in die eine Ecke zu werfen, als sie hinausgingen. Nur Frau Grinter fragte in der ihr eigenen forschen Art: „Kennen Sie eigentlich diesen Mann?" Lina machte ein unbestimmtes Gesicht und nahm rasch von Frau Nitsch einen Klappstuhl entgegen. Als sie mit ihr allein war, nahm sie zwei Kerzen und führte sie zu der Stelle, wo der Mann einfach verschwunden war. Frau Nitsch sah in den leeren Winkel und nickte. „Ja, ich weiß", sagte sie leise. Dann schob sie sich seitlich durch den Spalt zwischen den Bauten – sie war viel schlanker als Lina – in den dahinterliegenden Zwickel, und drehte sich noch mal zu Lina: „Ich habe eine Vermutung." Sie hockte sich vor die seitliche Backsteinwand des Nischenbaus und legte die Handflächen darauf, als wolle sie damit horchen oder Schwingungen auffangen. Lina sah, wie die Ziegel unter dem Druck ihrer Handflächen nachgaben und nach hinten wichen. Die Backsteine ließen sich verschieben, sie waren nur aufeinander geschichtet. Bevor die Wand kippte, hielt Frau Nitsch inne und nahm die Hände weg. „Ich will ihn nicht verfolgen, aber dahinter beginnt ein unterirdischer Gang!" flüsterte sie. „Sind Sie da hindurch gekrochen, als ich sie neulich hier unten antraf?" fragte Lina. Frau Nitsch bejahte und lächelte.

„Unterirdisch ist alles miteinander verbunden“, raunte sie und kroch wieder aus dem Winkel hervor. „Es ist gut so!“ sagte Lina und nickte.

Spät abends, als sie schon zu Hause war, mußte Lina noch an die unterirdischen Gänge denken. Vor einiger Zeit hätte sie die Nachricht, daß es im Erinnerungskeller so etwas gibt, in Panik gestürzt. Aber jetzt fand sie weder die Gänge noch den kleinen, grauen Mann bedrohlich. Trotz der Verwirrung, die er gestiftet hatte, war er ihr sympathisch.

26

Lina sieht inmitten grünwuchernder Gewächse eine hellschimmernde Frau an einem Teich sitzen. Sie ist nackt, die langen, silbernen Haare fallen nach vorne und verdecken ihre Gesicht. Wie eine Brunnenfigur, denkt Lina. Die Frau beugt sich vor, ihr Haar hängt ins Wasser. Sie nimmt eine Haarsträhne und zieht daran, hievt sie hoch wie ein Seil und legt das triefende Bündel neben sich. Aber die langen Haare hängen noch immer ins Wasser. Und wie die Frau erneut danach faßt, um sie hochzuziehen, sieht Lina kurz in ihr Gesicht. Es ist Anna Schiller, sie ist sehr, sehr alt geworden.

Lina wachte auf. Sie schickte einen freundlichen Gedanken an Anna Schiller und wälzte sich wohlig in ihrem Bett. Sie hatte gut geschlafen. – Das Wasser im Bad hatte genau die richtige Temperatur. Das Knie tat ihr nicht mehr weh. Die Petunien auf dem Balkon hatten keine Läuse mehr und blühten üppiger als sonst. Aus den Nachbargärten drang kein Geschrei mehr an Linas Ohr, auch kein brüllender Rasenmäher, aber manchmal hörte Lina, wie die Kinder spielten.

Am Donnerstag ging Lina gutgelaunt zu ihrem Dienst ins Vereinsbüro. Vielleicht würde sie Herrn Rüttger heute treffen, dachte sie, als sie durch die sonnigen Gassen ging. Wenn der wüßte! – Aber sie hatten vereinbart zu schweigen. Da kam schnurstracks jemand auf sie zu: „Guten Tag, Frau Körnermann! Wie geht's Ihnen? Wie geht's dem Verein?“ – Es war Herr Probst, der Psychologe. „Danke, dem Verein geht es viel besser!“ antwortete Lina.

„Haben Sie diesen Einbruch irgendwie aufklären können?“ fragte Michael Probst und hatte kurz das Gefühl, daß ihm die Frage etwas zu forsch geraten war. „Das nicht, aber die Vereinsarbeit hat trotzdem durch diesen Vorfall eine positive Wendung genommen." „Ja? Das ist ja interessant, und inwiefern?" fragte Michael und war plötzlich aufgeregt. „Wir haben jetzt besseren Kontakt zu den Erinnerungen und auch untereinander!" sagte sie lächelnd, „Aber entschuldigen Sie mich, ich muß weiter ..." Schon ging sie raschen Schrittes die Straße hinunter. Michael schaute ihr nach. Warum war sie so kurz angebunden? 'Besseren Kontakt zueinander', die Worte blieben in seinem Kopf hängen und schmerzten.

Den ganzen Tag über ging ihm dieses kurze Treffen mit der Körnermann nach. Da geschah etwas ohne ihn! Vor allem, daß sie sich im Verein jetzt trafen und 'besseren Kontakt' hatten, wurmte ihn. Eigentlich war er es ja gewesen, der die Initiative ergriffen hatte, der zugegriffen ... da packte ihn die Scham. Ob sie einen Verdacht hatten? Sonst hätten sie ihn doch auch zu den Zusammenkünften auffordern können! Schließlich hatte er sich ja auch bemüht, 'Licht in die seltsame Angelegenheit' zu bringen, oder?

Mit solchen und ähnlichen Gedanken quälte er sich auch die nächsten Tage, wenn nicht die Arbeit im Kreisjugendamt seine ganze Aufmerksamkeit beanspruchte. Und mit der Diss war er mal wieder im Clinch. Sie bewegte sich einfach nicht vorwärts. *Die Verdrängung und ihre Aufdeckung aus der Sicht konkurrierender psychoanalytischer Schulen – ein Vergleich anhand theoretischer Schriften und exemplarischer Krankengeschichten* hatte er sie jetzt endgültig getauft. Aber auch, wenn er bei seiner Diss saß oder (um entspannter denken zu können) neben ihr auf dem Sofa lag, verfolgte ihn diese blöde Geschichte. So sehr er sich auch bemühte, die Angelegenheit vernünftig zu betrachten, es wurmte ihn einfach ...

Es ärgerte ihn, daß sich diese Leute zum Austausch ohne ihn trafen; es ärgerte ihn, daß er nicht dabei war; ja, es ärgerte ihn auch, daß er sich in diesem Fall nicht so super verhalten hatte; es ärgerte ihn, daß die schöne Frau neulich nicht mit ihm reden wollte, daß er überhaupt nicht stärker beachtet wurde; und eigentlich ärgerte ihn immer noch, daß damals, als er noch ein Junge war, die Nachbarskinder ins Freibad gegangen waren, ohne ihm Bescheid zu sagen! – Ja, es ärgerte ihn, daß überhaupt Leben ohne ihn stattfand! Und weil er wußte, daß das alles furchtbar albern war, ärgerte er sich auch noch über sich selbst. Er faßte sich an den Kopf – wieder Ärger, denn er spürte, daß sein Haar in letzter Zeit immer dünner wurde. Er fühlte sich schrecklich unbehaglich, und in seinem ganzen Körper kribbelte es. Er

rieb sich die Arme und kratzte sich an den Oberschenkeln. Dann öffnete er die Stalltüre, und sein Pferd sprang heraus, stramm und rotglänzend.
Er legte seine Hand auf das Tier, es war zart und heiß und zitterte erwartungsvoll. Michael umfaßte es gierig, rutschte auf seinen nackten Leib und sprengte mit ihm los. Er drückte es auf und nieder und ritt auf die warme Schlucht zu. Körper und Gesichter von Frauen schwebten über ihm und lösten sich auf. Aber sein Pferd war da und zuckte in seinem Puls, er hatte es fest im Griff. Er glitt auf seinem Rücken entlang und atmete heftig; das Pferd begann zu schwitzen. Er wollte in die Schlucht, auf den Berg, auf den Höhepunkt, es war dringend! Fast fügte er dem Tier Schmerzen zu in seiner Hast, weiter, schneller, mehr! Er drückte das Pferd in die heißen Flanken. Sie rasten, sie wetzten, die Sprünge wurden heftiger: Gleich war der Gipfel – da: Das Pferd bäumte sich auf, Michael johlte, das Tier erbrach einen weißlichen Schleim und sank erschöpft zu Boden.
Michael glitt ab, keuchte und ließ das süße Gefühl in sich nachklingen. ‚Und ich kann auch ohne euch!' dachte er. ‚Ich kann auch mit mir allein!'
Nach einer Weile erkaltete der klebrige Schleim auf seinen Fingern und mit ihm die kurze Lust, die ihn gespendet hatte. Sollte das alles sein? Michael wusch sich und kehrte an den Schreibtisch zurück.

27

Wenn er die Leute nicht zum Glück bringen konnte – dann vielleicht das Glück zu den Leuten?' ging es Michael Probst immer wieder durch den Kopf. Er hatte sich eigentlich immer gewünscht, Wirkung zu haben. Vielleicht müßte man einfach mehr Macht haben, um etwas bewirken zu können. So wie der Kollege Maihof, den er vor anderthalb Jahren gesprochen hatte. Der leitete eine Agentur und vermittelte psychologische Fachleute für ganz spezielle Forschungsprojekte. So wie es sich anhörte, war er ziemlich erfolgreich.
Er dagegen mit seiner individuellen Hilfestellung konnte doch nur höchst wenig ausrichten. Wer suchte schon so eine Beratungsstelle auf? Lächerlich wenig Menschen im Vergleich zur Gesamtbevölkerung! Eigentlich mußte man dem menschlichen Glück – und dieses zu fördern, darum ging es schließlich der Psychologie – einen viel breiteren Weg bahnen. Wirksamer, globaler!

Das Verhalten seiner jugendlichen Klienten enttäuschte Michael manchmal. Immer wieder kam es vor, daß sie einfach wegblieben. Oder ihm Wichtiges nicht erzählten. Aber dem Radiomoderator mit seinen flotten Sprüchen würden sie immer glauben. Und ihrer Jeansmarke blieben sie treu. Vielleicht nahmen sie seine – Michaels – Botschaft nur nicht an, weil so eine Beratungsstelle kein besonderes Image hatte? Vielleicht müßte man sich mit anderen Namen verbinden. Mit Namen, die Zugkraft hatten, Vertrauen erweckten und vor allem bekannt waren. Namen, die so ein junger Mensch gerne auf dem T-Shirt oder auf den Kühler stehen hatte.
Die großen Markennamen waren 99 Prozent der Menschen ja schon geläufig und nah. Die Ware selbst war letztlich nebensächlich! Und psychologische Fachleute müßten eigentlich nur dafür sorgen, daß die richtigen menschlichen Botschaften

mit dem Namen transportiert würden. Was für eine Chance! So etwa hatte Maihof argumentiert. Außerdem hatte er Michael aufgefordert, miteinzusteigen. Er schien ihn zu schätzen. Bei Maihofs Projekten ging es nicht nur um äußere Effizienzsteigerung, es ging auch um innerbetriebliche Kommunikationsoptimierung, zum Beispiel um die Frage, wie besonders gute Mitarbeiter motiviert werden sollten. Warum immer in Form von Geld? Warum nicht in Form persönlicher Zuwendung? Schließlich war das die wirksamere, ursprünglichere, weil von den Eltern erhoffte Art von Belohnung. Die motivierte! Und Michael stellte sich vor, wie er im Auftrag großer Firmen Mitarbeiter belohnte. Er würde Erlebnisworkshops in besonderer Umgebung organisieren. Unvergeßliche Abenteuercamps. Und die Menschen würden sich ihm am Abend, nach den Strapazen einer 'outdoor activity' sicherlich gerne anvertrauen.

Am Mittwoch schließlich kramte Michael Probst nach Maihofs Visitenkarte. Er nahm einen Briefbogen und schrieb mit großen Buchstaben: „Gilt dein Angebot noch? Bitte ruf mich an!" und steckte das Papier ins Fax. Und wie sich das Papier mit kleinem Rattern durchs Gerät schob, erzeugte das bei Michael ein Gefühl von tiefer Befriedigung. Es war gut so! Und für die Diss würde er heute keinen Finger mehr krumm machen!

Als er eine Stunde später über den sonnigen Marktplatz schlenderte und gerade in eine der Gassen einbog, erblickte er zwischen anderen Passanten die Studentin, die ihm neulich bei seinem Vortrag so gefallen hatte. Ihr Schritt wirkte frohgelaunt, und der Wollpullover, den sie sich um die Hüften geschlungen hatte, hüpfte über ihrem Po. Diesmal hatte sie die Haare zurückgebunden, so daß er ihr Gesicht mit der leicht geschwungenen Nase und dem rundlichen Kinn gut sehen konnte. Ihre Haut war sicher zart.
‚Und in seinem neuen beruflichen Umfeld', dachte Michael Probst, ‚wäre es nicht mehr tabu, sich ab und zu mit einer Frau einzulassen.' – Jetzt wandte sie sich der bunten Kleiderauslage vor einem Geschäft zu. Michael blieb stehen und beguckte sie. Er sehnte sich nach Kontakt.

Da stand ein Mann und schaute Andrea Nitsch an. Sie blätterte gerade ein paar Blusen durch, die an Bügeln vor der Ladentür hingen. Sie wich dem Blick des Mannes aus und vertiefte sich in die Ware. Es war Probst, der Psychologe von der Veranstaltung

neulich. Er reckte immer noch so merkwürdig das Kinn vor. Sie ließ die Bügel los, als wäre ihr eben etwas eingefallen, eilte um die Ecke und schüttelte ihn ab.
Als es sechs Uhr schlug, steuerte sie den Erinnerungsverein an.

Frau Körnermann fragte heute die mollige Schwester, ob sie ihr Erinnerungsstück nicht eintauchen wolle. Die seufzte ein bißchen, fummelte an ihrer Strickjacke, stand auf und ging zu ihrer Nische. Die andere, dünnere Schwester, guckte ihr mißbilligend nach – oder kam es Andrea nur so vor? Die Mollige kam zurück mit etwas Metallenem, ließ sich von Frau Körnermann einen dunkelblauen Faden geben und knüpfte es daran. Sie rückte ihren Stuhl an den Pumpensumpf, hüllte sich in die Decke und ließ die schaukelnde Spezialzange in den Schacht hinabsinken. „Diese Zange ... diese Zange lag damals ..." „Wo lag sie?" fragte Frau Körnermann.

„Diese Zange lag damals auf der Treppe, als ein paar kräftige Männer unseren Keller entrümpelt hatten. Sie muß ihnen runtergefallen sein. Sie stammt von Eugen. Alles, was im Keller war, stammte von unserem Bruder Eugen. Die Zange ist merkwürdig. Sie hat allerlei Anfügungen und Schrauben, an denen man sie verstellen kann. Ihre Kneifer sind schräg versetzt, seitlich ragt eine Art Bolzen heraus. Wozu Eugen sie gebraucht haben mag? Was machte er damit? Was machte er überhaupt?
Ich sehe die Zange jetzt verschwommen unter mir. Die Niete in der Mitte gleicht einem Auge, die Zange hat ein Gesicht. Sie sieht Eugen ähnlich. Sie guckt mich an mit bereits halb geöffnetem Schnabel, als wolle sie jeden Moment etwas sagen. Und tut so, als hätte sie bereits alles gesagt, und als läge es nur noch an mir, endlich zu verstehen. – Genau wie Eugen.
Eugen war geschickt in technischen Dingen! Und überhaupt. Er leitete unsere Drogerie, er hatte Kaufmann gelernt. Er kannte sich sehr gut aus. Elvira und ich standen hinter dem Ladentisch. Neben der Drogerie interessierte er sich auch für andere Geschäfte. Er hatte durchaus Erfolg damit. Als erster in unserer Familie fuhr er nach dem Krieg mit dem eigenen Auto herum. Später handelte er selbst mit Gebrauchtwagen. Benutzte er dabei die Zange? Ich kann es nicht beurteilen, mir fehlt das technische Verständnis. – Einmal fragten wir ihn, warum er denn auch noch mit Autos handle. ‚Ja, meint ihr denn allen Ernstes, man könne heutzutage ein solides Geschäft führen allein mit einer Drogerie?' war seine Antwort.

Draußen im Industrieviertel hatte er für seine Wagen ein Gelände gepachtet, mit ein paar Garagen und Schuppen darauf. Dort hatte er dann auch zeitweise sein Büro. Wir sahen ihn selten, obwohl er ja unser Chef war und Inhaber der Drogerie.
Der ehemalige Stall hier im Haus wurde sein Lager – ‚nur bis ich das Gelände draußen gekauft habe'.– Aber der Stall blieb Ersatzteillager, auch nachdem er das Gelände gekauft hatte. Eines Nachts brannte dort ein Schuppen ab. Elvira und ich waren sehr betroffen darüber, aber ihn schien dieses Ereignis nicht weiter zu beunruhigen. Im Gegenteil, nach dem Brand wirkte er fast heiter, und seine Muffigkeit war ein Weilchen weg. ‚Was ist jetzt mit dem Schuppen?' fragte ich, und er machte eine rätselhafte Bemerkung in bezug auf die Versicherung. Als ich weiterfragte, guckte er mich an mit seinem schräggestellten Vogelkopf – wie die Zange. ‚Sei doch nicht so begriffsstutzig!' sagte der Blick.
Später übernahm er nebenbei die Vertretung für Metzgereimaschinen. Das war uns noch fremder als Autohandel. Aber er würde schon wissen, was er tun mußte. Gehört diese Zange zur Ausstattung eines Metzgers? Kann man damit Würste abzwicken? Ich weiß es nicht. Aber Eugen bekam ein rotes Gesicht und nahm zu, so daß die Hemdknöpfe über seinem Bauch spannten. Er sprach auch immer weniger. Uns gegenüber beschränkte er sich, wenn er in die Drogerie kam, auf die allernotwendigsten knappen Sätze, soweit sie sich nicht durch Brummtöne ersetzen ließen. Aber am Telefon in seinem Büro redete er um so mehr. Es ging um Aufträge, Termingeschäfte, Provisionen.
Ein paarmal war es notwendig, daß Elvira und ich irgendwelche Papiere unterschreiben mußten, da sprach er dann kurz mit uns und guckte wieder so – so wie die Zange. Als wolle er sagen: ‚Das hab ich jetzt doch wohl genug erklärt, oder?' Mit der Zeit traute ich mich dann gar nicht mehr zu fragen. Ich hätte ja zugeben müssen, daß ich das Vorherige schon nicht richtig verstanden hatte. Elvira ging es glaube ich genauso. Er würde es schon richtig machen, unser Bruder. Da waren wir uns ganz sicher. Dann begann er, mit Immobilien zu handeln. Anscheinend war es nötig, um die Drogerie zu retten. Er hatte auch in Spanien zu tun. Er reiste immer häufiger dorthin. Elvira und mir gegenüber sprach er manchmal nuschelige Einladungen aus, wir könnten ihn ja begleiten. Aber wir nahmen es nicht ernst. Er mußte sehr wichtige Geschäfte haben da unten. Denn er war schon ziemlich lange weg, als eines Tages eine Karte aus Spanien kam: ‚Bleibe vorerst hier. Eugen.' Ohne Absender. Und dann hörten wir nichts mehr von ihm.

Hier hörten wir um so mehr. Viele Menschen riefen an und wollten ihn dringend erreichen. Sie waren nicht gut auf ihn zu sprechen und behaupteten, er habe sie betrogen. Anwälte, Gerichtsvollzieher und Banken liefen Sturm. Irgendein Geschäftsfreund mußte ihn ganz bös in etwas hineingeritten haben. Er wurde beschuldigt an allen Ecken und Enden, und sie setzten sogar Artikel gegen ihn in die Zeitung. Auf der Straße hatten wir das Gefühl, daß man hinter uns tuschelte. Es war furchtbar. Man schaute uns nur noch schief an. Es stellte sich dann heraus, daß er die Drogerie, in der Elvira und ich ja die ganze Zeit arbeiteten, verkauft hatte, ohne uns einen Mucks davon zu sagen. An eine Ladenkette, gegen die er früher immer gewettert hatte. – Fair war das nicht, aber was hätten wir machen sollen? Und unser Wohnhaus gehörte ja schon zur Hälfte der Bank! Er hat uns gar nicht richtig gesagt, daß er Hypotheken aufgenommen hatte! Uns war das alles so peinlich! Daß wir nichts gegen ihn unternehmen würden, das hat er genau gewußt! Er hat unsere Bescheidenheit voll eingeplant! – Der Schuft! Der ...! Mit uns konnte er es ja machen! Und das schlimmste ist, daß er recht hatte! Ich könnte ihn ...! Er war ein gemeiner Hund! Ja, Elvira! Das war er!
Wir sahen uns jedenfalls gezwungen das Erdgeschoß, das Eugen als Lager benutzt hatte, als Laden zu vermieten. Aber das war vollgestopft bis unter die Decke mit Eugens Sachen, mit Autofelgen, Kabeln, und Maschinenteilen. Das hatte er uns hinterlassen. Wir waren niedergeschlagen. Wir wußten überhaupt nichts damit anzufangen und bestellten schließlich eine Firma zur Entrümpelung. Zwei Männer räumten aus. Sie holten eine halbe Metzgerei aus dem ehemaligen Stall. Erstmals nach langer Zeit wurde auch der Keller wieder zugänglich. Der war aber genauso vollgestellt mit Eugens Gerätschaften! Die Männer schafften die Reste von Heizkesseln, Pumpen und Lichtmaschinen nach oben und schwitzten und stöhnten unter der Last. Wir standen unten und paßten auf, daß sie wirklich alles wegräumten. ‚Sollen die auch mit?' fragte der eine und zeigte mit dem Daumen auf große alte Hartfaserplatten und schäbige Bretter, die hinter den letzten Kisten an die rückwärtige Wand gelehnt waren. ‚Ja!' sagte Elvira, die Arbeiter nahmen die Platten weg und – dahinter gähnte uns dunkel und merkwürdig eine Öffnung an: Da war eine Art Tor.
Wir waren vollkommen überrascht und staunten. ‚Bekommen wir noch eine Unterschrift?' fragte uns schließlich der eine Mann und hielt uns ein Formular unter die Nase. Elvira unterschrieb

– wieder ohne alles zu lesen – und starrte noch immer auf die Tür. Nach kurzer Zeit vibrierte der Boden, der Lastwagen dröhnte von oben, und die beiden fuhren mit dem letzten Container weg.
Endlich waren Eugens Sachen fort, aber wir standen im Keller und wunderten uns, wunderten uns über das Tor in der eineinhalb Meter dicken Mauer. Die Toröffnung war eigentlich ein kleiner Gang und endete mit einer Blechtür. Elvira ging hinauf, um einen möglicherweise passenden Schlüssel und eine Taschenlampe zu holen. Ich wartete, schaute auf den Boden, und da lag diese Zange: doch noch etwas von Eugens Schrott. Ich hob sie auf. Die Schlüssel, die Elvira brachte, paßten nicht für die Blechtüre – aber in einer runden Nische fanden wir den richtigen. ‚Und wenn da auch lauter Kruscht drin ist?' fragte Elvira, bevor sie die Klinke herunterdrückte. ‚Dann machen wir einfach wieder zu!' sagte ich.
Sie öffnete also die schwere Tür, ließ den Schein der Taschenlampe umherirren und wir traten zögernd in diesen Raum. Wir waren fassungslos. Diese Nischenwände, diese geschmückten Schreine! Alles hatten wir erwartet, aber nicht das! Wie war Eugen, ausgerechnet unser Bruder Eugen, auf so eine Idee gekommen? Feierte er unterirdische Kulte? Wir tasteten uns an die Nischen und öffneten die Fächer: Sie waren leer. Rätselhafterweise waren sie alle leer. – Was sollte das? Hatte er sich heimlich, ohne daß wir es merkten, einer Religion, die Nischen brauchte, angeschlossen? Wir guckten uns diesen Raum hier, diese Nischenwände an und staunten und staunten. Erst als uns die Kälte in die Knochen kroch, dachten wir an den Rückweg. Ich hatte immer noch die merkwürdige Zange in der Hand. Und dieses letzte Überbleibsel von Eugen legte ich in diese Nische. Es war das erste Erinnerungsstück hier im Keller.
Natürlich kreisten unsere Gedanken fortwährend um diese geheimnisvolle Entdeckung. Leere Nischen! Was das sollte! Wir hatten allerlei aufgehoben, und brachten also Kleinodien, Muscheln und Schnecken in den Keller und legten sie in die Nischen links und rechts neben der Zange. Wir waren irgendwie stolz auf unseren Nischenkeller, unseren unterirdischen Schrank für Besonderes! Wir mußten ihn auch unseren Freundinnen zeigen. Unser Bruder hat uns das alles gebaut! – Der? – Ja, der! – Wer hätte das gedacht! – Ja, und hier haben wir das letzte, was uns an ihn erinnert, aufbewahrt: eine ganz spezielle von ihm entwickelte Zange! Unsere Freundinnen waren beeindruckt – das gefiel uns – und äußerten den Wunsch, ihrerseits Erinnerungs-

stücke in den Keller bringen zu dürfen. Es standen ja noch so viele Nischen leer! Wir erlaubten es und die Nachricht von unserem Erinnerungsdepot sprach sich herum. Weitere Menschen interessierten sich. Wir baten sie um Spenden, denn wir wollten die losen Kacheln, die wir zwischen den Nischen gefunden hatten, einbauen lassen. Ein Fliesenleger hat dann den Eingang, den wir entdeckt hatten, den, den Sie alle kennen, mit den Kacheln ausgekleidet.
Später half uns dann Herr Rüttger bei der Gründung des Vereins. Und als uns die Verwaltung zu kompliziert wurde, engagierte sich Frau Körnermann. Elvira sprach gern von unserem Bruder. ‚Unser Bruder! Unser Bruder lebt berufshalber im Ausland. Und er hat uns diesen Keller gebaut!‘ So glaubten wir. Es war uns irgendwie ein Trost.
Vor zwei Jahren erreichte uns über die deutsche Botschaft in Spanien die Nachricht, daß unser Bruder auf Gran Canaria gestorben ist. Er hinterließ uns nichts weiter. Wir erfuhren nichts weiter. Wir haben ihn nicht mehr gesehen. Aber wie war er? – Wie war er wirklich? – Besessen von dem Gedanken, schneller als andere und auf möglichst raffinierte Weise Geschäfte zu machen! Er hatte nichts anderes im Sinn! Er würde nur dann etwas in den Keller bauen, wenn es ihm Geld brächte! – Die Zange ist von Eugen, ihre merkwürdige Form hat bestimmt einen Zweck – aber diese Ziergiebel und Schmuckformen? – Ich weiß nicht, wer sie gebaut hat. Sie können unmöglich von Eugen stammen! – Elvira! – Eugen kann es nicht gewesen sein!“

Bei den letzten Worten sprang sie erregt von ihrem Stuhl auf, die Wolldecke rutschte herunter.
„Aber wer denn sonst?“ fragte ihre Schwester, die neben ihr saß, mit tonloser Stimme. Und die andern fragten mit ihren Gesichtern dasselbe. Die Angesprochene schaute bekümmert und begann, den Faden zu einem kleinen Knäuel zu wickeln. Alle guckten auf die seltsame Zange. Die hing mit dem Kopf und den schrägen Kneifern nach unten und schlenkerte unruhig hin und her.
„Lotte! Gib mir die Zange!“ schnaubte jetzt die Schwester und riß der Molligen den Faden fast aus der Hand. Als sie ihn bekam, ließ sie die baumelnde Zange wieder ins Wasser hinab: „Die Zange, sie zappelt wie ...“ „Wie wer?“ fragte Frau Körnermann.

„Sie zappelt wie der Hase. Er hing kopfüber wie diese Zange und zappelte voller Verzweiflung. – Ich sehe ihn genau. Eugen hält

ihn an den Hinterläufen. Ich stehe ganz still und neugierig in der Tür und gucke. Eugen faßt jetzt etwas wie ein Eisenrohr und haut dem Häslein in den Nacken. Es zuckt und quietscht vor Schmerz. Und mich trifft ein furchtbarer Schreck. Der Hase schaukelt an Eugens ausgestreckten Arm und wimmert. Dann nimmt Eugen ein kurzes Messer und bohrt es ihm in den Hals. Der Hase zuckt. Das Blut quillt heraus. Tropft in einen Napf, der am Boden steht. Der Hase wird matter und schweigt. Jetzt hängt Eugen ihn an einen Haken an der Decke. Er schnippelt an seinen Beinen und an seinem Bauch herum. Er fingert und ritzt und fummelt: plötzlich ein Ruck, und er zieht ihm das Fell über die Ohren wie einen Pullover. Der nackte, rote Hase kommt zum Vorschein, da entfährt mir ein kurzer Schrei. Eugen dreht sich um, entdeckt mich – ich habe Angst – er schnaubt, er guckt mich groß an, lächelt merkwürdig, als wolle er etwas sagen – drückt mich zurück und schließt wortlos die Tür.
Es war ein Schock. Ich muß noch klein gewesen sein, fünf oder sechs Jahre, Eugen ein Halbwüchsiger. Lotte war wahrscheinlich noch in den Windeln. Ich erinnere mich dunkel: Ja, wir müssen Hasen gehabt haben, Eugen muß Hasen gehabt haben – aber wo? Im Stall war drangvolle Enge, da standen die Kühe, das Schwein und der Wagen. Es gab keinen Schopf, keinen Garten. Aber ich erinnere mich dunkel an Hasen. Ich mochte sie, ihre Nasen hüpften, wenn sie ein Löwenzahnblatt mümmelten. Es kitzelte mich, dabei zuzusehen."

Die Frau, die Elvira hieß, schwieg eine Weile. Andrea bemerkte einen Geruch nach Stroh und Rost. „Danke!" sagte Elvira, zog die Zange heraus und guckte sie prüfend an. „Danke!" fügte ihre Schwester leise hinzu. „Aber um ehrlich zu sein, ich bin sehr verwirrt."
Nach einer Weile fragte die Frau mit den flackernden Augen: „Könnte es sein daß ... der Junge, der mir die Hasen gezeigt hat – Ihr Bruder war?" Elvira stutzte und nickte: „Dann ist es auch kein Wunder, daß Sie das Haus, in dem sie damals zu Besuch waren, nicht mehr finden: Oberhalb von uns sind vor fünfzehn Jahren zwei Häuser abgerissen worden!" sagte sie schnell. „Und die große Treppe muß dann ... unter diesem Kistenstapel liegen!" ergänzte die Frau mit den flackernden Augen halblaut und zeigte zu der Kistenwand. Dann herrschte Stille. Andrea drehte zaghaft den Kopf und beguckte den Raum. ‚Hasenställe?' dachte sie. „Hasenställe!" sagte Frau Körnermann, und an ihrer Stimme hörte Andrea, daß ihr die Vorstellung auch schwerfiel. „Aber das

ist doch gemein! So lebendige Tiere einfach in dunkle Schrankfächer zu sperren!“ erregte sich die Frau ohne Augenbrauen. „Wir hatten früher auch mal Hasen, aber denen ging es besser!“ sagte das blasse Mädchen. Auch Andrea hatte Mitleid mit den Hasen, vor allem, weil sie selber fror. „Ja gut dann, bis nächsten Mittwoch!“ sagte Frau Körnermann.

Kaum hatte sie diese Worte ausgesprochen, sprang Elvira, die forsche Schwester, auf und schritt, die Zange in der Hand, auf eine Nische am anderen Ende des Raumes zu. Lotte, die mollige Schwester, eilte sofort hinter ihr her. Aber als Elvira die Nische erreicht hatte, steckte sie die Zange nicht hinein, sondern drehte sich ruckartig um und steuerte – Lotte hinter sich – eine andere Stelle an. Als sie dort ankam, machte sie wieder kehrt und lief zielbewußt auf eine andere Nische zu, Lotte folgte ihr japsend und rieb sich dabei unablässig die Hände. So hasteten die zwei Schwestern mit grimmigem Blick durch den Keller. Sie waren erstaunlich schnell, fast als würden sie hin- und hergeschleudert, sie waren nur noch hektische Bewegung. Die übrigen staunten eine Weile und wollten dann doch zur Tür gelangen. Sie mußten sich nacheinander an den Schwestern vorbeischlängeln, um nicht von ihnen angerempelt zu werden.
Auch als Andrea und Frau Körnermann aufzuräumen begannen, ließen sich die Schwestern nicht von ihrem Zickzackweg abbringen, sie wurden im Gegenteil noch schneller, rannten fast, Elvira schlug Haken, Lotte drehte Bögen hinterher, sie rasten. Andrea hätte nie gedacht, daß soviel Energie in zwei älteren Frauen steckte – was sollte man tun? Sie jagten durch den Raum wie zwei eingesperrte Wespen. Wespen! Das war die Idee! Andrea bat Frau Körnermann, das Licht vor der offenen Kellertüre anzumachen, dann löschte sie nach und nach die Kerzen, die rasenden Schwestern verkürzten ihre Wege und fanden dem Licht nach aus dem Keller heraus. Wild schnaufend stiegen sie nach oben. Dort angekommen waren sie sehr erschöpft, hielten sich aneinander und konnten sich nur mit Mühe aufrecht halten, bis Frau Körnermann ein Taxi für sie gerufen hatte. Dankbar ließen sie sich in die Sitze fallen.
Frau Körnermann und Andrea guckten dem Taxi nach. „Was ist jetzt eigentlich mit der Zange?“ fragte Andrea. „Ich glaube, sie haben sie mitgenommen.“

28

Andrea war fleißig und haute sich Tag für Tag in den Kopf, wie man mit Menschen umging. Aus philosophischer, juristischer und pädagogischer Sicht. Und als sie am Dienstagabend aus der Bibliothek heimkam, kribbelte es in ihr. Sie spürte ein Brausen in ihrem Körper, ein Jagen, Stoßen und Stechen. Sie spürte die rasende Zickzackbewegung von eingesperrten Wespen in sich! – Was, wenn das, wovon sie überzeugt war, auch nicht richtig war? Aber woher sollte man das wissen? Vor allem, wenn man Fachbüchern nur bedingt und Autoritäten überhaupt nicht glaubte?

Sie hatte sich immer bemüht, aber irgendwie schien das nicht zu gelten! Und in ihr war plötzlich ein Zorn, der sie selbst erschreckte! Er tobte in ihr, er rempelte in ihr, er rempelte gegen die Bücherregale in der Bibliothek, daß die Bücher herausstürzten! Andrea spürte die Lust, Seiten herauszureißen, sie zerknüllte in sich die ellenlagen Abhandlungen über Emanzipation und Lernpsychologie, riß sie in Fetzen, sie hieb die Bände den Kommilitoninnen von der Lerngruppe um die Ohren, die immer so lieb guckten und nur spekulierten, was der Meier wohl fragen würde und hören wollte. Sie schlug in Gedanken auf die Damen von der Beratungsstelle ein, die den betreuten Alten einen geordneten Tagesablauf und sonst gar nichts bieten wollten. Die sozial Engagierten waren manchmal so selbstgerecht! Sie spürte auch eine Wut auf ihre käsigen Eltern, die sich immer nur nach bestandenen Prüfungen erkundigten, und ansonsten in ihrer langweiligen Ehe in ihrem langweiligen Haus versauerten – in der Vorstellung, daß sie, Andrea, ebenfalls ein solches Leben anstreben würde! Grrr! Sie spürte auch eine Wut auf sich selbst, weil sie irgendwie nicht mutiger war! Sie spürte eine Wut auf die Kartons, die seit Wochen auf dem Flur der Wohngemeinschaft herumstanden, auf die Mitbewohnerinnen, die nie den Tisch abräumten und nie den Müll hinaustrugen! Sie könnte diese ungewaschenen Teller in der Küche an die Wand schmeißen und alle von der WG und ihre Eltern, überhaupt alle so schütteln, daß die Tassen in ihren Schränken schepperten!

Um nicht wirklich etwas Schlimmes zu tun, rannte Andrea aus dem Haus. Sie rannte die Straße entlang, die Staffeln hinauf und in den Wald. Sie rannte lange. Das Grün tat gut. Zwei Stunden später verließ sie den Wald an einer anderen Stelle, sie ging an Häusern und Gärten vorbei, hinunter und durch die Stadt bis sie an das Studentenwohnheim kam, wo Tobias wohnte. Sie hatte ihn seit fast einer Woche nicht gesehen. An seiner Zimmertür hing ein Zettel. ‚An Andrea!' stand darauf, Rückseite: ‚Wegen einer Familienangelegenheit muß ich dringend nach Hause fahren. Ich erkläre es Dir später. Gruß Tobias.' Sonst nichts. Und ein schläfrig wirkender Student, der über den Gang schlich, zuckte mit den Schultern, als sie genaueres wissen wollte. Irritiert ging Andrea heim. In ihrem Kopf brauten sich schreckliche Phantasien von herabstürzenden Felsen, abgebrannten Häusern und Familientragödien zusammen.
Als Tobias auch am nächsten Tag nicht anrief, krabbelten die Phantasien in eine ganz andere Richtung. Was, wenn er gar nicht nach Hause gefahren war, sondern sich irgendwo mit einer anderen Freundin vergnügte? – So abwegig Andrea diese Idee auch fand, es gelang ihr nicht, sie aus ihrem Kopf zu verbannen.

29

Am nächsten Mittwoch hatte Andrea immer noch nichts von Tobias gehört. Das war beunruhigend, aber es hinderte sie nicht daran, abends zur Tunksitzung in den Erinnerungskeller zu gehen.
Als sie sich bei Kerzenlicht und schweigend wie immer unten versammelt hatten, schaute sie von einer Person zur anderen – da stand die Frau ohne Augenbrauen und die mit den flackernden Augen, das Mädchen, die zwei Schwestern und der große Mann mit dem kleinen Räuspern, die Körnermann und der Mann mit dem Gartentörchen über der Nase – und alle hatten ihre vermißten Erlebnisse heraufgezogen und geborgen, und alle guckten Andrea an: „Äh", stotterte sie, „mir ist eigentlich gar nichts abhanden gekommen." „Also, Sie wissen noch, welche Bedeutung in Ihrem Topf ist?" fragte Frau Körnermann. „Das nicht, nein!" „Dann sind Sie heute zum Tunken dran!" sagte der Mann mit dem Gartentörchen über der Nase und nickte energisch. Andrea zögerte. Es war ja nicht ihr Geheimnis. ‚Nur fortschmeißen dürfen Sie es nicht!' hatte die Scheuer gesagt. Hineingespickt hatte Andrea ja bereits. „Bisher ist das Vergessene bei allen wieder aufgetaucht", sagte Frau Körnermann aufmunternd. Also gut, Andrea ging zu dem Regal (direkt gegenüber dem geheimen Guckloch), nahm mit beiden Händen den Steinguttopf heraus, stellte ihn am Rand des Pumpensumpfs ab und öffnete vorsichtig den Deckel. Im Topf lag der klamm gewordene Lappen, sie lupfte ihn: Darunter lagen unverändert, in Zellophan eingepackt, die Papierröllchen. Große Zigaretten ohne Tabakfüllung. Andrea spürte, daß alle Blicke auf sie gerichtet waren. Sie versuchte, ein Papierröllchen zu fassen; es ließ sich nicht herausziehen. Sie faßte ein anderes, auch das steckte fest. Da wurde sie nervös, sie begann zu zerren und bemerkte, daß die Papierröllchen jeweils zu mehreren zusammenhingen – sie faßte fünf auf einmal und zog ein Bündel von gerollten Seiten hervor; es war ein in

sechs, sieben Locken gedrehtes Heft. Und sogleich erkannte sie, daß sich noch zwei andere Hefte dieser gerollten Sorte im Topf befanden.
Sie steckte nun die Finger in alle drei Röhrengebilde, streckte den Arm aus und ließ sie langsam in den Schacht sinken. Sie berührten mit ihren unteren Enden gerade die Wasseroberfläche, da rief jemand: „Halt, das reicht!“ Es war Frau Körnermann. Andrea nahm die Papierröllchen wieder zu sich und versuchte, sie zu glätten. Sie blätterte eines davon auf: eine eigenwillige, aber gut lesbare Handschrift. Kein Titel, keine Überschriften, ab und zu ein Datum „Notizen!“ sagte Andrea. „Was steht da?“ fragte Frau Körnermann. Andrea zitterte ein bißchen, sie bemühte sich, die verdrehten Seiten zu bändigen, verglich die Daten, nahm das erste Heft und las vor:

Di 14.4.1964
Rs a/17, Rs a/17, Rs a/17, Rs a/17, Rs a/17, seit Wochen Rs a/17! Rs a/17 mit schwarzer Tusche auf Papier, und Rs a/17 unzählige Male mit weißer Tusche auf braune Scherben – Konkavseite bei Vasen, Konvexseite bei Tellern – Rs a/17: ich war mir nicht sicher, ob meine Hand noch etwas anderes zu schreiben vermag als Rs a/17, Rs a/17, Rs a/17, anscheinend kann sie. Immerhin. Renner hat sich für dasselbe Projekt in Resufu beworben wie ich. Er scharwenzelt um Bernhard herum, er trägt ihm die Bücher von der Bibliothek zu seinem Arbeitszimmer. Ich könnte ihn auf den Mond schießen. Siggi, die sich ja auskennt, sagt, wer nicht mindestens drei Semester Planquadrate gezeichnet und Scherben beschriftet hat, hat nicht die geringste Chance, einmal mit zum Graben zu kommen. Ich habe erst anderthalb. Manchmal würde ich am liebsten den ganzen Vasenkram an die Wand schmeißen! Aber es sind ja sowieso schon Scherben!
Anleitung zum wissenschaftlichen Arbeiten, dachte ich. Aber wie man Rs a/17 schreibt, habe ich auch schon vorher gewußt. ‚Wir betreiben hier eine exakte Wissenschaft‘, unterbrach mich Bernhard näselnd, als ich irgendwann mal einen eigenen Gedanken äußern wollte. Wer sich lange genug unterordnet, erhält einmal eine Chance. Renner soll Bernhard sogar beim Umzug geholfen haben. – ‚Für dich hätte es sicher auch noch ein paar Kisten zum Schleppen gegeben‘, meinte Siggi und lachte anzüglich.
‚Die groben Arbeiten lassen wir sowieso immer von den Leuten dort unten vornehmen‘, sagte Bernhard bei irgendeiner Gelegenheit, ‚die sind billiger und arbeiten schneller, weil sie das Klima gewohnt sind.‘

Do 23.4.1964
Wenn ich das gewußt hätte! Gestern erreichte ich glücklich den letzten Rs a/25 Scherben und jetzt: Bruchkanten abzeichnen! Ich Esel! Ich habe doch geglaubt, Archäologie sei ein Abenteuer! Im Grunde arbeite ich die ganze Zeit nur in Erwartung dieses einen wunderbaren Moments, nachdem ich mich sehne, seit ich als Vierzehnjähriger das erste Mal über Pompeji las: Ich steche mit dem Spaten in die Tiefe, der wird plötzlich jäh und hart gebremst. Sieh da: die Fundamente einer Stadt wie Ninive! Der stößt ins mürbe Holz: ein Sarg wie der des Königs von Minos! Oder der Spaten erzeugt einen metallischen Klang – eine Goldmaske wie die des Agamemnon! Ah! So ein spektakulärer Fund wäre dann die Grundlage meines Ruhms. Kein Schliemann zwar, aber trotzdem: Guckt, da: Heinrich Monk hat auch etwas entdeckt!
Aber wie soll das gehen, wenn sie mich nie zum Graben mitlassen? Manchmal denke ich, Abi sollte man haben, um Archäologie studieren zu können, statt als Zeichenknecht hier rumzukrebseln ... aber ich sehe: Den Studenten am Institut geht's auch nicht besser. Bedingungslose Unterordnung, sonst kommst du nie nach oben. Neulich hörte ich sogar von einem, der es geschmissen hat und statt dessen jetzt eine Lehre macht als – Technischer Zeichner! Daß ich nicht lache! ‚Sie haben eine ordentliche Schrift, Monk, das ist mir gleich aufgefallen!' hat Bernhard gemeint. Ob sie mich nur deshalb eingestellt haben?

So 7.6.1964
Ich weiß nicht, wie lange ich das noch aushalte! Die Arbeit ist einfach unerträglich langweilig. Auch außerhalb des Instituts wenig Erfreuliches. Gestern ging ich durch die Straßen. Die Stadt ist verwinkelt und schmutzig, und die Leute, zum Beispiel meine Wirtsleute, versteht man schlecht. Das Bier schmeckt mir nicht, und zwischen den Studenten komme ich mir seltsam vor. Aber die Altstadt hat wenigstens Charakter. Die neueren Stadtteile nicht. An ihren Rändern wird gebuddelt und gebaut, und Reihen schmuckloser Häuser entstehen. Sie sind fest und stabil, haben richtige Fenster, Heizung und Wasseranschluß – aber von der Form her unterscheiden sie sich kaum von den Baracken, in denen wir als Kriegsgefangene hausten: aneinandergereiht und karg. Häßlich. Doch, manchmal erlaubt man sich Schmuck: aber asymmetrisch muß er sein: ausgestanzte Kreise in einer Balkonverkleidung, bunte Mosaiksteinchen in einer gefliesten Wand. Und in den Putz des neuen Rathauses gekratzt: Flügelschlagende Schwäne. Sie hauchen mich traurig an. So fliegend, und kom-

men doch nie von der Wand weg. Ich bohre mich in Gedanken lieber in die Erde: Schätze sind in ihr verborgen, Geheimnisse – mehr als ein Herr Bernhard ahnt! Manche, ganz wenige haben wir gefunden und herausgeholt. Die meisten aber schlummern noch: Tempelanlagen, Schlösser, Kultplätze. Ich, ich hätte große Lust, etwas bisher ganz und gar Unbekanntes zu entdecken ... Einen Renner lassen sie mit zur Ausgrabung – und mich? Fraglich. Ich sitze weiterhin da und strichle, beschrifte, strichle, beschrifte. ‚Was Sie vermuten, interessiert hier nicht, hier interessieren nur die nackten Tatsachen!' hat mich Bernhard neulich zurechtgewiesen. Die nackten Tatsachen bringen mich noch um!

Di 23.6.1964
Immer wieder laufe ich ins Leere, wenn ich meine Ideen äußern will. Spekulationen! sagen die am Institut in einem Ton, als ob das etwas Obszönes wäre! Die Herren Archäologen! Seit zehn Jahren ereifern sie sich in den Zeitungen darüber, was es mit den Schriftrollen von Qumran auf sich hat! Sind das vielleicht keine Spekulationen?

Mi 25.11.1964
Hochinteressante Entdeckung!
Als ich heute zur Haustür hereinkam, drang aus den Tiefen des Kellers ein gellender Schrei. Ich ging hinunter und traf meine erbleichte Frau Wirtin zitternd vor einer toten Ratte. Die sonst eher herbe Dame wurde ganz matt und weich und schmolz vor Dankbarkeit dahin, als ich den Kadaver beseitigte. Nachher, als ich nochmals hinunterging, um ihr die Briketts zu holen, die sie vor Schreck vergessen hatte, schaute ich mich ein bißchen um im Keller und machte eine erregende Entdeckung: ich fand den Einstieg zu einem unterirdischen Gang.

Do 3.12.1964
Ich habe mir extra ein paar Flaschen Wein gekauft. Für den Keller. Schließlich brauche ich einen Grund, um ihn öfter aufsuchen zu können. Und die Scheuer, durch meine Rettungsaktion neulich ohnehin gnädig gestimmt, hat mir zugestanden, daß ich eine Kiste oder ein kleines Regal im Keller aufstellen darf. Wenn ihr Mann nichts dagegen hat.

So 6.12.1964
Heute waren die beiden nicht da, und ich hatte Gelegenheit die Sache zu untersuchen: Ein Kriechgang, kalt, feucht und muffig, führt in einen anderen Keller und von dort aus weiter. Da werden Äpfel gelagert und Mostfässer, Rüben in Sandhäufen. Dump-

fes Alltagsgerät. Schade, ich hatte so auf etwas Wundersames gehofft!

Fr 11.12.1964
Winckelmannfeier. Heute kam die offizielle Bestätigung: Renner fährt als Zeichner mit nach Resufu, ich nicht!! – Ich bleibe da und zeichne Scherben ab!! Mich ärgert das, mich kränkt das, mich macht das wütend! – Und wenn ich mir daheim in Hofgeismar nicht das ‚Siehste-Geschrei' anhören müßte, würde ich ja am liebsten alles hinschmeißen und zurückgehen. – Und wenn ich nicht beim Ehepaar Scheuer in der Dachkammer wäre, dann würde ich manchmal laut schreien!
Aber vielleicht entdeckt Heinrich Monk doch etwas Besonderes, und sei's auch nur in den stinkigen Kellern kleinkarierter Schwaben! Bei nächster Gelegenheit gehe ich noch einmal hinunter!

So 17.1.1965
Erstens: Ich habe herausbekommen: Sonntags gehen die Scheuers meistens zu irgendeinem Vereins- oder Familienfest, man merkt es, wenn er seinen Sonntagshut aufsetzt statt der verdrückten Alltagsmütze. Für die Kellerforschung also ein günstiger Zeitpunkt. Auch weil da keine Hausfrau im Keller Äpfel sortiert.
Zweitens: Ich habe herausbekommen: Es gibt noch weitere Kriechgänge. Es scheint, als ob viele der Altstadtkeller miteinander verbunden wären. Ein unterirdisches Netz also. Vielleicht doch noch eine Entdeckung. Heinrich Monk, jetzt wird's spannend!"

Hier endete der Text. „Weiterlesen!" sagte der Mann mit dem Gartentörchen auf der Stirn, als Andrea das Heft zur Seite legte. Andrea nahm das zweite Heft. Auf seinem Deckel stand:

Privates Forschungsprotokoll von Heinrich Monk.
Das Labyrinth von T.
Die Erstellung des Kellerplans.

Andrea las weiter vor:

Mi 27.1.1965
Meine bescheidene Ausrüstung: eine neue Taschenlampe. Ich habe mir einen Stadtplan besorgt und davon ausgehend mit einer Bestandsaufnahme begonnen. Eine Aufgabe, die Selbständigkeit verlangt.

Mo 1.2.1965
Schwierige Arbeitsbedingungen, weil alles heimlich geschehen muß. Aber dreizehn Keller habe ich schon ausgeforscht und in meinen Plan eingetragen. Schlichte Gewölbekeller.

So 7.2.1965
Heute (obwohl Sonntag) hätte mich beinahe jemand entdeckt, ich konnte mich gerade noch hinter einen Stapel Bierkästen ducken. Trotzdem: Der Kellerplan nimmt Gestalt an. Achtzehn Keller habe ich schon eingetragen und erforscht.
Ja, lieber Herr Bernhard, Heinrich Monk kann mehr als nur die Bruchkanten von Gefäßen abzeichnen! Vielleicht tut es Ihnen noch einmal leid.

Fr 19.2.1965
Die Gänge sind eng und riechen schlecht, in den meisten Kellern selbst nichts als Fässer, Kisten, Kartoffeln. Aber gestern stieß ich auf einen Keller, der ist so vollgestellt mit Steinen, daß ich zunächst gar nicht ermessen konnte, wie groß er eigentlich ist. Grobe Backsteine, die schon einmal irgendwo verbaut waren. Dann sah ich gestapelte Kacheln. – Es sind zerlegte Kachelöfen, die da unten lagern. Da sind glatte Kacheln und solche mit Reliefs und Figurenschmuck, Kacheln mit Öffnungen in verschiedenen Größen, ja sogar durchbrochene Kacheln mit tropfenförmigen Öffnungen. Ich denke mir die aufgestellten Kachelöfen – warme Gebäude mitten im Zimmer, stattlich und ehrwürdig. Sie haben Simse und Vor- und Rücksprünge, oben eine Art Dachtrauf. Alles Formen, die heute nichts mehr gelten!
Man hat sie abgerissen wegen der modernen Zeit, um sie durch schlicht gerippte, öde Heizkörper zu ersetzen. Die machen nämlich keinen Dreck mehr, da gibt's kein Anzünden mehr, kein Auflodern des Feuers und keine Glut – die können nur noch freudlos Wärme verteilen. Während die Kacheln traurig im Keller zerbröseln und verkümmern. (Die Scheuers haben bloß schlichte Kohleöfen, ich trage ihr die Briketts hoch, aber nur wenn er nicht da ist.)
Und heute ging ich ein Stückchen weiter unten in der Gasse an einem Geschäft vorbei und bemerkte hinter der Schrift 'Heizungsbau Schmid' an der Fassade die übermalten Buchstaben von 'Ofenbau Schmid'. So ist das.

Mo 1.3.1965
Gestern hat sich Renner mit schrägem Grinsen bei mir verabschiedet. Ich freue mich, daß ich ihn zwei Monate nicht sehen

muß! Er kann von Glück sagen, daß ich ihm keine geschossen habe. 'Im Rahmen meiner Forschungstätigkeit erstelle ich jetzt den Plan über ein unterirdisches Labyrinth in Resufu' schrieb ich nach Hause. Das stimmt ja, mit Ausnahme der letzten zwei Worte.

Mi 10.3.1965
Die Arbeit ist mühsam. Erschwerende Bedingungen: Kälte, Dreck, Gestank. Beim letzten Kellergang hab ich mich erkältet, aber der Plan ist gewachsen. Die Keller um den Marktplatz habe ich größtenteils eingetragen. Saubere Arbeit. Einen Gang, der zum Brunnen führt, konnte ich bisher nicht finden. Nur durch eigene Sturheit kann ich die Sturheit am Institut ertragen.

So 28.3.1965
Heute ist es passiert! Jemand kam in den Keller, wo ich mich gerade umsah, und ich konnte nicht mehr ausweichen. Es war eine dieser stumpfen schwäbischen Hausfrauen. ‚Was machen Sie da?' fragte sie und guckte wie ein Schaf. ‚Ich habe den Auftrag, die Keller zu vermessen', sagte ich und wandte mich wieder meinen Skizzen zu. ‚Ach so', antwortete sie, holte ihr Eingemachtes und war's zufrieden. Das Wort *Auftrag* hat genügt. Phantastisch. (Sie fand's nicht mal seltsam, daß ich ihm sonntags nachgehe.)

Mo 29.3.1965
Ich forsche und zeichne tüchtig – aber alles, was ich bisher fand, sind Fässer, Äpfel, Vorratsgefäße, ein paar kaputte Möbel, volle und leere Marmeladengläser, Farbeimer, zerbeulte Zinkwannen. An manchen Stellen sind die Verbindungsgänge unterteilt durch Läden oder ähnliches. Manchmal, aber nicht immer gelingt es mir, sie zu öffnen. So wird der Plan vermutlich unvollständig bleiben.

Mo 12.4.1965
Nachdem Scheuers letzten Sonntag nicht ausgingen, erst gestern wieder ein Besuch in den Katakomben. An einer Stelle habe ich mir ziemlich stark den Kopf angeschlagen, ein Hieb und mir wurde schlecht vor Schmerz – ich faßte mir an den Kopf und hatte Blut an den Fingern. Es ist alles so verdammt niedrig da unten, die Leute sind hier einfach kleiner.
Vielleicht weil mir ein bißchen schummrig war, als ich weiterkroch, meinte ich kurz danach, in ein Columbarium zu treten – gerade so wie im unterirdischen Rom. Es war wahrscheinlich wegen der Symmetrie und weil es Nischen an den Wänden hat.

In denen liegen, wie ich dann feststellte, Stroh und braune Perlen- typisch, ich find' eben nur Scheiße. Und in der Ecke ein Schacht, eine übelriechende Sickergrube. Weiß der Kuckuck, was für Tiere hier irgendein schwäbischer Spinner gezüchtet haben mag. Also nichts Columbarium, sondern häßliche, nackte Ställe, nackte Tatsachen eben. – Mein Kopf tut immer noch weh.

Mi 21.4.1965
Gerade lese ich die letzten Abschnitte wieder (wollte eigentlich über das Institut schreiben), da kommt mir eine wunderbare Idee.
Ich sehe den kahlen Lagerraum, der auf mich einen Moment lang wie ein Columbarium wirkte, in dem ich die braunen Perlen fand. Er ist seit Ewigkeiten von niemandem betreten worden außer von mir. Sie haben ihn absichtlich oder unabsichtlich vergessen. Ich sehe den anderen Keller, den vollgestopften, den mit den zerschundenen und mißachteten Kacheln – die mit ihren Profilen und Blattornamenten derzeit keine Chance haben oben, auf der Höhe der Zeit, auf der Erdoberfläche!
Ich sehe auch den Keller des Malers. Dort sind Trockenmörtel und eimerweise Farbe gelagert, Restposten, die er selbst wahrscheinlich längst vergessen hat.
Und ich denke an die, die in Zukunft Archäologie betreiben. Wehe, wenn sie verdammt sind, sich ausgerechnet mit unserer heutigen Zeit zu beschäftigen! (Nackte Wände, nackte Gegenstände.) Ich werde dem Wunder ein bißchen nachhelfen. Jeder Kulturschatz braucht Menschen, die ihn herstellen, bevor er vergessen und wiederentdeckt werden kann! Ich möchte den zukünftigen Archäologen eine Freude machen – oder, noch besser, mir selbst. Ich bin der erste zukünftige Archäologe! Den Kellerplan lasse ich, wie er ist. Unvollendet. Jetzt wende ich mich der neuen Idee zu. Sie gefällt mir, und ich schwöre mir selbst: Sollte mir dieses eine erregende Werk gelingen, dann werde ich in Zukunft von der Archäologie die Hände lassen! Ja!
Wenn ich eine Freundin hätte, würde ich ihr die Idee ins Ohr flüstern. Frau Scheuer schaut mich zur Zeit immer so an. Und wenn ich gerade so zurückschaue, tut sie, als sei nichts gewesen. – Eigentlich gefällt sie mir."

Andrea Nitsch faßte nun das dritte Heft, öffnete es und las:

Bericht für das Jahrbuch
des deutschen Archäologischen Instituts:
Das Labyrinth von T.

Bei der Rettung einer jungen Frau aus einem dunklen Verlies, wo sie von einem toten Untier erschreckt worden war, entdeckte der Altertumsforscher Heinrich Monk einen geheimen Gang unter der Stadt T. Er untersuchte seinen Verlauf und bemerkte, daß er zu einem unterirdischen Labyrinth gehört. Unter widrigsten Bedingungen untersuchte er dieses Labyrinth und erstellte unbemerkt von den Ureinwohnern einen Kellerplan. Er registrierte gewissenhaft die gewölbten Verliese und ihre Verbindungsgänge. Eine gründliche Arbeit, die für sich gesehen schon Anerkennung verdient. Bei dieser Bestandsaufnahme machte er eine Entdeckung; er stieß auf einen unterirdischen Kultraum bisher völlig unbekannter Provenienz. Der Raum war damals in einem sehr schlechten Zustand, denn er war von unverständigen Menschen entweiht und sogar jahrelang als Stall mißbraucht worden. Heinrich Monk aber erkannte sofort die Besonderheit des Ortes und machte sich daran, ihn freizulegen – heimlich, denn seine Umgebung hatte kein Verständnis für ihn. Schon zu Beginn seiner Ausgrabungstätigkeit fiel ihm auf, daß die Anlage symmetrisch und nach Osten ausgerichtet war. Sein erster großer Erfolg war die Ausgrabung des mittleren Bezirks an der Hauptwand der Anlage. Dort stand ein gemauerter Schrein, und als Heinrich Monk ihn genauer erforschte, stieß er auf Simse, Zierkacheln und erstaunlich geformte Türme aus Ton. Als er die Bauten an der Südseite analysierte, konnte Heinrich Monk feststellen, daß sie mit stilisierten Früchten bekrönt und aus keramischen Teilen zusammengesetzt waren. Fruchtbarkeitssymbole oder gar Weihegefäße? Heinrich Monk sagt nichts dazu, er vermutet nicht, er betreibt eine exakte Wissenschaft.
In den Bauten gab es Nischen, in denen etwas aufbewahrt werden konnte. Von ihrem ursprünglichen Inhalt ist nichts erhalten – als sie mißbraucht wurden, ging alles verloren. Was mag sich in den Nischen befunden haben? Schatzkästlein? Oder Votivgaben? Urnen? Heilige Geräte? Heinrich Monk gibt keinen Kommentar, solange konkrete Anhaltspunkte fehlen – er arbeitet schließlich an der Universität. Als Heinrich Monk sie näher untersuchte, bemerkte er, daß sie mit durchbrochenen keramischen Platten verkleidet waren, die aussahen wie ineinander verflochtene Ranken. Einen Stapel anderer Kacheln entdeckte Heinrich Monk links neben dem mittleren Bezirk. Über ihre Funktion konnte er nichts Endgültiges sagen.
Ein wertvoller Beitrag zur Erhellung der Geschichte des Kultraums war die Aufdeckung eines Baus an der Nordseite, der zunächst nicht einzuordnen war. Er erwies sich nach Monks de-

taillierter Untersuchung als kleinteilige Treppenanlage mit bogenförmigen Öffnungen. Die Besonderheit der Treppenanlage besteht darin, daß sie sich nach oben hin verkleinert und verjüngt. – Wem sind diese Treppen zuzuschreiben? – Heinrich Monk äußert sich dazu nicht. Ihm sind Spekulationen zuwider, er kennt nur nackte Tatsachen! Heinrich Monk erkannte auch, daß sämtliche Einbauten mit einem Verputz versehen waren, der in seiner Grundsubstanz unserem heutigen Mörtel vergleichbar ist. Als er die verputzten Wände analysierte, stieß er an den Schmalseiten auf Blattornamente, die in den Putz hineingekratzt waren. Bevor Heinrich Monk seine hochinteressante Grabung abschloß, entdeckte er noch, daß die gesamte Anlage mit weißer und gelber Farbe gestrichen war. Er beendete sein Werk am 28.4.1966. Die Wissenschaft dankt ihm für seinen unermüdlichen Einsatz."

Frau Nitsch war am Ende des Textes angelangt und starrte auf die Hefte. Sie rührte sich nicht. „Hallo, Frau Nitsch!" sagte Lina Körnermann schließlich, da hob sie den Kopf und sah sie an: Dann rollte sie die Notizen wieder zusammen und steckte sie in den Tontopf zurück. „Ich danke im Namen des Mannes, der das geschrieben hat", sagte Frau Nitsch. „Ich hätte ihn gerne einmal kennengelernt!" meinte Frau Bußmann. Und Frau Lempp: „Siehst du, Elvira! Ich sagte dir doch: Eugen kann es nicht gewesen sein!" Frau Grinter erwiderte: „Aber die Hasenställe! Die sind von Eugen! Die hat er gebaut!"
Lina selbst wußte gar nichts zu sagen, sie fühlte sich benommen wie nach einem Kinofilm. – Dabei ging es ja die ganze Zeit um den Ort hier, an dem sie sich befanden! Sie stand auf, reckte die steif gewordenen Glieder und guckte sich um. Das seltsame Werk von Heinrich Monk lag im unruhigen Licht flackernder Kerzen. Lina nahm eine davon, um sich seine heimlich errichteten Bauten genauer anzusehen. Auch die andern standen auf, griffen nach den Kerzen und gingen damit von Nische zu Nische. Sie beleuchteten die Kacheln und die Ziergiebel und wunderten sich über ihre Vielfalt.
„Was war das für ein Mensch, der hier so heimlich geschafft hat?" sagte Frau Bußmann nach einer Weile mit Blick auf Frau Nitsch. Aber Frau Nitsch hielt den Tontopf im Arm und schwieg. „Seine Geschichte macht mich ein bißchen traurig", fügte Frau Bußmann hinzu. „Mich nicht," meinte Herr Maus und schüttelte den Kopf, „schließlich haben wir seine Geheimkammer ja gefunden!" Frau Nitsch schob schließlich den Tontopf in die Nische

zurück, und Lina ging mit ihrer Kerze wieder zum Pumpensumpf. Sie schaute in das schwarze Wasser und dachte an die zurückliegenden Treffen. Auch die anderen kamen wieder zum Schacht und bildeten einen Kranz von Lichtern um das Wasser. Der übrige Raum sank in die Dunkelheit zurück.
Lina holte tief Luft: „Es war die Langeweile, gegen die ich wolllüstig anstrickte." „Und es war Bitterkeit, gegen die mein Mann seine Tonfiguren formte", sagte Frau Bußmann. „Ich behaute einen Pflasterstein und flickte ihn, als wär's ein Zahn", meinte Anna Schiller „und ich hatte zuerst die Idee!" „Und in meinem Schreibtisch schepperte ein richtiger Zahn, der schon mal auf einem Berg begraben war." „Ich erinnere mich an das bedrohliche Schweigen, das ich zur Antwort bekam." „Ein Mann schlich zu uns und rührte mit einem Eisen im Wasser", ergänzte Lina, „und eine Frau platzte herein, um den unterirdischen Saft mit Papier aufzusaugen." „Ich hörte die Hasen singen, weil ein Sonnenstrahl in eben diesen Keller drang!" „Und ich hörte einen Hasen quietschen, als er getötet wurde, von unserem Bruder Eugen." „Von unserem Bruder, der undurchschaubare Geschäfte trieb. Und uns eine Schatzkammer im Keller hinterließ – haben wir geglaubt – aber seit gerade eben wissen wir, daß ein andrer sie gebaut hat. Von Eugen stammen nur die nackten Fächer!" Frau Lempp stöhnte.

„Alles Vermißte ist wieder aufgetaucht", stellte Lina fest, „und unterirdisch ist alles miteinander verbunden. Damit war das unsere letzte Tunksitzung. Ich danke Ihnen." Sie schritt zur Kellertür, um dort die andern zu verabschieden.
Die kamen, die brennenden Kerzen in der Hand, und bedankten sich. Lina mußte schlucken, als sie die feuchten Hände drückte. Sie mochte diese Menschen. – Frau Nitsch war die letzte. „Wissen Sie was," sagte die, „ich habe diesen Heinrich Monk gar nicht gekannt." Lina ging mit Frau Nitsch die Treppe hoch. „Woher haben sie dann den Topf?" fragte Lina, als sie oben angekommen waren. „Eine alte Frau hat ihn mir in Verwahrung gegeben. Seine frühere Vermieterin."

Lina nahm heute nicht den Bus, sondern ging zu Fuß nach Hause. Sie stieg die Staffeln hinauf, die zwischen steilen Gärten auf den Berg führten. Sie dachte an Heinrich Monk, den Tagebuch- und Berichteschreiber. Sie war unschlüssig, ob sie in ihm einen Betrüger sehen sollte oder ein unerkanntes Genie. Der Gedanke an 'zukünftige Archäologie' war ihr unangenehm. Ja, sie fand ihn sogar anstößig.

Auf einem Absatz blieb sie stehen und guckte zurück auf die roten Dächer der Altstadt. Plötzlich stieg ein Bild von Zerfall in ihr auf. Die Stiftskirche kratzt mit ihrer Nadel am Himmel, und weil die Wolken so hart sind, knickt sie und bricht ab. Das Schloß, das behäbig auf dem Berg oben thront, wird plötzlich immer breiter, dehnt sich aus und zerfließt wie ein mißglückter Pudding. Die Ziegel rutschen in rasender Geschwindigkeit und mit schürfendem Geräusch von den Dächern. Tauben fliegen unbehelligt durch die Fensterscheiben, zerfetzen sie mit dem Schnabel, als wären es Plastikfolien. Kamine kippen, Erker und Balkone sacken zusammen und bleiben als schlaffe Beutel an den Hauswänden hängen. Kletterpflanzen hangeln sich daran empor und wachsen über die Fassaden. Bäume streckten ihre Äste durch die Fenster, mit Zweigen wie Hände fassen sie nach Giebeln und Gebälk und reißen beides zu Boden. Die restlichen Mauern zerbröseln wie Burgen aus Sand, der Wind schleift ihre letzten Kanten ab. Dann ist der Berghang zugewachsen, ein Stück wuchernder Wald.
Lina erschrak. Sie zog ihre Jacke stramm, klemmte sich die Handtasche unter den Arm und ging nach Hause, ohne sich noch einmal umzudrehen.

30

Lina fragte sich, ob sie dem Vorsitzenden jetzt, nachdem die Mittwochstreffen zu Ende waren, erzählen sollte, daß es sie gegeben hatte. Wenn er mal ansprechbar wäre ... Vielleicht.

Als sie einige Tage später ins Vereinsbüro kam, traf sie ihn zu ihrer großen Verwunderung an. Er saß an ihrem Platz und machte ein verkniffenes Gesicht: „Gut, daß Sie kommen, Frau Körnermann! Wir müssen dringend etwas unternehmen!" „Was ist denn los?" fragte Lina und legte rasch ihren Sommermantel ab. „Bitte schaffen Sie mir eine Verbindung zu den folgenden Stadträten! Ich muß sie unbedingt sprechen!" Und mit der knappen, aber höflichen Geste, die Lina so an ihm mochte, stand er auf und ließ Lina an ihren Platz. Eine Namensliste lag auf dem Tisch. Sie setzte sich, blätterte im Telefonbuch, wählte, fragte sich zu dem gewünschten Gesprächspartner durch und reichte dem Vorsitzenden, der stehend wartete, den Hörer.

„Haben Sie meinen Brief erhalten?" fragte er forsch. „Es geht um die nächste Gemeinderatssitzung, bei der ja über die Zukunft unseres Erinnerungslagers entschieden werden soll ... Das heißt, Sie haben keine dritte Vorlage vorbereitet? Aber ich habe Ihnen doch gesagt: Unser Verein hat keine finanziellen Reserven! ... Als Programmpunkt bei den Stadtführungen für auswärtige Gäste?" Der Vorsitzende erregte sich: „Das heißt also, es bleibt dabei: Der Gemeinderat will die Schonung des Erinnerungslagers an für uns unannehmbare Bedingungen knüpfen – er spart 10 Meter Leitung, zerstört unser Lager und bietet uns als Ersatz einen Keller in einer ehemaligen Brauerei am Stadtrand an! Direkt neben dem Probenraum der Nachwuchs-Rockmusiker! Das ist indiskutabel! – Auf Wiedersehen!" Der Vorsitzende legte auf, und Lina guckte ihn fragend an.

„Alles nur wegen diesen Ökolinken!" wandte er sich voller Unmut an sie. „Die haben sich im Bauausschuß vehement für uns

eingesetzt, und jetzt wittern die bürgerlichen, konservativen Kräfte ein alternatives Kulturexperiment in unserem Verein! Und darauf wollen sie sich nicht einlassen! – Bitte“, er zog ein paar Akten aus der Tasche, beugte sich neben Lina über den Tisch und notierte etwas, „jetzt brauche ich Herrn Stadtrat Müller!“
Lina stellte die Verbindung her, und der Vorsitzende redete jetzt auf Herrn Müller ein: „Es könnte ja auch sein, daß die Stadt Geld damit verdient! Generationen von Akademikern haben hier ihre schönsten Jahre erlebt! Das muß man doch bedenken! Das sind doch Leute mit Kaufkraft! Bitte, ich habe auch Gespräche geführt mit Vertretern des Touristikverbands. In anderen Städten besteht durchaus Interesse an der Idee unseres Vereins! Wenn wir sie uns beizeiten patentieren lassen, dann müssen andere für die Übernahme zahlen! Das wäre zukunftsorientiertes Handeln!“

Lina fühlte sich unwohl. Während er telefonierte, konnte sie nur dasitzen und warten. Sie hörte seine Worte und sah sich plötzlich an einem Kiosk sitzen, vor sich eine lange Schlange von Leuten, die bei ihr Erinnerungen kaufen wollen. Die sind in Tütchen abgepackt wie Brausepulver. Auf den Tütchen steht ‘Glückliche Kindheit’, ‘Ferien am Meer’ oder ‘Erste Liebe’. Am teuersten sind die Tütchen mit der Aufschrift ‘Jugendsünden’.
Da klopfte es – „Frau Körnermann!“ Lina schreckte auf, sie mußte gedöst haben: Die junge Frau Nitsch stand vor ihr, der Vorsitzende, noch immer am Telefon, lächelte beiläufig. Frau Nitsch wollte ins Erinnerungslager. – Lina griff nach dem Schlüssel. „Warten Sie,“ sagte sie dann und stand auf, „ich komme mit!“ Rasch verließen sie beide das Büro und den verdutzten Herrn Rüttger und stiegen in die Tiefe. Lina freute sich.
„Ich wollte mir nur das Lager noch einmal anschauen“, sagte Frau Nitsch, als sie vor den mit Kacheln verzierten Eingang zum Erinnerungskeller erreicht hatten. Sie lächelte, als wolle sie sich entschuldigen. Lina öffnete die Tür. „Bitte kein großes Licht!“ sagte Frau Nitsch und ließ den Lichtkegel ihr Taschenlampe über die Nischenwände fallen. Die keramischen Früchte sahen aus, als wären sie gerade erst gewachsen. „Was war das wohl für ein Mensch, dessen Notizen wir gelesen haben. Der da gestaltet und gestaltet. Immerzu unterirdisch, ohne daß jemand es sehen darf?“ fragte Frau Nitsch. Gerade so, als wäre Gestaltung etwas Verbotenes.“ „Ja, merkwürdig“, sagte Lina. „Das beglückende an so einem Werk muß doch sein, zu sehen, wie die anderen es aufnehmen ..., stelle ich mir zumindest vor.“ „Aber er hat ja an die Zukunft gedacht! An später mal!“ meinte Frau Nitsch.

Lina stellte sich vor, es wäre später einmal, man hätte diesen Keller zufällig unter Massen von Schutt entdeckt, und sie wäre mit Frau Nitsch von weither angereist, nur um diese Stätte zu sehen. Und nun schritten sie ehrfürchtig an den Zeugnissen einer unbekannten Kultur aus früherer-späterer Zeit vorbei.
„Dieser da, dieser doppelte Quasselkopf gefällt mir besonders gut!“ sagte Frau Nitsch und zeigte auf das Relief in der Mitte des Hauptnischenbaus. Es stellte einen mit Knöpfen oder Münzen gefüllten Kopf dar, aus dessen zwei Mündern links und rechts schier endlose Bänder quollen. Lina mußte plötzlich lachen, denn sie dachte an den Vorsitzenden, der oben im Büro telefonierte, und sie war wieder im Jetzt.
„Wie sieht es jetzt eigentlich aus mit der Zukunft des Erinnerungslagers?“ fragte Frau Nitsch. „Am Montag wird der Gemeinderat eine Entscheidung fällen. Es kann sein, unser Erinnerungslager überlebt, vielleicht wird dann ein Museum daraus. Es kann auch sein, man legt die Fernwärmeleitung wie geplant durch den Kellergang. Das heißt, man könnte nicht mehr hierhergelangen. Vielleicht reißt man den Keller dann auch ein, denn nach den Plänen des Tiefbauamts ist dieser Keller gar nicht existent.“ „Aber man kann doch vielleicht etwas erhalten?“
‚Erhalten?‘ dachte Lina. Das kam ihr plötzlich ganz abwegig vor. Sie dachte an die Blasen, die bei den Sitzungen aus dem Pumpensumpf aufgestiegen waren, und an die speziellen Gerüche, die sie freigaben, wenn sie platzten.
Alles, was ihr wichtig schien, verging. Sie dachte an die glücklichen, kurzen Tage, wenn die Kinder zu Besuch kamen. Wie es ihnen bei ihr schmeckte, wie sie ihr Siedfleisch lobten, weil es mit der Meerrettichsoße zusammen so schön auf der Zunge *verging!*
„Erhalten?“ wiederholte Lina, denn sie merkte, daß die junge Frau sie fragend ansah. „Das Wesentliche kann man weder halten noch erhalten. Egal ob man Glasscheiben vor die Nischen montiert, oder ob man sie – gewaltsam aufbricht. Das Wesentliche sickert unerwartet durch irgendwelche Ritzen herein und entweicht, wenn man es fassen will ...“

„Stimmt. Darf ich Ihnen dazu noch was zeigen?“ fragte Andrea Nitsch. „Hier ist ein Guckloch!“ flüsterte sie und leuchtete auf die Gitterkachel mit den tropfenförmigen Öffnungen. „Dahinter liegt der Gang von Heinrich Monk. Und als ich das erste Mal in das Erinnerungslager sah, stand ich hinter diesem Gitter. Ich kam

auf dem selben Weg wie Heinrich Monk. Seine Vermieterin hat mich in den Keller geschickt." – „Außerdem", fügte sie hinzu, „nehme ich an, der scheue Mann mit dem Schürhaken hat diesen Weg auch benützt."

„Ich glaub, ich hab sogar manchmal einen Windhauch gespürt, der aus diesen Löchern kam ...", sagte Frau Körnermann zögernd. „Oder glauben Sie, ich bilde mir das nur ein?" Andrea lachte und zog die Schultern hoch.

„Durch solche Luken mag ich nicht mehr kriechen", sagte Frau Körnermann. „Aber es gibt etwas, was ich schon lange einmal wollte, und nachdem, was wir erlebt haben, umso mehr: Ich möchte diesen riesigen Kistenstapel wegräumen" sie zeigte auf die rückwärtige Schmalseite des Kellers, „und schauen, was dahinter ist." Andrea war einverstanden, und sie verabredeten sich für den nächsten Samstag.

31

Als Andrea wie vereinbart in den Erinnerungsverein kam, um die Kisten zur Seite zu räumen, hatte Frau Körnermann bereits eine geblümelte Kittelschürze an und kam ihr sehr geschäftig auf der Treppe entgegen. „Schön, daß Sie kommen“, sagte sie, und Andrea schloß sich ihr an. Im Keller unten knipste Frau Körnermann das große Licht an und schritt, ohne nach links oder rechts zu sehen, auf die Rückseite des Kellers zu, wo die Kisten gestapelt waren. Andrea kam und nahm ihr die leeren Kisten ab.
Es waren ungeheure Mengen. Andrea blieb nichts anderes übrig, als daraus eine Art Turm im Keller zu bauen. Nach einigem Räumen und Umstapeln kam eine Treppe zum Vorschein. Und sie schafften sich eine schmale Schneise zwischen den Kistenstapeln. Die Stufen waren steil und ausgetreten wie bei einer Weinbergstaffel. Frau Körnermann kam immer mehr nach oben, und Andrea folgte ihr. Schließlich standen sie beide auf der obersten, schmalen Stufe, das Tor direkt vor der Nase. Die Kellertreppe lag hinter ihnen wie ein Steilhang. Das Kellertor war dunkel und mächtig, zwei rautenförmige Luken waren mit Sackleinen verhängt und ließen etwas Licht durchdringen, aber sie lagen so hoch, daß Andrea nicht hinreichen konnte.
Frau Körnermann betrachtete das riesige Kastenschloß, berühte es erst zaghaft und versuchte dann mit Kraft, die Klinke hinunterzudrücken. Andrea stand dicht neben ihr und drückte mit, da bewegte sich die Klinke ein bißchen, Andrea stemmte sich mit der Schulter gegen die Tür – sie öffnete sich langsam und geräuschvoll; helles Licht brach blendend herein, die Tür ächzte, quietschte ... quietschte – wie Hasengesang.

Ein kurzer Schwindel überkam Andrea, sie kniff die Augen zusammen und trat hinaus. Sie war verwirrt und überrascht: Die Türe war nicht verschlossen gewesen. „Das wird sogar dem Tiefbauamt einleuchten", meinte Frau Körnermann und strahlte. „Fernwärmeleitung hin oder her. *Der* Zugang wird uns bleiben! – Dankeschön. Und machen Sie's gut!" Sie nickte lächelnd, schloß die knarrende Tür wieder und war hinter ihr verschwunden.

Andrea stand auf der Straße. Was war eigentlich? Sie sah Fachwerkhäuser. Sie standen fest und dicht nebeneinander und ragten mit ihren spitzen Giebeln in den Himmel. Niemand war unterwegs. Die Dächer waren rot, der Himmel blau und die Fenster hatten farbig gestrichene Läden. Andreas Augen, ihr Kopf und ihr ganzer Körper registrierten diese Tatsachen. Die Haustüren waren mit Nummern versehen, alles war eindeutig. Andrea ging die Gasse hinauf, das Kopfsteinpflaster glänzte im Mittagslicht. Und etwa einen halben Meter vor sich entdeckte sie einen ungewöhnlichen Pflasterstein: Er sagte *du* mit deutlich eingehauenen Schriftzeichen. Andrea blieb stehen. So war sie noch nie von einem Stein angeredet worden! Sie bückte sich und strich mit dem Finger über die scharfgeschnittene Meißelspur. „Und du?" fragte sie den Stein, indem sie sich wieder aufrichtete. Aber dem fiel außer *du* nichts Neues ein.

Andrea wollte weitergehen, da stieß sie beinahe mit Tobias zusammen. „Hei du! Andrea! Wo kommst denn du her?" Andrea zeigte ihm schweigend den Stein. Er war verwundert wie sie und guckte von ihr zu dem Stein und wieder zu ihr.
„Hast du Zeit?" fragte sie schließlich leise. Er hatte, und so gingen sie miteinander hinauf zum Schloß, über den in der Hitze glühenden Hof, durch den schmalen, niedrigen Gang im Westflügel, durch einen weiteren Gang und um den runden Turm herum. Tobias sagte nichts. Aus den Augenwinkeln prüfte sie sein Gesicht. Sein Bart verdeckte die Mundwinkel.
Hinter dem Schloß an burgähnlichen Verbindungshäusern und Villen vorbei. Dahinter begann der Wald. Der Weg führte zwischen dichtstehenden Buchen auf dem schmalen Grat entlang. Und wo die Bäume Lücken hatten, öffnete sich der Blick in die beiden Täler: Links, von Feldern grüngelb gestreift, mit Häusern gefüllt und von lärmenden Straßen durchzogen: das Neckartal. Rechts, mit Obstwiesen an den Hängen, das Ammertal, über dem die Kliniken thronten.
Und je länger sie schwiegen, desto schwieriger schien Andrea das Sprechen. „Was hattest du denn für eine dringende Familienangelegenheit?" fragte sie schließlich. „Mein Onkel ist völlig unerwartet gestorben. Sein Herz versagte, als er einen Turm hochstieg. Er fiel die Treppe runter und war tot. – Da fuhr ich

zur Beerdigung nach Hause." Andrea erschrak. „Hast du ihn gemocht?" fragte sie. „Ja, sehr. Er war mein heimlicher Verbündeter, er sorgte für die Überraschungen in meiner Kindheit. Später sah ich ihn nur selten. Er war Junggeselle, unabhängig und unberechenbar. Irgendwann schneite er herein und war da. Als ich klein war, brachte er immer ungewöhnliche Sachen für uns Kinder mit, einmal zum Beispiel Holzreste und Nägel, aus denen wir Nistkästen bauten. Ich war begeistert und hämmerte munter drauflos. Die andern Kinder hänselten mich, weil meiner so ungewöhnlich aussah: ‚Was soll denn da für ein Vogel einziehen?' Onkel Heinz verteidigte mich: ‚Für jeden Kasten gibt es einen passenden Vogel!'
Später nahm er mich gelegentlich mit zu Ausflügen in seinem Cabrio. Das gefiel mir sehr! Er konnte wunderbar albern sein und lachte viel. Wenn ich in unsere Straße einen Sportwagen einbiegen sah, hoffte ich immer, er würde vor unserem Haus halten, und Onkel Heinz mit seiner Wildlederjacke und seinem schottischen Schal würde aussteigen. Er war ein großer Mann mit weichen Bewegungen. Einmal war ich mit ihm zusammen auf dem Bismarckturm: ‚Na?' fragte Onkel Heinz, ‚wie gefällt dir die Skyline?' und er zeigte hinüber zu einem riesigen, neuen Stadtviertel. ‚Früher lagen da nur ein paar öde, schläfrige Hügel. Die Hochhäuser da haben wir alle in den letzten zehn Jahren gebaut. Man kann einiges dagegen einwenden, aber sie sind hervorragend, man kann sie nicht übersehen – und die Leute wollen es so!' Er sagte es ganz ernst, um dann in ein lang anhaltendes, leises Kichern zu verfallen. Von daher wußte ich, daß er irgend etwas mit Bauen zu tun hatte. Ich wußte auch, daß er sehr gut verdiente. Aber ich stellte nie Fragen an ihn."

„Und wie war jetzt der Abschied?" „Abrupt und erschreckend, weil so unerwartet! Und wir haben nicht viel von ihm gewußt! Vorgestern war ich in seiner Wohnung im 12. Stock: Penthouse, mit wenigen alten Möbeln eingerichtet. Man hat einen wunderbaren Blick über die Stadt auf hervorragende Häuser am Horizont. Das allererste Mal in meinem Leben, daß ich ihn besuchte: um seine Möbel rauszutragen."

Plötzlich wich Tobias vom Weg ab, schlüpfte rechts ins Gebüsch und rannte zwischen den Bäumen davon. Andrea setzte ihm sofort nach, folgte ihm durchs Jungholz, sprang über Wurzeln und Gräben – aber er schlug Haken und verschwand hinter den Kiefernstämmen. Sie suchte ihn. Er saß im Gebüsch und schaute sie aus schmalen Augen an wie ein lauerndes Tier. Dann stürzte er

sich plötzlich auf sie, sie balgten, rangen nach Luft und kicherten. Andrea riß sich los und lief an einer übermannshohen Taxushecke entlang, sie wollte sich in ihr verstecken, aber Tobias schnappte sie schon und stieß dabei sein tief gluckerndes Lachen aus. Andrea sog es mit den Ohren auf und ließ es von da aus direkt in den Bauch rutschen. Sie bog den Kopf zurück und küßte ihn.
Später kamen sie auf eine struppige Wiese am steilen Hang. Andrea tappte plötzlich ins Nichts, stolperte und fiel: Eine alte Weinbergstaffel war unter Grasbüscheln und Blumen versteckt, überwuchert wie die Narbe im Fell eines Tiers. Vom Tal her drang ohrenbetäubend das Gebrüll der Autos. Und am Horizont ballten sich Regenwolken.

Am Waldrand oben stießen sie auf einen Stapel ungleichmäßiger Bretter, die einmal Teile von Möbeln gewesen waren. Und etwa zehn Meter weiter stolperten sie fast über eine Sprudelkiste. Und dann sahen sie genau unter sich, wo der Hang am Waldrand steil abfiel, rostige Wellblechteile, die unter den Zweigen hervorragten. Sie waren mürb und schief, ein langsam in sich zusammensinkendes Dach. Sie blieben stehen: Vor dem Wellblech, zum Tal hin, lag eine Terrasse mit Bruchstücken von Ziegeln geplättelt. Zwischen zwei Bäumen war eine grünes Sonnensegel gespannt. Darunter stand ein Tisch und ein klappriger Stuhl. An einer Leine hingen ein paar zerschlissene Wäschestücke. Wer mochte hier hausen? War die Person da?
Andrea schaute Tobias an. Seine Augen waren neugierig, und Andrea war es auch. Tobias legte den Finger auf den Mund und schlug den schmalen Weg ein, der in einer weiten Schleife nach unten führte. Als es nur noch ein paar Stufen bis zur Terrasse waren, sahen sie direkt unter sich einen Mann sitzen. Sie schauten ihm auf den graukarierten Rücken, er hielt einen Gegenstand in der Hand und rieb ihn mit einem Tuch. Plötzlich zuckte er zusammen, guckte kurz nach hinten zu Andrea und Tobias und war unter ihren Füßen verschwunden. War ihm etwas passiert?
Andrea eilte hinunter auf die Plattform und schaute sich um. Der Mann war wie vom Erdboden verschluckt. „Hallo!“ rief sie, „ist da wer?“

„Hallo! Ist da wer?“Johann Kracher rührte sich nicht. Diese Stimme! Diese Frage! Beides hatte er schon einmal gehört. Er kauerte reglos in seinem Erdschacht, das Fenster hatte er gerade noch hinter sich schließen können. Jetzt starrte er aufmerksam durch die schmutzige Scheibe. Diese Frau war dabei gewesen neulich, als er sich vergessen hatte. Sie war dabei gewesen im Keller, war dabeigewesen, als seine Geschichten hemmungslos aus ihm herausflossen wie aus einer entkorkten Flasche. Diese Frau wußte viel oder alles von ihm. Sie durfte ihm nicht mehr begegnen. Er sah zwei Silhouetten, zwei Gestalten auf seiner Terrasse hin- und hergehen, ein schlaksiger Mann und eine Frau. Sie mußte es sein. Die zwei sahen sich um, jetzt kamen sie auf sein Schlupfloch zu. Sie bückten sich, es wurde dunkel. Johann Kracher hielt die Luft an: ‚Bitte nicht!' dachte er. „Komm, laß!" sagte die Frauenstimme, die dunklen Schatten entwirrten sich, die Silhouette des Mannes richtete sich auf. Johann Kracher konnte das Profil der Frau sehen, sie drehte den Kopf und schaute ihn an ...

Andrea Nitsch wandte sich schnell ab. Da saß tatsächlich jemand hinter der Fensterscheibe im Erdloch. Wie ein Tier in einem Terrarium, eine verängstigtes Wesen. Und Andrea war es unangenehm wie damals als Kind, wenn sie fürwitzig einer Schnecke an die Fühler getupft hatte. Sie klomm schnell auf dem Pfad wieder nach oben.
„Hattest du Angst?" fragte Tobias, als er sie eingeholt hatte. „Nein," sagte Andrea leise, „ich schämte mich." Tobias schaute verblüfft. „Was treibt der Typ da unter der Erde?" fragte er nach einer Weile. „Was treiben wir auf der Erde?" fragte Andrea zurück. „Als nächstes vielleicht besser umkehren", meinte Tobias, denn man hörte das Gewitter schon rumpeln. Sie liefen los. Und eine Stunde später erreichten sie angefeuchtet seine Bude im Studentenwohnheim. Er setzte Wasser für Milchkaffee auf und stellte ihr Hefekuchen hin: „Noch von der Beerdigung." „Wie war sie denn, die Beerdigung?" fragte Andrea, als Tobias den Milchkaffee eingeschenkt hatte.
Tobias holte tief Luft und erzählte: „Ich kam gerade noch rechtzeitig und setzte mich schwarz angezogen zwischen die Trauergäste in der Aussegnungshalle. Blumengeschmückter Sarg, Kerzen, langsame Musik – ein schwarzgewandeter Pfarrer trat auf und begann: ‚Wir sind zusammengekommen im Namen des Vaters und des Sohnes und des Heiligen Geistes.' – Selbstverständlich, was sollte er sonst sagen? Und ich sehe meinen Onkel, höre seine spöttischen Bemerkungen über die Kirche – bin ich im falschen Film? – Aber nein, ich bin auf seiner Beerdigung. Alles ganz normal. Nachher forschte ich nach, wie es zu dem

Pfarrer gekommen war: Als meine Mutter dem Beerdigungsinstitut sagte, daß er weder evangelisch noch katholisch war, haben sie einfach einen Pfarrer von einer anderen Kirche engagiert, ich glaube, einen Baptisten. Meine Eltern haben es so geschehen lassen, weil sie einfach keine andere Idee hatten, nicht wußten, wie man es sonst gestalten könnte. Und aus dem Munde dieses Pfarrers, dieses wildfremden Menschen bekam ich dann erstmals die Lebensgeschichte meines Onkels erzählt: Lehrling, Soldat, Kriegsgefangener, nach dem Krieg Bauzeichner und Kartograph bei einer Baugesellschaft, war dann für verschiedene Bauträgergesellschaften tätig. – Und dann wieder ‚im Namen des Vaters und des Sohnes und des Heiligen Geistes'. Das war es, was der Pfarrer dazu zu sagen hatte.
Die Trauergesellschaft traf sich nachher noch im Nebenraum eines Restaurants. Es waren viele Menschen da, auch viele, die ich nicht kannte. Einige schöne, kühle Frauen mit aufwendigem schwarzen Outfit, die sich mißtrauisch beäugten – ‚Weißt du, welche von ihnen seine Freundin war, ich meine, seine letzte?' fragte mich mein Vetter auf dem Klo. – Dann Leute von der Firma. Sie saßen da und aßen und redeten nur zaghaft miteinander. Ein Herr hielt eine Rede, in der es vor allem um die Wohnungsbaugenossenschaft ging, deren Geschäftsführer dieser Herr ist, und für die mein Onkel riesige Bauprojekte organisiert haben muß. Die sozialen, architektonischen und sonstigen Leistungen der Wohnungsbaugenossenschaft seien erwiesenermaßen vorbildlich ... Das war also, was die Firma dazu zu sagen hatte.
Nachher saßen wir, die Verwandten und ein paar andere, noch in der Sonne bei uns auf der Terrasse. Es herrschte Schweigen, bis Mutter mit dem Hefekuchen und dem Kaffee kam. ‚Mir mit Zucker!' – ‚Bitte mit Milch!' – ‚Danke!' sagten wir brav der Reihe nach in das Schweigen hinein. Nach einer Weile stand mein Vater auf, löste seine schwarze Krawatte und steckte sie in die Tasche. Die anderen Männer griffen sich an den Hals und taten es ihm nach und schienen sich wohler zu fühlen. Und sie hatten ihr Thema gefunden: Sie sprachen darüber, bei welchen Anlässen sie noch oder schon längst nicht mehr oder sowieso nie Krawatte tragen. – Das war es, was die Familie dazu zu sagen hatte." Tobias verzog das Gesicht.
„Wie hättest du dir denn die Beerdigung gewünscht?" fragte Andrea. „So, daß sie zu ihm paßt, und so, daß sie zwischen uns, die wir da waren, Verständnis schafft! Wir hätten vielleicht einen Stein herumgehen lassen können. Wer ihn in der Hand hält, sagt etwas, was ihm zu Onkel Heinz einfällt, was er mit ihm er-

lebt hat: Wie es war, mit ihm zusammenzusein, mit ihm zu arbeiten, mit ihm zu verreisen, oder er erzählt eine Begebenheit mit ihm." Andrea nahm ein Stück von dem trocken gewordenen Hefekuchen und reichte es Tobias. – „Was hättest du denn gesagt mit dem Stein in der Hand?" fragte sie. Tobias guckte erst das Stück Kuchen, dann Andrea an. „Einmal in der Nacht am Ende einer gemeinsamen Spritztour hielt Onkel Heinz auf einem Feldweg unter dunkel schwankenden Bäumen – wir glitten aus dem Wagen, durch das Schilf ins kühle Wasser eines Sees – und haben wonniglich gebadet."

Mit diesen Worten tunkte er das Kuchenstück mit einem Ende in den Milchkaffee. Andrea und er schauten zu, wie der braune Saft langsam im Kuchen hochstieg, ihn färbte und schlaff werden ließ.
„Da kommt mir noch was", sagte Tobias. „Ich fand da bei den Sachen von meinem Onkel eine Tuschezeichnung. Ich zeig sie dir nachher, du wirst dich wundern, was darauf ist. Ich habe sie als Kind so gerne angeguckt, früher muß sie im Haushalt meiner Großeltern gewesen sein ... ja, jetzt erinnere ich mich: Ich spüre, wie ich hinter einer alten Truhe in einem staubigen Winkel kauere. – Das war damals im vollgestopften Speicher. Sonntagnachmittag, Familientreffen. Die Erwachsenen saßen stundenlang im Wohnzimmer und redeten, wir Kinder eroberten alle anderen Räume. Ich hatte mich versteckt, aber die anderen fanden mich nie. Es war aufregend. Ich war allein und doch mit den anderen im Spiel verbunden. Dieser süß, scharf und modrig riechende Winkel hinter der Truhe war mein Geheimnis. Zwischen Wand und Truhe lehnte ein Bilderrahmen, ein großer Wechselrahmen. Alle möglichen Bilder, Prospekte und Papiere waren scheinbar wahllos darin gesammelt. Und zuoberst, das konnte ich erkennen, wenn ich den Staub von der Scheibe wischte, lag eine Zeichnung, ein Plan. Ihn habe ich immer wieder angestarrt. Ich ging auf den dort gezeigten Wegen spazieren, ich stellte mir die dazugehörigen Häuser vor. Manchmal waren es einfache Pfahlbauten an Kanälen, manchmal schimmernde Paläste, manchmal Indianerhütten, aus Lehm gebaut. Manchmal fiel ein Lichtstreifen durch eine Dachluke, und ich sah unendlich viele Stäubchen darin tanzen. Dann stellte ich mir vor, ich sei ein blinder Passagier im Bauch eines riesigen Schiffes. Der Plan zeigte dann die angesteuerte Hafenstadt. Dort sollte ich einen Schatz finden. Deshalb mußte ich mir jede Einzelheit genauestens einprägen. Ich harrte immer ziemlich lange aus in dem Winkel. Die

anderen fanden mich nie dort. Ich hörte es, wenn sie die Treppe hochstiegen, und es gelang mir immer herauszuschlupfen, bevor sie mich in meinem Winkel entdeckten ..."

Tobias nahm das triefende Hefezopfstück aus der Tasse und ließ es geräuschvoll im Mund verschwinden. Er wischte den Mund am Handrücken ab. „Paß auf, ich zeig dir's!" sagte er und fegte die Krümel von dem niedrigen Tisch. Dann langte er unter sein Bett und zog eine Ledertasche hervor. Er holte ein zusammengelegtes Papier heraus und entfaltete es vor Andrea: ein Plan, ein sorgfältig in Tusche gezeichnetes Straßennetz. Andrea erkannte die Straßennamen, die Häuser und Gassen der Tübinger Altstadt. Die Keller und ihre Verbindungsgänge waren eingezeichnet. Und sie erkannte die Handschrift, eigenwillig, aber gut lesbar: die Handschrift aus dem Steinguttopf. Es war die Handschrift von Heinrich Monk.

„Du", sagte Andrea nach einer Weile, „ich glaub', ich muß dir eine Menge erzählen!"

Krumme Gasse
Kornhausstraße
SSENLOCH
Judengasse
Rathausgasse
GAMBRINU
Burgsteige
Burgweg
Neckarhalde